잠마딸
"샤로니"

잠마딸 "샤로니"

초판 1쇄 발행 2025년 11월 30일

지은이 엄부영
펴낸곳 드림위드에스
출판등록 제2021-000017호

교정 양수미
편집 드림위드에스출판사
검수 양수미
마케팅 위드에스마케팅

주소 서울특별시 강남구 학동로 165, 2층 (신사동)
이메일 dreamwithessmarketing@gmail.com
홈페이지 www.bookpublishingwithess.com

ISBN 979-11-92338-97-2(03810)
값 16,000원

- 이 책의 판권은 지은이에게 있습니다.
- 이 책 내용의 전부 또는 일부를 재사용하려면 반드시 지은이의 서면 동의를 받아야 합니다.
- 잘못된 책은 구입하신 곳에서 바꾸어 드립니다.

《ESG프로젝트 | 아동·청소년 교육 | 미래세대 직업·창의 프로젝트》

장미 딸
"샤로니"

엄부영 지음

드림위드에스

차례

8   프롤로그

♛ PART 1 / 핑크 원피스로 시작된 우정

17   1. 엄마 언제 와?
22   2. 샤로니와의 만남
32   3. 공주님의 컬러 "핑크"
39   4. 마음에 들어요?

♛ PART 2 / 작은 아티스트의 첫걸음

49   1. 내 이름은 헤르미온느
63   2. 유니를 잃어버렸어요
68   3. 외국인 학교의 파티
74   4. 한국 학교로 전학을 했어요
77   5. 메이크업 박스
87   6. 메이크업 학원의 11살 꼬마

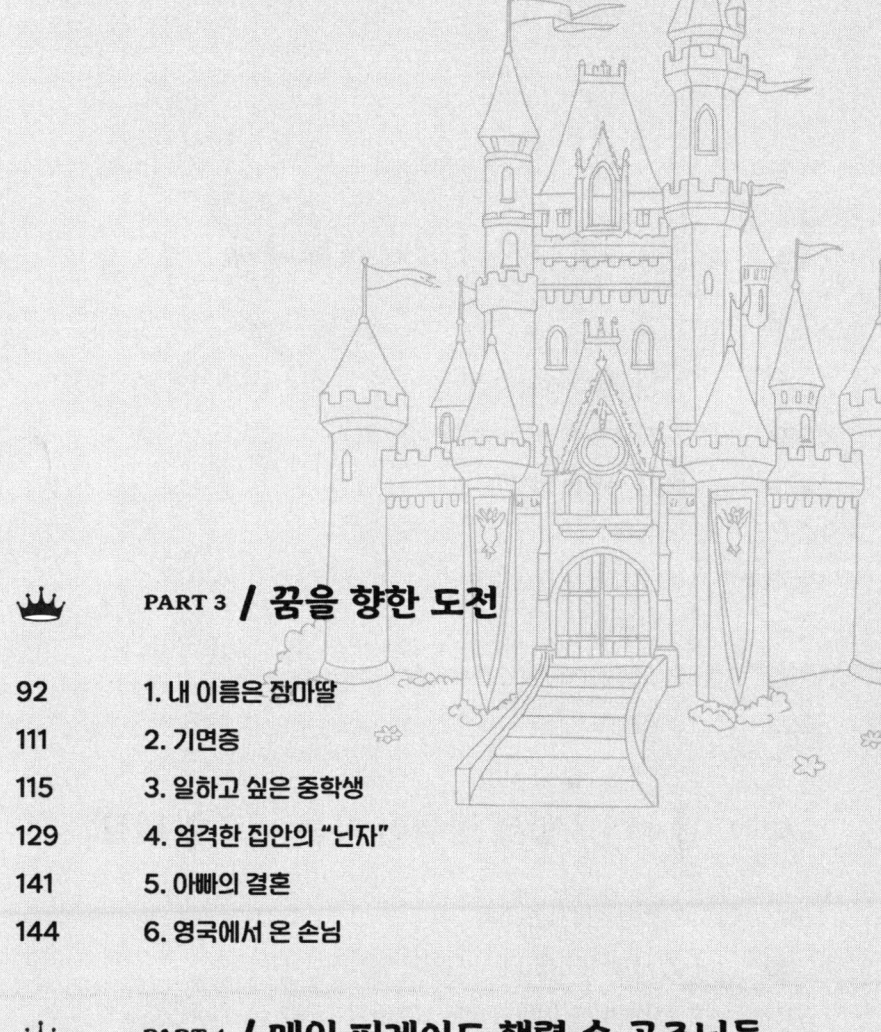

👑 **PART 3** / 꿈을 향한 도전

92	1. 내 이름은 잠마딸
111	2. 기면증
115	3. 일하고 싶은 중학생
129	4. 엄격한 집안의 "닌자"
141	5. 아빠의 결혼
144	6. 영국에서 온 손님

👑 **PART 4** / 메인 퍼레이드 행렬 속 공주님들

154	1. 행복하지 않아요
165	2. 공주님들의 분장사
172	3. 기억
183	4. 마법의 공간

♛ **PART 5 / 각자의 길에서 빛나다**

191	1. 부모님의 인연
211	2. 다양한 가족의 모습
219	3. 지켜 줄게
230	4. 내 책임이 아니야
245	5. 뉴욕
259	6. 그렇게 살고 싶어요
274	7. 퇴사 권고
289	8. 25살, 점장님의 대우
292	9. 화해

♛ **PART 6 / 함께 만들어 가는 새로운 세상**

297	1. 외할아버지의 마음
306	2. 샤로니의 150가지 드레스 일러스트
311	3. 프린세스 메이킹 하우스의 탄생
316	4. 작은 장인들의 출발선
318	5. 새롭게 전하는 희망

323	에필로그
330	참고 및 영감의 원천

프롤로그

대한민국 실내 테마파크에는 프린세스로 변신 후 퍼레이드 참여가 가능한 프로그램이 있습니다.

세상에 태어나 쉰 해를 넘게 살아보니, 이제야 조금은 철이 든 것 같습니다.

프린세스 변신샵 운영에 혼신의 힘을 다해 일하고 즐겁게 살았습니다.

그리고 문득 감사해야 할 일들이 내 삶을 가득 채웠다는 것을 깨달았습니다.

저는 어렸을 때부터 느꼈던 서운함과 나이 마흔에 시작할 수 있었던 감사한 경험을 소설이라는 책으로 옮겼습니다.

이 책을 읽는 분들 중에 태어난 환경이나 모습 때문에 위축되어 있거나 적성이나 진로에 대한 고민으로 우울감을 느꼈던 분이 계실까 걱정입니다. 만약 계시다면 그분께는 특히 근거 있는 메시지를 전하고 싶습니다. 머리와 몸과 마음이 하고 싶은 일을 발견하고 최선을 다해 보라고 말입니다. 최선을 다해 보는 과정에서 물리적으로 소요되는 시간에 조바심을 낼 필요도 없습니다. 더 긴 시간을 살아보면 그래도 괜찮다는 걸 알게 되니까요.

저는 '잠마딸'입니다.

부모님께는 죄송하지만, 출생에 대한 콤플렉스가 있었습니다. 아버지가 첫 번째 결혼에서 아들을 두지 못하셨고, 이웃 동네에 살다가 초혼에 실패하여 친정으로 돌아와 지내던 어머니를 나의 할아버지가 앞장서서 맺어주신 부부라고 합니다. 그것도 원래 아버지의 처인 큰어머니와 함께 선을 보러 갔다는 무자비한 사건을 통해서 맺어진 부부 말입니다.

그 후 큰어머니는 좀 멀리 떨어진 곳에서 살게 되었고, 저는 큰어머니 딸들의 동생으로 태어났습니다. '잠마'는 큰어머니의 딸인 나의 언니들이 '작은엄마'를 줄여서 부르던 내 엄마의 애칭이었습니다. 미루어 짐작하건대, 내가 태어나기 전부터 사이가 나쁘지는 않았나 봅니다.

'잠마딸'은 주변 사람들이 내가 들으면 안 되는 듯 나를 지칭하는 단어였습니다. 언니들이 잠마라고 부르니 당연히 나도 잠마라고 했었습니다. 그렇게 아무렇지도 않게 살던 어느 날, 나는 '잠마'라고 하면 안 되는 걸 알았습니다.

그리고 잠마딸인 저는 편안하면 안 되고, 행복하면 미안한 일인 것 같다는 생각을 했던 것 같습니다. 그래서 가능한 한 모진 말로 부모님 마음을 아프게 했던 적도 있었고, 잠마딸이라 결혼 반대를 받은 적도 있었습니다. '결혼 그까짓 것 하지 말지'라고 생각하고 살았습니다.

하지만 35세에 늦은 결혼을 하고, 36세에 신기하고 사랑스러운 딸아이를 얻으면서 삶을 대하는 생각이 완전히 바뀌었습니다.

더 행복해지고 싶었고 좋은 어른이 되어야겠다는 생각을 했던 것 같습니다.

맞벌이로 미안함이 많았던 어느 날, 딸아이와 함께 도쿄 디즈니랜드 프린세스 변신샵에 간 적이 있었습니다. 그곳에서 공주님 놀이를 너무너무 좋아했던 딸아이를 보았고, 그 모습을 보며 굉장히, 무척 감동스러웠습니다. 그 경험 덕분에 잠마딸은 한 번도 생각하지 못했던 적성을 발견했고, 디즈니랜드 프린세스샵의 운영 시스템, 그곳 특유의 '느낌'을 알고 싶어서 약 20번은 다녀온 것 같습니다. 용기를 냈고, 사업이란 걸 시작해 버렸습니다. 디즈니랜드 프린세스샵에 '도전장을 낸다는 각오로 시작한 사업'이었습니다.

사업을 시작하면서 알게 된 대한민국 실내 테마파크의 특별한 체험 프로그램이 얼마나 반가웠는지 모릅니다. 내가 잘하는 의상 제작과 고객 참여 프로그램이 연계되면 세상에 없는 체험 상품이 될 것 같아서 8번을 제안했다가 7번 거절 끝에 입점할 수 있었습니다. 그야말로 '칠전팔기'였습니다.
입점 후 운영자의 무식함과 부족한 사업적 상식에 놀라셔서 엄하게 가르쳐 주시고, '명소'가 될 수 있게 해보겠다는 말을 믿어주시고, 대한민국 실내 테마파크 프린세스샵에 열정을 가지고 운영할 수 있도록 응원해 주신 천세철 매니저님과 김태형, 윤성호 팀장님께 진심으로 감사를 드립니다.

12년 전 지금 하고 있는 일을 한다고 했을 때, 부모님은 물론 형제자매들, 그리고 많지 않은 나의 지인들이 반대를 했었습니다. "그런 걸 누가 하냐"고요. 정말 큰일이었습니다.
심지어 아버지는 제가 하려고 하는 일이 화려하다고 생각하셨는지, 그런 일은 기가 세고 깡다구 있는 '딴따라'들이 하는 일이라고 결사반대를 하셨습니다. 작업실 임대차 계약 잔금 치르는 날을 열흘 남겨 두고 해야 하나 말아야 하나, 정말 매일매일 고민을 했었습니다.

고민 끝에, '기왕 딴따라가 하는 일'이라는 소리까지 들었으니 해보자라고 생각했습니다. 성실한 딴따라가 되기로 마음먹었습니다.

처음 다른 사람들에게는 아이들과 단순히 공주 놀이를 하는 것처럼 보였을 수도 있습니다. 하지만 늘 위축되어 있던 제 마음이 발견한 '고객 퍼레이드 참여 프로그램'은 점차 어린이들에게 자신감과 자존감을 심어주는 일이 되었고, 보호자님들이 느끼는 감동을 목격하는 과정에서 저 역시 큰 행복을 얻었습니다.

사업 초기, 하루 세 시간씩 자며 일한 결과 기면증 진단을 받기도 했습니다.

그렇게 진심으로 좋아서 하던 일은, 잠마딸이라 속마음을 감추고 살았던 아줌마 사람을 딸내미보다 훨씬 심한 '프린세스 오타쿠'로 살게 하였습니다. 그리고 그 프린세스 변신샵은 누적 매출 60억 원이라는 감사한 성과를 만들어 냈고, 일할 수 있음에 감사와 행복을 느꼈습니다.

사업을 하며 다양한 환경의 어린이들을 만났습니다. 무한 사랑과 돌봄을 받고 자라는 어린이, 자신감이 넘치는 어린이, 이혼 가정의 어린이, 그룹홈에서 지내는 어린이, 조부모님과 사는 어린이, 고모·이모·삼촌과 사는 어린이, 장애가 있는 어린이, 입양 가정의 어린이, 다문화 가정과 미혼

모 가정의 어린이, 선행학습을 많이 했거나 외국어를 잘하는 어린이, 학원을 많이 다니는 어린이, 개구지거나 밝은 어린이, 새침하거나 소심한 어린이, 낯가림이 있는 어린이. 여러 어린이들을 마주할 때마다 나는 어떤 아이였던가 하고 제 자신을 돌아보게 되었고, '잘 사는 것'의 의미를 되새기곤 하였습니다.

그리고 '잘 사는 것'에 대한 내가 얻은 답은, 내 생계를 스스로 책임지고, 타인의 상처와 슬픔에 공감하며 서로 격려와 희망을 전하는 삶을 사는 것이었습니다. 그리고 무엇보다 어른다운 어른이 되어야겠다고 다짐했습니다.

대한민국 실내 테마파크 프린세스샵에는 외국인 손님들도 자주 오십니다.

어느 날 카자흐스탄의 아름다운 어머니가 쌍둥이 따님들과 방문하셨는데 단 1초도 인상을 찌푸리지 않는 듯한 모습을 보고 비결을 물었습니다.

아이들이 보고 있기 때문이고 자신의 좋은 모습만 닮기를 바라는 마음이 크기 때문이라고 했습니다. 많은 것을 생각하게 하는 말이었습니다. 어른다운 어른의 첫걸음은 아이들이 보고 있다는 것을 인식하고 모범이 되는 행동을 하기 위한 노력인 것 같습니다. 저는 아직도 항상 그렇지는 못합니다. 특히 집에서 덜 모범적인 엄마라 아이에게 사과를 구하는 때가 많습니다. 더 노력이 필요한 것 같습니다.

저는 신입직원 면접 시 불시에 아이들을 좋아하는지에 대한 질문을 합니다. 그때 대답을 망설이는 직원들은 저희 매장에서의 근무가 잘 맞지 않는 분일 확률이 높고 채용으로 이어지지는 않습니다.

저희 드레스샵의 직원들은 아이들을 너무너무 좋아합니다. 지금도 멋진 직업이지만, 이 책을 통해 우리들의 일 이야기를 하고 싶었습니다. 1년 365일 중 약 350일을 함께하는 고마운 직원들, 그들에게 사람들의 추억을 만드는 일에 동참하여 감동을 선사하는 우리들의 일 또한 '전문직'이라는 이야기를 꼭 해주고 싶었습니다.

테마파크와 아이들을 진심으로 좋아하는 사람들이 함께하고 그 일로 보람을 느끼는 직업, 자신 있는 부분은 더 멋지게 하고 덜 자신 있어 하는 부분은 더욱 근사하게 표현하는 직업, 우리가 선택한 일에 대한 직업적 위상을 높이는 일에 조금이나마 도움이 되고, 모든 직업은 존중받아 마땅하다는 메시지를 전달할 수 있다면 정말 기쁘겠습니다.

사업을 시작하고 이익이 나기 시작하였을 때 코로나와 마주하게 되었습니다.

그리고 저는 생소한 업종의 프린세스샵의 계속 운영과 확장을 위해 집을 팔았던 적도 있습니다.

그 또한 정말 많이 고민하고 상의를 하였습니다. 내가 아니면 성장하는 어린이들이 꼭 해보면 좋을 이 서비스를 아무도 안 할 것 같아서 한 일이었습니다.

대한민국 테마파크 프린세스샵은 '운영자의 집과 바꾼 곳'입니다. 부디 방문하는 분들의 소중한 추억 만들기에 적극 활용되었으면 좋겠습니다.

이 책의 주인공 샤로니와 유니를 통해, 보편적이지 않았던 환경의 소심했던 잠마딸이 행복해졌던 경험을 공유하고 싶었습니다.

저희 어머니 '잠마'는 많이 편찮으십니다. 그분의 인내와 사랑에 존경하는 마음을 담아 말하고 싶습니다.

"왜 낳으셨냐"라고 했던 말, 이제는 미안함과 감사로 바꿔 전합니다. 언제나처럼 미안한 듯 대견스러워하실 당신의 표정이 상상이 됩니다. 낳아주셔서, 포기하지 않고 키워주셔서 고맙습니다.

이 책을 빌어 사촌언니와 자기의 외할머니가 다른 것을 의아해했던 딸아이에게 고백이자 설명이 되면 참 좋겠습니다.

팔순이 넘으신 저희 시아버님은 '공부하기가 제일 쉬웠어요'라고 하는 사람들 중 한 분으로 서울대학교와 동대학원을 졸업하신 국문학 교수님이셨습니다. 하지만 어렸을 때부터 홀어머니, 남동생들과 함께 살면서 정말로 가난했기에 스스로 잘해 볼 수 있는 건 공부밖에 없었다고 합니다. 가난하다는 이유로 너무나도 많은 고생과 차별을 받았던 기억 때문에 70년이 지난 지금, 생각만 하셔도 목이 메어올 정도로 슬퍼하십니다.

그 어린 시절의 당신 자신이 가엾고 안쓰러워서요.

옛날이야기를 하실 때마다 눈시울이 붉어지시는데 얼마나 힘드셨을까를 생각하며 듣다 보면 저 또한 마음이 아주 많이 아팠습니다.

그때마다 진심으로 말씀에 공감해 드리고 진심으로 더 이상 아파하지 않게 해드리고 싶었습니다.

업종도 생소한 사업을 한다고 했을 때, 또 집을 팔았을 때 마음은 얼마나 불안하셨을까요. 그런 황당한 며느리에게 싫은 소리 한번 없이 마음으로 응원해 주셨을 아버지, 가족이 되어주셔서 감사드립니다. 무엇보다 당신의 책임이 아닌 어려운 환경에서의 출생을 훌륭하게 극복해 주시고 성장하느라 정말 수고 많으셨다고 달리 생각나는 단어가 없어서 감히 칭찬의 말씀을 드립니다.

그리고 이 글을 읽는 분들께 말씀드립니다.
우리는 태어나기를 선택해서 태어나지 않습니다. 내가 어떠한 모습으로 어떤 환경에서 태어났든지 그건 내 책임도, 권리도 아닙니다.
태어난 모습이나 환경 때문에 주눅이 들거나 그 반대의 마음을 먹지 않았으면 좋겠습니다.
제 자신에게 해 주고 싶었던 말이기도 합니다.
2016년 트럼프 대통령이 처음 대통령으로 당선되었을 때, 그분이 얼마나 정치적 영향력이 있는지, 얼마나 부유한지, 정치적 입장은 어떠한지 등은 관심 밖이었습니다. 제가 생각한 것은, 그분도 재혼 가정의 가장이라는 것이었습니다. 저만큼 영향력이 있는 분들이 '잠마딸' 이어도 괜찮아라고 한마디만 해주면 좋겠다라는 생각을 했었습니다.
황당한 망상이었습니다.
어디서 들었는지 누가 얘기해 줬는지 왜 그랬는지 정확하게 기억이 나질 않습니다만, 저는 자존감이 높은 사람이고자 굉장히 애를 쓰고 살았던 것 같습니다. 그렇게 했어야 겨우 '나'를 지키며 살 수 있었습니다. 애를 썼다는 건 바꿔 말하면 '자존감'이 낮았기 때문인 듯합니다.
그러지 않아도 된다는 걸 아주 나중에야 알았습니다.
부디 이 책을 읽는 학생들은 다른 사람과 비교하지 말고, 눈치 보지 말고, 자신을 가장 '나답게' 만드는 일 찾기에 최선을 다하시길 바랍니다. 그러면 그때부터 행복이 시작되는 걸 느낄 수 있을 거예요.

우리가 세상에 태어났다는 것만으로 우리는 이미 경쟁에서 온전하게 '이긴 경험'을 해본 사람들입니다.

확실하게 이기는 건 한번 해봤으니 사람들 사이에서 사는 동안 다름을 인정하고 조화롭고, 가치 있게 사는 일에 열정을 내본다면 좋겠습니다.

대치동에서 살며 고등학교에 재학 중이던 지인의 딸내미가 학교에서 자퇴를 하고 검정고시와 수능 준비를 시작했다고 들었습니다. 무엇이 맞고 틀리는지 아무도 모르고 논하고 싶지 않습니다. 다만 그 친구가 찾아가는 길 끝에 보람과 행복이 기다리고 있기를 기도합니다.

아이를 키우시는 부모님들께는 우리가 아이들에게 바라는 '공부'라는 것과 '직업'에 대해 권유하고 있는 것이 과연 맞는지 함께 생각해 볼 수 있으면 좋을 것 같습니다.

AI를 포함한 많은 것들이 발전하고 변화하는 지금, 정말로 변해야 하는 것은 사람들의 고정관념이 아닐까라는 생각이 드는 요즘입니다. 앞으로도 계속되는 발전 속, 출생에 대한 고정관념과 직업에 대한 가치 기준의 변화를 기대해 봅니다.

출생과 학벌과 직업에 대한 편견이 바뀐다면 결혼과 출생률이 줄어드는 것쯤 멈출 수 있을 거라는 믿음이 있습니다.

나의 출생을 선택하지 않았던 모든 사람들이 스스로 선택한 직업 덕분에 행복해지면 참 좋겠습니다.

part 1

핑크 원피스로 시작된 우정

1. 엄마 언제 와?

뒤통수가 납작하고 옆짱구가 귀여운 아기 유니는 네 살이다.
일본에서 의상 디자이너로 일하는 엄마와 광고 회사에 다니는 아빠가 이혼을 했고 퇴근 시간이 늦은 아빠가 육아를 할 수가 없어서 할머니 할아버지와 함께 살고 있다.
유니와 헤어질 때 엄마는 말했다.
"유니야, 엄마가 외갓집에 좀 다녀올게."
그런데 벌써 2년째였다.
유니 엄마는 오사카 거주 재일 교포 3세이다. 공연복 의상을 만드는 디자이너로 아버지가 운영하던 회사를 다니고 있던 중, 튀르키예 패키지여행에서 유니 아빠를 만났다. 3년 6개월 원거리 연애 끝에 결혼했고, 한국에서 유니를 낳아 짧은 기간이었지만 행복하게 살았다.
그러던 어느 날 유니 엄마가 아프기 시작했다.
아주 많이 아팠다.

육아와 집안일만 하면서 생긴 무력감을 동반한 '산후우울증'이었다.

가족들과 떨어져 낯선 한국, 자신의 커리어를 살릴 수 있을 거라는 생각은 잘못된 판단이었다. 시부모님은 며느리가 어린 손주를 두고 밖에서 일하는 것을 허락하지 않았고, 유니 엄마의 증상은 병원을 여러 곳 다녀도 도무지 나아질 기미가 없었다. 모두가 걱정을 하였고 편치 않았다.

그래서 생각 끝에 어려운 결정을 내렸다.

엄마와 떨어져서 살아야 하는 유니가 걱정되기는 했지만, 가족들은 치료의 방법으로 엄마가 일본으로 돌아가서 결혼하기 전에 했던 일을 할 수 있도록 배려해 주기로 했다.

유니 엄마는 고민했다.

유니를 데리고 가고 싶었지만 시부모님께서 허락해 주시지 않을 거라는 걸 알고 있었고, 본인이 잘할 수 있는 일을 하며 살고 싶지만 그렇게 하면 아직 아기인 유니가 너무 보고 싶어서 또 죽을 만큼 아플 것 같은 마음이 갈등했기 때문이었다.

하지만 아팠다. 너무 아팠다.

유니를 걱정하고 사랑하는 마음은 그 누구보다도 컸지만 유니를 제대로 돌봐 줄 수가 없는 엄마가 선택할 수 있는 방법은 일본으로 돌아가는 거였다.

한번은 겨우 걷기 시작한 유니가 뜨거운 물을 끓이는 전기포트 주변에서 노는 걸 모르고 누워 있다가 아기가 위험에 처했던 적이 있을 정도로 너무 많이 아팠다.

그래서 유니 아빠가 아이디어를 냈다.

"딱 1년만 유학을 가는 거라고."

유니가 세 살 생일을 맞은 지 열흘째 되던 날, 엄마는 오사카행 비행기에 몸을 실었다.

그렇게 유니 엄마는 유니의 가족들과 떨어져서 살게 되었고 유니는 할아버지 할머니와 함께 살게 되었다.

유니는 할머니를 정말 잘 따르는 귀엽고 명랑한 아가였다. 그 작은 아가가 주어진 상황에 순응이라도 하듯 보채지 않았고 가끔 생각이 났는지 물어보곤 했다.

"엄마 언제 와?"

"엄마 어디 갔어?"

하지만 엄마가 오사카로 간 후에도 엄마를 찾아서 울거나 하지 않았다. 정말 다행이었다.

놀이학교를 다녀온 유니가 오늘은 입이 뾰로통하니 화가 좀 나 있다.

할머니가 지난번 아빠 집에 갔을 때 가지고 놀았던 것과 똑같은 밀가루 반죽을 만들더니 할머니 혼자서 가지고 놀다가 냄비 안에 퐁당 넣어 버렸기 때문이다.

"수제비라는 거란다."

할머니가 설명했다.

집으로 막 돌아왔을 때 할머니가 밀가루로 반죽을 하고 계셔서 유니는 아빠처럼 유니에게 주시려나 보다라고 생각했었다.

아마 유니가 반죽을 갖고 놀겠다고 떼를 썼다면 할아버지는 이렇게 야단을 쳤을지도 모른다.

"이놈~ 먹는 거로 장난치면 안 돼요!"

감자를 썰고 계시던 순영 씨가 혼잣말을 했다.

"에고 증말, 조금이라도 좀 남겨 주시지. 아니 반 주먹만큼에 천 원을 할 거야, 만 원을 할 거야. 매일 달라고 하는 것도 아닌 착한 아이한테."
"순영 씨, 나한테 뭐라 했어요?"
할머니가 물었다.
"아무것도 아니에요. 혼잣말이라 들리면 안 되는 건데, 들렸어요?"
순영 씨가 대답했다. 순영 씨 특유의 밉지 않은 이죽거림이다.
순영 씨는 유니가 태어나기 전부터 할머니 댁 가사일을 나눠서 해 주시던 할머니의 파트너이다.
하나밖에 없는 아들을 열심히 키워서 캐나다로 유학을 보냈는데 대학 졸업 후 그곳에서 취직을 했고 돌아올 계획이 없는 사람이 되었다고 한다.
순영 씨 말로는 은행을 다니는 남편이 손이 많이 안 가는 사람이라 할 일이 없어서 할머니 댁에 취직을 하였다고 했다.
순영 씨의 남편분은 삼한은행의 부지점장님이다.
두 분은 강원도 강릉이 고향이고 중학교 때부터 친구였다고 한다.
순영 씨는 특기도, 취미도 가사일이다.
유니가 아는 순영 씨 나이는 작년에도 올해도 내일모레 예순 살이다.
할머니의 가사 파트너일 때 순영 씨의 유니폼은 귀여운 캐릭터가 그려진 진청색의 앞치마이고 그 외 시간 밖에서 만났을 때의 순영 씨는 연밤색 니트 자켓이 멋지게 어울리는 우아한 '할줌마'이다.

보통 가사도움을 주시는 분들을 이모님이라 부르기도 하지만, 할머니가 "순영 씨"라고 불러서 유니도 그렇게 부른다.
할아버지가 그러면 안 된다고 했지만, 딸내미를 안 키워 본 순영 씨가 여자아기가 자기 이름을 부르는 것이 너무 귀여워서 그렇게 하자고 했다.
"6살만 되어도 그렇게 불러주지 않을 거예요."
할머니와 할아버지가 취미로 분재 수업을 받으러 가시는 매주 화요일, 유니는 순영 씨와 하원을 한 후 동네 마트에 간다.
펫샵에 햄스터를 보러 가기도 하고 배스킨라빈스에 가서 아이스크림도 먹는다.
화요일은 늘 그런 날이다. 연밤색 니트 자켓의 순영 씨와 하원 후 데이트를 하는 날이다.

2. 샤로니와의 만남

서운했던 음식 '수제비'를 겨우 먹고 나서 유니는 할머니가 뒷정리하시는 것을 기다리고 있었다.

덜어주신 수제비를 다 먹으면 할머니가 옥상에 개미를 보러 가자고 약속해 주셨기 때문이다.

유니는 개미 보기를 좋아한다. 하얗고 큰 짐을 등에 지고 끙차끙차 온 가족이 줄지어 가는 모습은 계속 보고 있어도 조금도 지루하지가 않았다.

그런데 아직 옥상까지 유니 혼자서는 가본 적이 없어서, 식후 초코바나나우유를 아껴 마시며 할머니를 기다리고 있다.

유니의 할아버지는 언니들만 다니는 대학교의 교수님이다. 교수님은 선생님의 다른 이름이라고 할아버지에게 들었다.

재미도 별로 없고 상냥하지도 않은데 어떻게 선생님이 되었는지 유니는 아무래도 이상하다고 생각했다.

유니의 영어 과외 선생님인 소정 쌤은 예쁘고 상냥한 데다 재밌기까지 해서, 유니는 선생님은 다 그런 사람들인 줄 알았던 것이다.

TV로 프로야구를 이쪽저쪽 채널을 바꿔가며 보시던 할아버지는 유니가 심심해 보이셨는지 애니메이션 '슈슈는 공주님'을 틀어 주셨다.

'슈슈는 공주님'에는 유니처럼 엄마, 아빠와 떨어져 사는 아이가 나온다. TV에서 엄마 얘기를 할 때면 가끔 슬퍼지기도 하지만, 주인공이 입은 옷들이 너무 예뻐서 슬픈 생각은 금방 사라졌다.

유니는 예쁜 옷 입는 것을 아주 좋아한다.

한참 유니가 TV에 빠져 있을 때, 할아버지가 가끔 유니에게 치는 장난을 또 하셨다. 유니의 포니테일로 묶은 머리를 슬쩍 잡아당기신 것이다.

"하지 마."

할아버지는 그런 유니가 귀여워서 또 한 번 잡아당기셨다. 그럼 또 유니는 이렇게 말했다.

"할아버지, 하지 마!"

제법 카랑카랑한 목소리로 화를 내며 일어섰다.

그 순간! 할아버지가 또 한 번 유니의 포니테일을 잡아당겼고, 나름 재빠르게 돌아보려고 했던 쪼끄만 유니가 중심을 잃고 넘어져서 초코바나나우유를 놓쳐버렸다.

그레이색 카펫에 금방 초콜릿색 얼룩이 생겼다.

유니가 제대로 화가 났다. "할아버지 이놈~ 이 장난꾸러기야!"

할머니가 유니를 엄하게 야단칠 때 하시는 바로 그 말이었다.

화가 난 유니가 큰 소리로 말한 뒤 울어버렸다.

할아버지의 큰 눈이 동그래지고 부엌에 계시던 할머니와 순영 씨가 뛰어오셨다.

유니의 울음소리 뒤 약간의 침묵이 흐른 뒤, 할아버지가 아주 크게 "껄껄껄" 웃으셨다. 할머니와 순영 씨도 웃으셨다.

그런데 울음이 터져버린 유니가 좀처럼 그치지 못하고 더 서럽게 "으앙" 하고 울었다. 마치 세상의 모든 슬픔을 혼자 감당하는 것처럼 아주 슬프게 말이다.

어른들이 아무리 달래 봐도 소용이 없었다.

그때였다. 할아버지가 놀라서 멈추었던 TV를 보았다. 슈슈가 엄마를 만나서 안고 있는 장면이었다.

순간, 할머니의 가슴이 미어졌다. 유니가 왜 그렇게 더 슬프고 크게 우는지 이제야 알 것 같았다. 아직 어린 유니가 말로 표현은 못 해도 TV 속 아이와 엄마의 모습이 유니에게는 얼마나 간절한 꿈이었을까?

할머니가 유니에게 달려가 작은 몸을 꼭 안아주었다. 아니 유니의 슬픔을 똑같이 느끼는 마음으로 꽉 안아주었다.

"우리 유니… 할머니가 있잖아. 할머니가 여기 있어."

하지만 유니의 울음은 멈추지 않았다. 멈출 수가 없었다. 그동안 꾹꾹 눌러 참았던 엄마에 대한 그리움이 댐이 터지듯 쏟아져 나왔다.

네 살 아기의 어깨가 들썩이며 흘리는 서러운 눈물을 보며, 그 의미를 너무나 잘 알고 있는 할머니도 할아버지도 순영 씨도 함께 눈시울이 붉어졌다. 그날 밤, 유니는 할머니 품에서 한참을 울다가 지쳐서 잠이 들었다.

그리고 그 후로도 며칠 동안 유니는 잠들기 전이면 어김없이 조용히 눈물을 흘렸다. 엄마가 너무너무 보고 싶어서 말이다.

그렇게 지내던 어느 날이었다. "훌쩍훌쩍. 흑흑흑…."

처음엔 바람 소리인 줄 알았다. 하지만 분명 누군가가 우는 소리였다.

잠 못 들고 조그맣게 울고 있던 유니가 이불을 걷고 눈을 떠 보니… 믿을 수 없는 광경이 펼쳐졌다!

창문 앞에서 반딧불이 크기만 한 작은 존재가 둥둥 떠다니며 엉엉 울고 있었다. 그런데 이게 어떻게 된 일일까? 그 작은 존재에게서 무지개색 빛이 나고 있었고, 눈물이 변한 은은한 진주알은 또르르 창틀 위에서 미끄럼을 타고 있었다. 마치 보라색 꿈속에서 흘러나온 환상 같았다.

'이건 꿈이야, 꿈일 거야!'

그런데 신기하게도 유니는 전혀 무섭지가 않았다. 오히려 그 작은 존

재가 자신처럼 슬퍼 보여서 마음이 아팠다. 유니는 살그머니 이불에서 나와 두 손을 조심스럽게 모아 컵 모양을 만들었다.

"여기로 와. 무서워하지 마."

그 작은 존재는 깜짝 놀라며 유니를 쳐다봤다. 그러고는 마치 무지개 구름을 타고 이동하듯 유니의 손바닥 위로 살포시 내려앉았다. 그 순간! 유니의 방이 온통 장미꽃밭처럼 달콤한 향기로 가득 찼고, 벽에 걸린 그림들이 반짝반짝 빛나기 시작했다.

"넌… 너 정말 나를 볼 수 있는 거야?"

그 작은 존재가 유니의 눈을 바라보며 물었다. 목소리는 바람에 흔들리는 은방울꽃처럼 맑고 아름다웠다. 그리고 놀랍게도 작은 손으로 유니의 눈물을 만지자, 눈물이 반짝이는 다이아몬드 가루처럼 사라져 버렸다!

"어라… 내 눈물이…?"

"난 유니야. 넌… 정말 요정이야?"

유니가 신기해하자, 그 환상적인 존재가 눈물이 그렁한 눈으로 미소 지으며 대답했다.

"맞아! 난 샤로니야. 호세루피아라는 마법나라에서 왔어. 나이는 300살이야."

샤로니가 말하자 갑자기 그녀 주위에서 작은 별들이 폭죽처럼 터지기 시작했다. 그리고 그 별들이 모여서 '300'이라는 숫자를 만들었다가 사라졌다!

"와아… 정말 신기해!"

"넌 왜 울고 있었어?" 샤로니가 물었다.

"엄마가 보고 싶어서."

"그럼 엄마 방으로 가면 되잖아."

유니가 울먹이는 목소리로 대답했다.

"난 엄마가 없어. 원래는 있었는데 지금은 없어. 추울 때부터 아빠가 서른 밤을 더 자면 만날 수 있다고 했는데, 지금도 계속 계속 서른 밤을 자야 한대."

"엄마가 없어도 슬픈 거구나."

샤로니가 말했다.

"난 엄마가 두 명이야. 언니들은 5명이나 있고. 그래서 너무 슬픈 일이 자꾸만 생겨."

이해를 했는지 안 했는지 알아챌 수 없는 얼굴의 유니는 샤로니가 해 줄 다음 말을 기다렸다.

"엄마는 항상 언니들 편이야." 샤로니의 말에

"난 그래도 엄마가 보고 싶어."

유니의 말을 들은 샤로니가 손사래를 치며 말했다.

"엄마는 나도 좋아하는 걸 자꾸만 언니들한테 주라고 하는걸. 오늘도 내가 진짜 제일 좋아하는 핑크색 드레스를 언니한테 양보하고 오는 길이야. 어제도 참고, 그저께도 참고, 지난번에도 참았는데. 오늘의 핑크 드레스는 진짜 참을 수가 없었어."

울먹이는 샤로니의 말이 끝나기도 전에 유니가 벌떡 일어났다. 그리고 옷장에서 가장 아끼던 핑크색 원피스를 꺼내 왔다.

"샤로니, 이거 너 가져!"

그 순간 정말 놀라운 일이 벌어졌다! 샤로니의 몸에서 찬란한 황금빛이 터져 나왔고, 방 안의 모든 것들이 따뜻한 봄바람에 살랑살랑 흔들리기 시작했다. 심지어 유니의 인형들도 살아있는 것처럼 고개를 끄덕였다!

"이… 이런 일이… 이거야말로 정말 마법 같아!"

샤로니가 감격스러운 목소리로 중얼거렸다.

"샤로니, 이거 너 가져. 난 소라색 원피스도 있고 노란색, 빨강색도 있어."

갑작스러운 선물을 받은 샤로니가 또다시 울먹이는 목소리로 말했다.

"왜? 그럼 너는… 넌 핑크색 안 좋아해?"

"아니, 나도 좋아해. 핑크색 드레스 때문에 너가 슬펐으니까. 그래서 주는 거야. 이제 슬퍼하지 마, 샤로니."

언니들이 많은 샤로니는 내가 좋아하는 걸 지킬 수 있는 환경이 아니었다. 특히 무슨 연유인지 꼭 언니들과 샤로니가 서로 갖고 싶은 것이 있을 때마다 잠마는 항상 샤로니에게 양보하라고 했다.

아, 잠마는 샤로니 엄마의 애칭이다. 사람들이 그렇게 부르면 안 된다고 했지만 엄마한테 화가 났을 땐 일부러 그렇게 부른다.

잠마라고 부를 때 엄마 표정이 서운해지는 걸로 작은 복수를 한 거다.

샤로니는, 항상 양보만 시키는 엄마가 내 편이 아니라고 생각했다.

그런 샤로니에게 아무 고민도 없이 자기 걸 내어주는 유니를 보고 샤로니는 진심으로 감동했고 유니가 너무 고마웠다. 태어나서 처음 느껴 보는 특별하고 소중한 경험이었다.

"나 네가 좋아질 것 같아. 그래서 말인데, 가끔 와서 너랑 같이 살아도 될까?"

샤로니가 물었다.

"정말? 그럴 수 있어? 나도 네가 좋아. 하지만 걱정하실 텐데…."

걱정이 가득한 얼굴로 유니가 말했다.

"아빠에게 허락을 받아야 해. 우리 아빠는 호세루피아의 국왕이셔. 항상 내 편이기도 하지. 내가 안전하기만 하다면 이해해 주실 거야."

"아, 그런데 너 혹시…."라고 말하며 주위를 둘러보던 샤로니가 유니의 하트 목걸이를 가리키며 말했다.

"정했다, 내 집! 나 여기 있어도 괜찮지? 내가 여기 왔을 땐 난 주로 저기서 휴식을 할게. 평소에는 너랑 함께 다닐 건데, 굳이 가지 않아도 되는 곳이 있거나 낮잠이 필요할 때 내가 있을 곳이 필요하거든."

샤로니가 팔을 휘휘 돌리자, 갑자기 방 안에 무지개가 나타났다! 그리고 그 무지개 위로 작은 유니콘들이 깡충깡충 뛰어다니기 시작했다.

"와! 유니콘이다!"

"응! 그리고 이것도 봐 봐!"

샤로니가 손을 흔들자 유니의 하트 목걸이가 갑자기 활활 타오르는 것처럼 빛났다. 순간 유니는 깜짝 놀랐지만 전혀 뜨겁지 않았다. 오히려 포근하고 따뜻했다.

"내가 필요할 땐 하트 펜던트를 만져 봐. 그럼 내가 어디에 있든지 순간이동 해서 너에게 올 수 있어! 그리고 말이야, 다른 사람들에게는 내가 안 보여. 하지만 내가 특별한 주문을 외우면…."

샤로니가 작은 손을 하늘로 뻗고 "샤라리 샤르리 샤리샤리 팡팡, 호세 루피아 알라카잠!" 하고 외치자, 갑자기 그녀의 모습이 커지면서 유니만큼 큰 여자아이로 변했다!

"이렇게 변신할 수 있어! 함께일 때 주의사항은 나를 의식하지 않기야. 물론 처음엔 잘 안될 거라서 너의 의지와는 상관없이 너를 행동하게 할 수도 있어. 그러니까 유니는 내가 없다고 생각하고 지내는 연습을 해줘야 할 텐데. 할 수 있을까?"

샤로니의 설명을 듣는 동안 신기하고 기분이 좋아진 유니의 심장이 콩닥콩닥 소리를 내고 있었고, 할머니도 모르는 비밀이 생기는 일이라 양손에는 땀이 났다.

"자연스럽게 지내면 되는 거야. 나머지는 내가 알아서 할게. 잘할 수 있지, 유니?"

"응!"

"좋아, 그럼 오늘은 그만 자자. 아… 참…. 난 기면증이란 희귀한 증세가 있어. 아픈 건 아닌데 갑자기 잠이 들거나 잠을 아주 오랫동안 잘 때가 있을 거야. 하지만 혹시 내가 필요하면 언제든지 불러 줘."

눈이 동그랗게 된 유니가 다짐이라도 한 듯 두 주먹을 꼭 쥐며 대답했다.

"나는 아무 때나 너에게 갈 수 있고 너를 볼 수 있는데, 당분간 넌 이 방에 와야만 나를 떠올릴 수 있게 할 거야."

"응! 샤로니!"

유니가 대답하자 샤로니는 다시 작아지기 시작했다. 그리고 마치 피터 팬의 팅커벨처럼 반짝이는 요정가루를 흩뿌리며 유니의 하트 목걸이 안으로 쏙 들어갔다.

"여기가 내 새집이야! 정말 아늑하네!"

목걸이 안에서 샤로니의 작은 목소리가 들렸다.

그날 밤 꿈같은 잠에 빠져들었던 유니는 아침에 일어날 때까지 미소 띤 얼굴이었다. 침실 곳곳에는 아직도 작은 별가루들이 반짝이고 있었고, 공기 중에는 달콤한 마법의 향기가 남아있었다. 이제 유니에게는 세상에서 가장 특별한 친구가 생겼다!

3. 공주님의 컬러 "핑크"

다음 날은 토요일이라 놀이학교를 가지 않았다.

지난밤 신기한 친구 생각에 일찍 일어난 유니는, 잘 잤는지 보러 오신 할머니의 뽀뽀 세례를 받는 중이었다.

그런데 이상한 일이 벌어졌다!

아래층으로 내려가려고 방을 나오는 순간 유니가 샤로니를 완전히 잊어버렸다. 마치 꿈이었던 것처럼 말이다.

유니는 할머니가 식사 준비를 하시는 동안, 며칠 전 할머니에게 배운 약 봉투 접기를 하면서 놀기 시작했다. 소근육 발달을 위해 할머니가 색종이 접기처럼 고안해 낸 방법이었다.

할머니는 교대역 3번 출구에 있는 태평약국의 약사님이다. 유니가 놀이학교에 가 있는 시간 동안 약국을 나가셨다가 하원할 때 함께 집으로 돌아오신다.

할머니와 교대근무를 해주시는 남규 할머니는 그림도 잘 그리시는데, 약사보다는 가수가 꿈이셨다고 한다.

유니가 약국에서 할머니를 기다릴 때 그려 주시는 마이클 잭슨은 남규 할머니가 어렸을 때 되고 싶었던 모습이었다고 했다. 체구가 크신 남규 할머니와 마이클 잭슨을 번갈아 가며 보던 유니가 이해를 잘 못하는 이유를 할머니들은 아마 알고 계셨을 것이다.

집으로 돌아온 할머니가 바비 영화를 보여주셨다. 엄마가 보고 싶어졌을 유니의 마음을 풀어주기 위해서였다.

"예쁘다~ 예쁜 핑크 침대네! 와, 핑크 구두도 있고 핑크 가방도 있잖아.

우와~"

　엄마는 잠깐 잊은 듯 핑크핑크한 것들을 보며 즐겁게 감탄을 하고 있는 유니를 보고 있자니, 할머니는 유니를 더 기쁘게 해주고 싶다는 생각이 들었다.
　'핑크색 방으로 꾸며 줘야겠구나.'
　할머니가 마음을 먹었다.
　예쁘고 핑크핑크한 것들로 가득 찬 놀이방, 행복해할 유니를 상상만 해도 미리 기분이 좋아진 할머니였다.
　절호의 기회가 왔다!
　할아버지가 한 달 뒤 대학 동창생들과 유럽 여행을 가신다고 하셨다.
　할머니는 유니의 놀이방 벽지도, 침대도, 이불도, 옷장도, 커튼도 온통 핑크색으로 할 계획을 세웠다.
　순영 씨와 함께하는 공동작전이었다.
　드디어 할아버지가 여행을 떠나셨고, 할머니는 건축업을 하시는 남동생과 유니의 핑크색 놀이방 프로젝트를 시작했다.
　제일 첫날, 모든 짐을 꺼낸 후 벽지를 바르고, 다음 날은 한 달 전부터 제작 의뢰하였던 핑크색 옷장이 들어왔다.
　모든 일은 유니가 놀이학교에 간 시간 동안 비밀리에 진행되었다.
　할아버지가 안 계신 동안 유니와 할머니는 할아버지가 지내시는 1층에서 지냈는데, 사람들이 왔다 갔다 하는 것이 너무 궁금한 유니에게 할머니도 순영 씨도 "위험하니 가지 말라"라고만 했다.
　그리고 토요일이 왔다!
　할머니가 아빠를 불러 유니를 아빠 집으로 보냈다.

핑크색 옷과 핑크색 침대와 침구 세팅 등 할머니는 모든 준비를 마친 후 유니에게 깜짝 쇼를 하고 싶었기 때문이다.

드디어 일요일 저녁!

아빠와 함께 할머니 집으로 돌아온 유니는 갑자기 나타난 핑크색 세상에서 정말 너무너무 좋아하고 있었다.

"우와! 이게 제 방이에요? 전부가 핑크예요. 바비 방처럼 말이에요! 우와, 이불도 핑크, 내 베개도 핑크예요!"

핑크색인 옷장을 보고 팔짝팔짝 뛰더니 조심스럽게 열어보았다.

"우와! 잠옷도 핑크! 와, 핑크색 원피스 새거가 생겼어요. 샤로니한테 줬는데 자꾸 생각이 났었거든요."

자기 방에 있었기에 생각난 샤로니를 실수로 말해 버린지도 모르는 유니였다.

그게 무슨 말인지 질문하려던 할머니는 유니의 이어지는 감탄에 끼어들 순간을 놓쳐버렸다.

"저 진짜 바비가 된 거 같아요. 누가 한 일이에요? 그때 그 아저씨들이지요? 고맙다고 말하고 싶어요."

순영 씨가 검지손가락으로 할머니를 가리키며 웃고 있었다.

순영 씨의 사인을 본 유니가 별로 크지 않은 두 눈을 더 작게 뜨더니 할머니에게 달려가서 안겼다. 행복할 때 유니가 하는 행동이었다.

"할머니~ 너무 감사해요. 정말 사랑해요!"

그리고 순영 씨에게 인사를 하는 것도 잊지 않았다.

"순영 씨, 감사합니다!"

샤로니는 호세루피아에 다녀온 후 긴 잠에 빠져 있다.

빨리 보여주고 싶었지만, 다른 사람들한테는 비밀이라고 했던 샤로니와의 약속 때문에 유니는 마음만 콩닥거렸다.

흐뭇하게 유니를 보고 있던 아빠도 할머니를 안아 드렸다.

유니는 꿈속 같은 일이 생긴 걸 정말로 감사하고 행복해하는 착한 아이였다.

할머니와 순영 씨가 내려가시길 기다리는 유니가 방 안을 왔다 갔다 했고, 좋아서 그런다고 생각한 어른들이 퇴장해 주었다.

드디어 유니와 샤로니만의 시간이 왔다!

기분이 너무너무 들뜨고 좋았지만, 평소보다 차분한 마음으로 하트 목걸이의 펜던트를 아주 조심스럽게 열어 보았다.

그런데 정말 놀라운 광경이 펼쳐졌다!

목걸이 안은 마치 작은 보랏빛 신비한 궁전 같았다. 반짝이는 별들이 천장에 매달려 있고, 솜구름 같은 작은 침대가 있었다. 그리고 그 위에서 개미보다 작아진 샤로니가 장미 꽃잎을 이불 삼아 쌔근쌔근 자고 있었다!

샤로니가 숨을 쉴 때마다 작은 무지갯빛 거품들이 둥둥 떠올랐다.

"어머나, 정말 요정이구나…."

온몸에 소름이 돋는 듯 귀엽다고 느낀 유니가 코를 찡긋, 행복한 표정으로 또다시 조심스럽게 펜던트 커버를 닫았다.

그리고 목걸이의 하트 펜던트를 살짝 문지르더니 두 손으로 감싸 쥐었다.

그 순간! 목걸이가 따뜻하게 빛나기 시작했고, 갑자기 샤로니가 빙글빙글 돌면서 유니 앞에 나타났다!

"아웅, 잘 잤다! 어머나? 이게 뭐야 뭐야 뭐야~?"

샤로니가 방을 둘러보더니 눈이 동그래졌다. 그리고 갑자기 신나서 공중제비를 세 번이나 돌았다!

"무슨 일이야, 유니? 여기가…. 여기가 정말 네 방이야?"

"샤로니! 눈을 크게 떠봐! 핑크 방이야. 바비처럼! 할머니와 순영 씨가 만들어 주셨어!"

샤로니가 방 안을 한 바퀴 날아다니며 구경했다. 그런데 신기한 일이 벌어졌다! 샤로니가 지나가는 곳마다 작은 별똥별들이 따라다녔다!

"우와, 유니! 정말 예쁘다. 너무너무 좋다! 이건 마치… 마치 호세루피아의 공주 방 같아! 아니 그보다 훨씬 더 예쁘다."

그때 샤로니가 마법을 부렸다! 작은 손을 휘휘 돌리자 방 안의 모든 핑크색 물건들이 반짝반짝 빛나기 시작했다. 마치 진짜 보석들처럼!

"와! 샤로니, 이것 봐!"

두 사람은 두 손을 잡고 빙글빙글 돌았다. 그러자 그들 주위로 분홍색 나비들이 날아다니기 시작했다! 물론 나비들은 샤로니의 마법이었다.

"정말 완벽한 핑크 공주 방이야!"

샤로니가 손뼉을 치자, 방 안에 은은한 오르골 소리가 흘러나왔다.

유니가 소중한 친구의 집인 하트 목걸이를 예쁜 핑크색 이불 위에 올려놓았다.

"샤로니, 네가 있어서 정말 행복해. 이제 우리 방이야!"

"응! 우리 방! 어? 우리 방? 너의 방? 너와 나의 방이라고? 유니야… 넌 정말 천사구나. 힝 너무 고마워 넌 정말 나의 천사야. 아, 유니야, 내가 또 다른 마법을 보여줄까? 아니다 오늘은 여기까지. 다음에는 더 멋진 걸 보여줄게."

샤로니가 빙긋 웃으며 비밀스럽게 속삭였다.

이렇게 좋아해 주는 걸 보니 두 사람은 마음이 예쁜 진짜 친구가 된 게 틀림없었다.

이틀 후, 여행에서 돌아온 할아버지가 핑크색이 된 유니 방을 보시고 할머니에게 한마디 하셨다.

"아~니, 인형을 키우는 줄 아는 거예요?"

유니의 눈이 동그래졌다. 할머니도 순영 씨도 웃었다.

4. 마음에 들어요?

  오늘은 할머니, 할아버지가 건강검진을 받으러 가셔서 순영 씨가 유니를 픽업하러 온 날이다.
  아직 서툰 손놀림으로 놀이학교 모자를 눌러쓰며 나오던 유니가 순영 씨를 보았다.
  "순영 씨!"
  유니가 활짝 웃으며 달려왔다.
  "아고아고, 넘어질라!"
  순영 씨도 반갑게 손을 잡아주었다.
  "순영 씨, 할머니는~?"
  "응, 할아버지랑 병원에 검사받으러 가셨지~"
  "그럼 우리 오늘도 피스타치오아이스크림 먹으러 갈까?"
  "좋지~"
  놀이학교 정문에서 바로 보이는 아이스크림 가게는 건널목만 건너면 된다.
  신호가 바뀌자 유니가 한 손으로는 순영 씨 손을 잡고, 반대쪽 한 손은 높이 들며 건너갔다. 길 건너는 꼬맹이를 기다려주듯 멈춰선 차들에게 보내는 사인이었다.
  지켜보는 순영 씨가 '귀여워서 죽겠다'는 표정이다.
  아이스크림 가게를 마주보고 왼쪽으로 조금만 올라가면 건물 지하에 마트가 있다. 마트 안 펫샵의 도치(고슴도치)와 햄토리(햄스터)에게 인사를 하고 돌아오는 것이 유니와 순영 씨의 미니 데이트 코스였다.

집으로 돌아온 순영 씨는 유니가 놀이학교에 가지고 갔던 물통을 씻고 나서 공기놀이를 해주시기로 하였다.

물병을 씻다 보니 보리차도 끓일 때가 되었고, 자꾸만 순영 씨 눈에 해야 할 일들이 들어와서 공기놀이 시작 전까지 시간을 좀 벌어야 했다.

요즘 유니가 색종이 접기에 재미를 붙였던 것이 생각이 났다.

순영 씨는 컬러링 노트와 색종이를 유니에게 가져다주면서 조금만 놀고 있으라고 했다. 그런 순영 씨의 마음을 읽었는지 유니는 "순영 씨 바쁘구나~? 색종이 접기 끝나면 공기놀이 하기로 약속이에요. 꼭이요~!"

"네네, 공주님~" 대답을 한 순영 씨.

"약속은 왜 하는 거라 했지요?" 유니가 어른처럼 물었다.

"지키기 위해서 하는 거지요~" 마치 어린아이가 대답하듯 말한 순영 씨에게 "참 잘했어요!" 유니가 칭찬을 했다.

이것도 할머니가 유니에게 하신 말이다.

유니에게 칭찬을 들은 순영 씨가 재밌어하며 주방으로 갔다.

혼자 놀고 있기로 한 유니는 오늘은 색종이 접기 놀이가 별로 하고 싶지 않았나 보다.

주위를 둘러보던 유니의 얼굴이 뭔가 특별한 결정한 듯한 표정이었다. 유니는 통통통 뛰어서 위층으로 올라갔다. 가위를 가지러 간 거였다.

가위를 들고나오던 유니는 샤로니가 생각났다.

커버를 열자 마침 기지개를 켜던 쪼그만 샤로니가 유니를 보며 웃었다.

"아웅~~ 잘 잤다. 안녕, 유니!"

"안녕, 샤로니! 나 지금부터 할아버지를 도와줄 거야. 같이할래, 샤로니?"

"그래? 노동은 별로 안 좋아하는데… 너랑 함께라면 오케이! 해보자!"

아래층으로 내려온 유니가 의미심장한 표정으로 목표물을 가리켰다.

그리고 할아버지가 하시던 모습을 떠올리며 유니가 먼저 정성스럽게 가위질을 하기 시작했다. 샤로니도 따라서 시작했다.

그런데 샤로니가 작은 마법가루를 뿌리자, 갑자기 가위가 더 잘 들기 시작했다!

아직 소근육 발달이 덜 된 유니가 삭둑 하고 또 삭둑, 뭔가 어설프게 잘라내는 소리를 냈다.

집중할 때 하는 한껏 모은 입 모양을 보니 아주 열심히 하고 있는 모양이다.

한참을 열심히 작업한 꼬마들이 자기들이 자른 것을 쓰레기통에 제법 말끔히 버리고 나서 외쳤다.

"됐다!"

주방 씽크대에서 물소리를 내며 일을 하던 순영 씨는 유니가 부른 소리인 줄 알고 정리를 서둘렀다.

공동작업을 마치고 사라진 샤로니가 뿌린 망각의 마법가루 때문인 걸까? 갑자기 피곤해진 유니는 소파 위에 올라가 쿠션을 베고 누웠다.

"순영 씨, 할머니 언제 와?"

"가만있어 보자. 지금이 3시니까 5시에는 오실 거야."

유니가 공기놀이를 잊어버렸다고 생각한 순영 씨가 말했다.

"유니, 마트 다녀와서 피곤했구나. 할머니 오실 때까지 방에 가서 조금 자고 있을까? 할머니가 오시면 깨워 줄게."

순영 씨 말을 듣고 계단으로 가던 유니가 순영 씨를 불렀다.

"순영 씨, 오늘은 약속 안 지켰으니까 다음에 두 번 해줄 거지? 공기놀이, 다음에는 꼭 약속 지켜야 해. 약속은 지키려고 하는 거니까. 알았지?"
"아이, 그럼 그럼!"
들켰구나 싶어서 '풋' 하고 웃을 뻔한 순영 씨가 당연하다는 듯 대답을 해주었다.
위층으로 올라온 유니는 오늘따라 외출하신 할머니가 무척 보고 싶었다.
생각에 잠긴 듯한 표정으로 탁상용 바늘시계를 바라보던 유니는 큰 바늘도 작은 바늘도 숫자 5에 맞춰두었다. 아직 바늘시계를 볼 줄 모르는 유니지만, 그렇게 해 두면 할머니가 빨리 오실 것 같아서다.
피곤함과 심심함이 온몸에 묻어 있는 유니가 핑크색 침대 위 이불 속으로 들어갔다. 졸려서인지 아까까지 샤로니와 함께였다는 것도 잊은 것 같았다.
그리고 스르륵 잠이 들었다.
"유니야, 울 아가 아주 잠들었나? 아가, 밥 먹고 자야지. 할아버지가 우리 아기 주려고 슈크림 붕어빵 사 오셨는데!"
유니가 배시시 웃으며 잠에서 깼다.
"아이구 예뻐라 내 새끼, 자다가 깨도 울지도 않고. 아고 예뻐라."
유니는 아주 어릴 때부터 잠에서 깰 때 울지 않았다. 아빠나 삼촌이랑은 사뭇 다른 유니의 육아가 할머니는 힘도 들었지만, 새롭고 신기했다. 할머니의 손을 잡고 위층에서 내려온 유니가 할아버지를 보고 달려가서 안겼다.
바둑 놀이를 할 때는 가끔 엄한 할아버지지만, 유니만 보면 표정이 온화해지고 자기를 많이 사랑하는 할아버지가 유니도 참 좋았다.
할아버지가 주신 붕어빵을 오물거리며 먹던 유니가 뭔가 생각이 났는지 먹던 빵을 접시 위에 두고 거실로 갔다.

그리고 할아버지를 당당하고 큰 목소리로 불렀다.

"할아버지, 할아버지! 짜잔~~~~! 이것 보세요. 제가 할아버지를 도와드렸어요!"

"아니, 우리 아기가 뭘 도와줬을…."

식탁에서 웃으며 거실로 나오시던 할아버지 얼굴이 새파랗다 못해 하얘졌다.

"이거예요, 이거. 초록이요. 제가 했어요. 핑크 가위로요. 참 잘했지요?"

이상하게 조용해진 거실을 슬쩍 보았던 할머니도 너무 놀라서 까무러칠 뻔했다.

할아버지는 하얗게 질린 얼굴로 쓰러지기 일보 직전이셨다.

지난해 할아버지가 일본에서 사 오신 100년 된 '사어천 진백나무 분재'의 푸른 이파리가 거의 다 사라져 있었다.

심심했던 유니가 할아버지를 도우려고 잘라놓은 것이다.

샤로니와 함께 말이다.

어디서 봤는지 볼품없이 앙상해진 가지를 유니가 손바닥을 펴서 자랑스럽게 가리키고 서 있었다. 두 눈은 반짝거렸고 한껏 힘이 들어간 콧구멍으로 보아 칭찬을 잔뜩 받을 준비가 완료된 모습이었다.

현기증이 날 정도로 놀라고 화가 나신 할아버지가 애처롭게 고민에 빠졌다.

아무도 없었다면 딱 울고 싶은 심정이지만, 엄한 만큼 이성적인 할아버지는 숨을 아주 크게 들이켰다 내쉬었다.

조마조마해하며 할아버지와 유니를 번갈아 바라보시는 할머니를 보고 아기 유니가 뭔가 이상하다고 생각했는지 한마디를 했다.

"할아버지… 마음에 안 드는구나?"

유니가 실망한 목소리로 말했다.

"할아버지가 너무 어려워했잖아요. 그래서 제가 도와주고 싶었어요."

"아… 아…." 할아버지는 여전히 울상을 하고 계셨다.

"그런데 저도 아주 많이 힘들었어요!"

딱딱한 진백나무의 푸른 이파리를 저만큼이나 잘랐으니 힘도 들 만했다.

"세상에, 그 작은 문구용 가위로 어떻게 저렇게 알뜰히도 자를 수가 있었는지…."

잠자코 지켜보시던 할머니가 중얼거리듯 말씀하셨다.

유니는 심사숙고하며 분재 손질을 하시던 할아버지가 어려워서 그러는 줄 알았나 보다.

그리고 할아버지는, 이 기특한 말썽쟁이 아기를 어떻게 하면 좋을지 판단을 하는 중이었다.

그렇게 유니와 할아버지가 서로 다른 고민을 하고 있을 때 순영 씨가 퇴근을 서두르기 시작했다.

"아이쿠, 내 정신 좀 봐! 우리 아저씨가 오늘은 집에 와서 밥 먹는다고 했는데 깜박했었네. 약사님, 저 집에 가요. 내일 올게요."

그리고 혼잣말인 듯 "아유, 어른들이 귀한 걸 귀하다고 알려줬으면 좋았을 걸…." 중얼거렸다.

그리고 문밖으로 나가면서 유니만 들리게 속삭이듯 말했다.

"유니야, 밥 잘 먹고 잘 자거라. 아우, 저거 엄청 안 잘리는데 어떻게 저렇게 많이 잘랐을까? 유니 정말 힘들었겠다. 최고야, 최고! 다음에는 꼭 할아버지한테 여쭤보고 더 잘하자!"

"네~!"

분위기가 좀 이상한 건 알았지만 순영 씨에게 칭찬을 받은 유니가 씩씩하게 식탁으로 돌아왔다. 그리고 아까 먹던 슈크림 붕어빵을 마저 먹었다.

아직 놀란 가슴인 할머니가 맥문동보리차를 유니에게 먹였다. 할아버지의 일거수일투족을 신경 쓰면서 말이다.

조마조마한 저녁 시간이 지나고 유니를 재우신 할머니가 할아버지를 위로하러 내려오셨다.

생각했던 것보다 더 슬픈 표정의 할아버지가 앙상한 분재의 상처 난 부분들을 정성스럽게 어루만지고 계셨다.

"속상해서 어떻게 해요. 내일 유니한테 다시는 그러면 안 된다고 잘 설명해 줄게요. 진작 그렇게 했어야 했는데 신경 못 써서 미안해요."

진심을 담은 할머니의 위로를 받은 할아버지가 침착하게 말씀하셨다.

"애기가 이쁘지도 않은 분재에 관심을 가질 줄은 나도 정말 생각도 못 했어요."

"여보, 그런데 진심으로 궁금해서 묻는 건데요. 분재가 꽃을 피우는 것도 아니고, 향이 뭐 그렇게 좋은 것도 아닌데 당신이 그렇게 애지중지 손질할 때 왜 키우는지 궁금하긴 했어요. 어떨 땐 개작(改作)한다고 나무에 철사를 감아서 억지로 모양 만드실 땐 어찌 보면 나무도 생물인데 너무 괴롭히는 거 같아서 맘이 좀 안 좋을 때도 있었거든요." 할머니의 조심스러운 질문이었다.

"나도 처음에는 그런 생각이 들 때가 있었어요. 그런데 나무나 식물에는 '뉴런' 즉 신경 전달물질이 없어서 통증을 느끼지 않는다니 참 다행이지요."

"혹시 분재가 고가라 재테크로 생각하고 하는 거예요?" 다시 한번 진지한 할머니의 질문이었다.

"정말 나중에는 그럴 수도 있겠지요. 우리 유니가 할머니가 되었을 때쯤이면 말이에요. 내가 분재를 시작한 이유는 딱 한 가지예요. 우리가 저 소중한 생명체인 유니와 천년만년 살 수는 없잖아요. 그런데 나무는 이렇게 소중히 키우면 100년도 1,000년도 살아내요. 특히 주목(朱木)이란 나무는 살아 천 년 죽어서 천 년이라고 한답디다. 난 없어져도 나무라도 남겨 두면 혹시 나 죽고 나서 우리 아가를 지켜봐 주지 않을까 싶어서요. 지켜주었으면 좋겠다라는 마음으로 하는 거예요."

"어머나, 그렇게 깊은 마음이 있는 줄도 모르고 어쩌면 좋아요."

"할 수 없지, 어떡하겠어요. 아까 순영 씨가 하는 말 들었지요? 어른들이 귀한 걸 귀하다고 알려 줬어야 했다고 말이에요. 내일은 잘 말해 줘야겠어요."

할머니는, 항상 간간하기만 했던 할아버지의 속 깊은 취미에 마음이 아팠다.

갑자기 고난을 맞은 분재 사건은 할머니가 그린 그림 푯말을 세워 두면서 끝이 났다.

나무가 투명 눈물을 흘리는 모습으로 "내 머리카락을 자르지 마세요"라고 쓰여 있었다.

할아버지는 꽤 오랜 시간 동안 속이 많이 상한 상태로 지내셨다.

유니가 다섯 살이 될 때까지 했던 사건들 중 가장 큼지막한 사건이었다.

part 2
작은 아티스트의 첫걸음

1. 내 이름은 헤르미온느

다섯 살 유니가 다니는 놀이학교는 집 앞에서 셔틀버스를 타면 5분 걸려서 도착하는 곳이다. 거리로 따지면 300미터 정도여서 어른 걸음으로 3분이면 올 수 있었다.

유니가 이렇게 가까운 거리인데도 버스를 탈 수 있었던 건 조금 특별한 일이었다. 할머니와 떨어지지 못하는 유니를 위해 노란 버스를 타면 언니가 되는 거라고 말했던 놀이학교 원장님 덕분이었다. 아니, 더 자세히 말하면 까만 선글라스를 낀 3호차 셔틀버스 아저씨가 원장님의 부탁으로 배려해 주신 덕분이었다.

3호차 아저씨는 정말 좋은 분이었다. 하지만 한 가지 특이한 점이 있었는데, 버스를 타고 가는 짧은 시간 동안 자꾸만 구구단을 외우게 한다는 것이었다.

"유니야, 2×3은?"

"6!"

"3×4는?"

"12!"

숫자를 별로 좋아하지 않았던 유니였지만, 3호차 아저씨 덕분에 구구단 2단과 3단만큼은 완벽하게 마스터할 수 있었다.

그런데 이제 모든 것이 바뀔 예정이었다.

할머니가 다음 주부터는 조금 더 먼 곳에 있는 '영어놀이학교'로 가야 한다고 말씀하셨다.

"왜요, 할머니?"

"더 이상 새로 입학하는 친구들이 없어서 우리 유니가 다니던 '바름놀이학교'가 문을 닫게 되었단다."

이 말을 들은 유니가 고개를 갸우뚱했다. 유니처럼 공주님을 좋아해서 놀이학교에 있는 드레스나 공주 머리띠를 서로 가지고 놀려고 다투던 세진이와도 이번 주가 마지막이라는 뜻이었다. 좋은 건지 나쁜 건지 마음이 좀 이상했다.

영어놀이학교라니!

유니에게는 완전히 새로운 세상이 기다리고 있었다.

"영어놀이학교에서 영어 이름을 정해서 오라고 하네요."

가족 모두가 함께하던 저녁 식사, 할머니가 하신 말에 온 가족이 비상이 걸렸다.

식사 후 8시가 조금 넘어 아기 유니는 잠자리에 들었고 할아버지, 할머니, 그리고 아빠, 마침 오랜만에 놀러 온 삼촌까지 모두 머리를 맞대고 진지하게 의견을 내기 시작했다.

삼촌은 유니 아빠의 하나밖에 없는 남동생으로, 아주 가끔 할머니 집에 와서 유니와 함께 놀아주는 재미있는 사람이었다.

"모니카는 어때?"

"클로이도 예쁘지 않나?"

"소피아, 올리비아, 라일라, 캐서린…."

어른들은 여러 가지 예쁜 이름들을 종이에 적어 가며 열띤 토론을 벌였다. 그리고 내일 아침 유니에게 최종 선택권을 주기로 결정했다.

다음 날 아침, 해가 떠오르기도 전에 눈을 뜬 유니는 할아버지보다도 빨리 잠을 깼다. 동화책들로 가득한 핑크색 자기 방에서 가장 좋아하는 고양이가 그려진 그림책을 펼쳤다. 유니는 실물로는 한 번도 본 적이 없는 고양이를 너무너무 좋아하고 글도 제법 잘 읽는다.

할머니가 손주가 있는 할머니의 친구분들과 마치 '손주 한글 떼주기 게임'이라도 하시듯 애정을 듬뿍 담아 열심히 가르쳐 주셨기 때문이다. 그 덕분에 유니는 '우유', '고구마' 같은 쉬운 단어부터 시작해서 만 36개월에 한글을 곧잘 읽을 수 있게 되었다.

드디어 아침 식사 시간이 왔다.

가족들이 정말 열정적으로 고민해서 정한 영어 이름 후보들을 유니에게 들려주었다. 그런데 모든 이름을 다 듣고 난 유니가 짧은 두 팔로 팔짱을 낀 채 말했다.

"제 영어 이름은 헤르미온느예요!"

"어? 헤르미온느?"

삼촌이 눈을 둥글게 뜨며 물었다.

"왜 갑자기 헤르미온느야?"

"삼촌, 기억 안 나요? 지난번에 아빠하고 저하고 해리포터 영화 보러 갔었잖아요!"

유니의 눈이 반짝반짝 빛났다.

"그 영화에서 제일 예쁜 여자아이 있었죠? 그 아이 이름이 헤르미온느예요. 그래서 헤르미온느로 하기로 했어요! 저도 예쁘고 싶으니까요!"

한순간 조용해졌던 가족들이 한바탕 크게 웃어 버렸다. 그 작은 아이가 스스로 '생각'을 해서 결정을 했다는 것만으로도 모두가 기특하고 대견해했다.

유니는 예쁜 걸 좋아한다.

유니를 키우시는 할머니는 아들만 키워 보신 터라, 여자아이의 머리를 예쁘게 묶어주는 걸 못했었다. 그래서 유튜브를 보며 하나하나 배우셨는데, 그럴 때마다 "참 좋은 세상이네" 하고 감탄하곤 하셨다.

그런 할머니 덕분에 유니는 언제나 예쁜 옷을 입고, 예쁜 머리 모양을 하고 다닐 수 있었다.

아침 식사를 마치고 자기 방으로 돌아온 유니는 다시 책을 펼쳤다.

그런데 갑자기 뭔가 생각이 났다. 샤로니였다! '아, 샤로니한테도 내 영어 이름을 알려 줘야지!'

유니는 급한 마음에 노크도 없이 샤로니의 특별한 집인 하트 펜던트를 열어 보았다.

그런데 이상했다.

평소 같으면 작은 은하수 같은 별들이 반짝이고, 장미 꽃잎 이불을 덮고 새근새근 자고 있을 귀여운 샤로니가 보이지 않았다.

목걸이 안의 작은 궁전은 텅 비어 있었고, 샤로니가 좋아하던 구름 침대 위에는 반짝이는 마법 가루만 살짝 남아 있었다.

"샤로니? 샤로니 어디 갔어?"

유니는 급하게 책상 밑도, 필통 속도, 오르골 소리가 나는 예쁜 보석함까지 모조리 뒤져봤다. 하지만 샤로니는 어디에도 없었다.

바로 그때였다!

갑자기 방 안에 달콤한 꽃향기가 퍼지기 시작했다. 그리고 작은 금가루들이 공중에서 빙글빙글 돌더니 무지개 빛깔로 반짝였다.

"걱정하지 마, 유니!"

공중에서 샤로니의 목소리가 들려왔다. 모습은 보이지 않았지만 분명 샤로니의 은방울 같은 목소리였다.

"지금은 호세루피아 왕궁에 잠깐 왔어. 아빠가 나를 너무 보고 싶어 하셔서 긴급 소환을 받았거든!"

유니는 샤로니를 찾으려고 방 안을 두리번거렸다. 그러자 갑자기 벽에 걸린 거울이 희미하게 빛나기 시작했다.

"하하하, 신기하지? 지금 나는 차원이동 중이라 너에게 잘 안 보여. 하지만 곧 다시 갈게!"

그때 거울 속에서 아주 잠깐 샤로니의 모습이 비쳤다. 반짝이는 티아라를 쓰고 유니가 선물한 예쁜 핑크색 드레스를 입은 진짜 공주님 모습이었다!

"우와! 샤로니, 정말 공주님 같아!"

"맞아! 호세루피아에서는 내가 진짜 공주거든. 그런데 유니야, 내 목소리 잘 들리지? 들렸으면 왼손을 들어 줄래?"

유니는 기쁘게 왼팔을 번쩍 들어 올렸다.

"좋아! 너무 귀여워! 유니야, 나 아빠한테 인사드리고 금방 돌아갈게. 그때까지 조금만 기다려 줘!"

"응, 빨리 와 샤로니. 나 네가 너무 보고 싶어."

"알아, 알아, 나도 그래."

순간 울컥했던 샤로니의 말이 끝나자 공중의 금가루들이 모여서 작은 하트 모양을 만들더니 유니의 이마에 살포시 내려앉았다. 따뜻하고 포근한 느낌이었다.

"이건 내가 주는 특별한 선물이야. 이 마법가루가 있으면 유니는 항상 행복할 거야!"

하지만 샤로니는 유니가 자신을 그리워하며 찾지 않도록 특별한 마법을 부렸다. 작은 지팡이를 휘휘 돌리며 '망각의 꽃가루'를 살짝 날려 보낸 것이다. 유니의 기억에서 샤로니에 대한 생각을 잠시 지워버리는 부드러운 마법이었다.

"샤라리 샤르리 샤리샤리 팡팡, 호세루피아 알라카잠!"

샤로니가 마법 주문을 외우자, 방 안에 라벤더 향기가 살짝 퍼졌다.

유니는 다시 아무 일 없었다는 듯 고양이 그림책을 보기 시작했다. 하지만 이상하게도 기분이 좋았다. 마치 누군가 따뜻한 포옹을 해준 것 같은 느낌이었다.

토요일이면 유니에게 또 즐거운 시간이 찾아온다. 아빠가 할머니 댁으로 와서 유니와 함께 밤을 보내는 날이기 때문이다.

아빠와 함께하는 시간은 정말 특별했다. 아빠가 좋아하는 트랜스포머 로봇을 조립하기도 하고, 유니가 좋아하는 바비 영화를 함께 보기도 한다.

유니 아빠는 정말 잘생긴 사람이었다. 그리고 조금 엄격한 할아버지와는 달리 언제나 상냥하고 다정했다.

그런데 아빠에게는 한 가지 신기한 점이 있었다.

밤에는 멋진 아빠였는데, 아침이 되면 늘 머리가 산발이 된 이상한 아저씨로 변해 있었다.

그리고 자꾸만 뚱뚱해지는 아빠의 배는 '혹시 뱃속에 동생이 들어있는 건 아닐까?'라는 상상을 하게 했다.

'헤르미온느'라는 새로운 이름을 갖게 된 유니는 그 이름으로 2년 동안 영어 유치원을 다녔다. 그리고, 여름방학이 끝나 갈 무렵 또 다른 새로운 도전을 하게 되었다. 바로 외국인 학교 입학이었다.

"영어만큼은 정말 잘하게 해주고 싶어."

할머니의 강한 의지가 반대하시던 할아버지의 의견을 이긴 결과였다.

유니는 옆집 지연이와 같은 일곱 살이었다. 하지만 외국인 학교에서 유니는 지연이보다 반년 빨리 1학년이 되었다.

학교생활은 쉽지 않았다. 일주일에 딱 한 시간밖에 없는 한국어 시간을 빼고는 선생님들이 하루 종일 영어로만 말하라고 하셔서 정말 곤란했다. 엄마가 가르쳐 주신 '와까리마시따(알겠습니다)'라는 일본어도 아직 제대로 못 하는데 말이다.

그런 유니에게 진짜 기다려지는 시간이 있었다.

유니랑 아빠는 6개월에 한 번씩 엄마를 만나러 오사카에 간다. 약속이 가끔 어긋날 때도 있었지만, 엄마를 만나러 가는 여행은 언제나 유니를 들뜨게 만들었다.

엄마를 만나러 갈 때면 할머니는 평소보다 훨씬 더 예쁜 옷을 골라 입혀 주셨다. 엄마도 만나고, 예쁜 옷도 입고, 비행기도 타고…. 유니에게는 이보다 더 행복한 일이 없었다.

오사카에 도착하면 호텔에 짐을 풀고 가장 먼저 가는 곳이 있었다. 바로 다카라즈카 극장이었다.

이곳은 엄마가 의상 제작을 담당하고 있는 뮤지컬 전용 극장이었다.

엄마는 한 번도 말로 하지는 않았지만 자기가 열심히 일하고 있는 장소를 통해 유니랑 떨어져 있을 수밖에 없었던 이유를 무언으로 전하고 싶었을지도 모른다.

유니 엄마는 아빠만큼 키가 크지는 않았지만, 늘씬하고 아름다운 분이셨다. 마치 다카라츠카 극장 무대에 서는 뮤지컬 배우들처럼 우아했다.

극장 공연장에서 조금 떨어진 곳에는 호시노 할아버지의 사무실이 있었다.

호시노 할아버지는 키는 작지만 하얗고 푸근한 눈썹을 가진 분으로, 외할아버지의 오랜 친구였다.

유니는 지금까지 엄마, 아빠와 함께 세 번 가봤는데, 갈 때마다 호시노 할아버지는 유니에게 특별한 선물을 주셨다.

유니가 '핑키'라고 애칭을 붙여준 핑크색 털실로 만든 고양이 인형과 '후꾸마네끼 네꼬(복을 부르는 고양이)'는 유니가 가장 아끼는 호시노 할아버지의 선물이었다.

"할아버지, 안녕하세요."

할아버지의 집무실에 들어서던 유니가 반갑게 인사를 했다.

"오호 오냐오냐. 유니가 또 왔구나. 어서 오너라. 기특하구나. 어른이 시켜주지 않아도 인사를 잘하는구나."

유니는 호시노 할아버지의 독특한 눈썹과 부드러운 미소가 참 좋았다. 마치 오랫동안 알고 있던 친척 같았다.

유니에게 일본은 다정하고 포근한 곳이었고, 그곳에서 만나는 사람들은 상냥하고 친절해서 덩달아 예의 바른 사람이 되어야 할 것 같았다. 엄마가 있는 곳이라 더 그렇게 느껴졌을 것이다.

일본에 가면 아빠는 어김없이 트랜스포머 장난감을 파는 '타카라토미' 매장으로 향했다. 그러면 엄마는 유니만을 위한 시간을 내어주셨다.

공연복과 기모노를 제작하는 작업실도 보여주시고, 극장의 의상 보관실도 구경시켜 주시고, 백화점의 아름다운 기모노 판매장도 함께 돌아보았다. 그때마다 엄마는 유니의 작은 손을 꼭 잡아 주시거나 등에 업어 주셨다.

7살이나 된 유니였지만, 엄마의 어부바만큼 좋은 건 세상에 없었다.

엄마의 등은 아빠보다 작고 따뜻했다. 그리고 엄마만의 달콤한 냄새가 났다.

똑똑한 유니는 나름대로 생각했다.

'엄마가 나와 함께 있어 주지 못해서 미안한 마음에 어부바를 해주시는 거야.'

엄마는 공연복 의상을 제작하는 회사의 사장님이라고 한다.

그래서 갑자기 급한 일이 생기면 회사에 가야 할 때가 있었다.

"사장님은 원래 그런 거야." 아빠가 설명해 주셨다.

그런 날이면 유니는 아빠와 둘만의 오사카 탐험을 떠났다.

하지만 여기에는 한 가지 큰 문제가 있었다.

아빠가 일본어를 전혀 하지 못한다는 것이었다.

오사카 타카시마야 백화점의 '복숭아 맛 푸딩'은 편식쟁이 유니가 가장 좋아하는 디저트였다. 오사카에 갈 때마다 꼭 먹고, 집에 가져갈 것도 사

는 것이 유니의 루틴이었다.

  그런데 이번에는 아빠가 "하나는 먹고 두 개는 포장해 주세요"라는 말을 잘 못해서 겨우 한 개만 살 수 있었다. 뭐라고 잘 설명하고 싶었지만 포기하기로 했다, 우리 뒤로 기다리던 사람들이 많아서 카운터 직원의 시간을 공평하게 나누어 써야 할 것 같았다.

  더 웃긴 일도 있었다.

  서서 먹는 지하철역의 우동가게에서 아빠가 "하이, 하이. 소우데스" 하며 고개를 연거푸 끄덕이는 바람에 소바 국수가 4그릇이나 나와 버린 것이다.

  맘씨 착한 가게 사장님이 "허허허" 웃으시며 2그릇 값은 깎아 주었지만, 미안해하던 아빠는 4그릇 값을 다 내고 왔다.

  "좀 아깝긴 하지만 아빠 실수니까 어쩔 수 없지."

  그래서 그다음부터는 유니가 나서기로 했다.

  손가락으로 하나하나 짚어 가며 설명하면 다 통하는데 말이다.

  가끔 엄마를 기다리다 심심해지면, 아빠와 함께 엄마가 일하시는 회사로 구경을 가기도 했다.

  회사 직원들은 모두 친절했다. 절도 있게 움직이는 직원들이 정중하게 인사를 해주시면 유니도 더욱 공손하게 인사를 돌려드렸다.

  유리문으로 된 자동문이 열릴 때마다 엄마의 모습이 더 잘 보였다. 때로는 엄마의 목소리도 들을 수 있었다.

  가끔 엄마와 눈이 마주치면 환하게 웃어 주셨다.

  유니는 엄마의 웃는 얼굴이 세상에서 가장 예쁘다고 생각했다.

  그 예쁜 엄마가 한국에 계실 때는 한국 사람, 일본에 계실 때는 일본 사람인 줄 알았다.

유니가 오사카 여행을 마치고 한국에 돌아온 후, 어느 날 학교에서 '우리 가족 소개하기' 시간이 있었다. 일주일에 한 번뿐인 한국어 시간이었다. 아이들은 각자 가족들의 그림을 그리고 일일이 그들의 직업을 소개하는 발표를 해야 했다.

유니의 차례가 되었다.

"이분은 우리 할아버지예요. 할아버지는 언니들만 있는 대학교의 교수님이에요. 이분은 우리 할머니예요. 할머니는 약국에서 일하시는 약사님이에요. 이분은 우리 순영 씨예요. 순영 씨는 우리를 도와주시는 할머니의 파트너예요. 우리 아빠는 광고를 만드는 일을 해요."

여기까지는 괜찮았다. 하지만 다음 순간….

"우리 엄마는… 일본 사람이었다가 한국 사람이었다가 하는 사람이에요. 엄마는 옷을 잘 만들어요. 우리 엄마는…. 너무 보고싶은 사람이에요…."

그리고 마지막으로 유니가 가장 어려워하는 부분이 왔다.

"이분은… 우리 외할머니예요. 외할머니는… 치매래요."

유니의 목소리가 점점 작아졌다.

"그래서 외할머니 머리 나이가 유니하고 똑같아요…."

말을 마치지 못한 유니의 눈에서 눈물이 뚝뚝 떨어지기 시작했다.

"나는… 나는 외할머니가 아프지 않았으면 좋겠어요."

이제 유니의 목소리는 완전히 울음이 되어버렸다.

"할머니가 아파서 엄마가 저한테 못 와요. 나도 엄마가 매일매일 보고 싶은데…. 외할머니가 양보를 안 해요."

그 순간 교실의 다른 아이들이 모두 조용해졌다.

갑자기 울기 시작한 유니에게 달려와 꼭 안아 주신 레이첼 선생님의 어깨도 들썩거렸다. 보조교사 케이티 선생님도 눈물을 훔치셨다. 심지어 장난치며 돌아다니던 친구들까지 따라 울기 시작했다.

교실은 그야말로 울음바다가 되어버렸다.

유니의 외할머니는 화가였다.

외할아버지가 갑자기 돌아가신 후 뇌경색으로 쓰러지셨고, 그 후 몇 년째 치매를 앓고 계신다.

가슴 아픈 일이었다. 함께 생활하는 유니 엄마와 바로 옆에서 케어를 해주시는 간병인을 제외한 모든 사람의 이름과 얼굴을 잊어버리신 외할머니였지만, 단 하나 기억하는 것이 있었다.

바로 유니였다.

외할머니는 매일매일 유니 얼굴을 그리고, 유니 이름을 쓴다.

그것이 하루 일과 중 가장 중요한 시간이었다.

하나뿐인 손주에 대한 끈을 놓지 않으려는 유니를 향한 외할머니만의 특별한 사랑이었나 보다.

2. 유니를 잃어버렸어요

 8살이 된 유니는 빨리 여름방학이 되길 기도했다. 올해는 방학 동안 2주일이나 엄마, 아빠와 함께 일본에서 보내기로 약속했기 때문이다.
 "정말 믿어지지 않아! 엄마, 아빠랑 유니버셜 스튜디오에 가다니!"
 지금까지는 아빠가 오랫동안 휴가를 낼 수가 없어서 엄마의 회사나 호텔 레스토랑, 그리고 극장 같은 곳만 갔었다.
 여름방학이 되었고, 엄마가 있는 오사카에 온 유니는 며칠 전부터 여행 가방을 싸고 또 싸며 들뜬 마음을 감출 수 없었다. 엄마가 만들어준 소라색 원피스, 새로 산 샌들, 그리고 호시노 할아버지가 선물해 주신 '핑키' 고양이 인형까지 꼼꼼히 챙겼다.
 같은 오사카에 있는 유니버셜 스튜디오지만 이번에는 집이 아닌 테마파크 안 바로 정문 앞에 있는 호텔에서 3일이나 묵을 예정이었다.
 그런데 누가 알았을까? 이 행복한 여행이 순식간에 악몽으로 바뀔 거라는 걸.
 오사카에서 출발한 전철 안은 여름휴가를 떠나는 사람들로 가득했다. 유니버셜 스튜디오로 향하는 전철 안에서 유니는 들뜬 마음을 감출 수 없었다.
 "아빠, 해리포터 성 정말 볼 수 있어요?"
 "물론이지! 넌 헤르미온느니까 특별히 더 멋질 거야!"
 "저 그 마법 지팡이를 너무 갖고 싶어요."
 "좋아, 아빠가 꼭 사 줄게."
 아빠가 유니의 머리를 쓰다듬으며 웃었다. 엄마도 유니의 손을 잡고 창밖 풍경을 편안한 얼굴로 바라보고 있었다.

하지만 이 평화로운 순간이 곧 산산조각날 줄은 아무도 몰랐다.

전철이 유니버설 스튜디오역에 도착했을 때, 플랫폼은 인파로 가득했다.

"사람이 정말 많네. 조심해서 내리자."

엄마가 걱정스러운 목소리로 말씀하셨다.

문제는 바로 그 순간에 발생했다.

전철 문이 열리자 사람들이 우르르 쏟아져 나왔다. 엄마는 가방을 챙기느라, 아빠는 지도를 보느라 잠깐 정신이 없었다.

사람들에 밀려서 내린 유니의 엄마 아빠는 계단을 오르다 동시에 불안한 허전함을 느꼈다.

유니가 안 보였다.

"어?"

"유니는?"

아이를 기차에 두고 내린 것이다.

엄마는 아빠가 유니 손을 잡고 있을 거라 믿었고, 아빠는 엄마가 데리고 내린 줄 알았다.

서로를 바라보며 당황하던 아빠가 짐도 버리고 거꾸로 계단을 뛰어 내려갔지만 때는 이미 늦었다.

전철 안에 혼자 남겨진 유니는 처음에는 상황을 이해할 수 없었다.

"엄마? 아빠?"

유니가 주위를 둘러보며 부르기 시작했을 때, 전철 문이 닫히기 시작했다.

"엄마아아아!"

유니의 외침과 함께 문이 닫힌 전철은 다음 역을 향해 떠나갔다.

"유니야…."

계단에서 내려오지도 올라오지도 못하고 주저앉았던 엄마가 가까스로 몸을 일으켜 세웠고, 엄마와 아빠는 완전히 패닉 상태가 되어 미친 사람들처럼 역무원을 찾았다.

"우리 아이가! 우리 아이를 전철에 두고 내렸어요!"

엄마의 목소리는 이미 절규에 가까웠다. 온몸은 덜덜 떨리고 있었다.

"8살 여자아이요! 소라색 옷을 입고 있어요!"

아빠도 다급하게 상황을 설명했다.

역무원들이 급하게 무전을 돌리기 시작했다. 하지만 부모에게는 1분 1초가 영원처럼 느껴졌다.

"어떻게 이런 일이…. 내가 어떻게…."

엄마는 자책하며 눈물을 흘렸다.

시간이 얼마나 지났을까? 그다음, 다음 역에서 역무원이 유니를 데리고 있다는 연락을 받았다.

"찾았습니다! 아이는 안전하답니다!"

그리고 곧 엄마의 휴대폰으로도 전화가 걸려 왔다.

"네 맞아요. 소라색이요. 여자아이예요. 네네네."

아주 잠깐 안도했다. 하지만 험한 사건 사고가 많아진 터라 도무지 마음이 안정되지 않았다.

유니 엄마, 아빠는 쿵쾅대는 마음을 겨우겨우 누르고 급하게 전철을 타고 두 번째 정거장으로 향했다.

"제발, 제발 아무 일도 없기를…."

엄마는 계속 중얼거리며 기도했다.

역에 도착하자 저 멀리 익숙한 소라색 옷이 보였다.

달려간 곳에 역무원과 함께 앉아 있는 유니가 있었다. 의외로 침착한 모습이었다.

"아이가 굉장히 침착하고 똑똑한데요. 정말 대단한 아이예요."

역원의 칭찬이 채 끝나기도 전에 유니가 울음을 터트렸다.

"엄마아아아! 아빠아아아! 으앙~~~~!"

그동안 꾹꾹 참고 있던 너무너무 무서웠던 마음과 안도의 울음이었다.

"유니야! 우리 유니! 엄마가 너무 미안해. 우리 애기 얼마나 무서웠을까, 엄마가 잘못했어."

엄마도 펑펑 울었다.

아빠도 너무 미안해서 두 사람을 꼭 안고 한동안 그대로 서 있었다.

"미안해, 미안해… 아빠가 잘못했어…."

세 사람은 그렇게 한참을 울었다.

울음이 잦아들고 나서, 유니가 차근차근 설명하기 시작했다.

"처음에는 정말 무서웠어요. 전철 문이 닫히는데 엄마 아빠가 안 보이니까…."

유니의 목소리가 다시 떨렸다.

"그런데 엄마가 가르쳐준 게 생각났어요."

유니는 "엄마가 외출했다가 길을 잃거나 혼자가 되었을 때, 겁먹지 말고 유니폼을 입은 사람에게 도움을 요청하라고 했었잖아요." 그 말이 생각나서 그렇게 했다고 했다.

"유니폼 입은 사람…. 그래서 역무원 아저씨를 찾았구나?"

"네…. 난 아직… 일본어를 못 하잖아요. 어떻게 하지 하다가…." 손바닥에 뭔가 쓰는 시늉을 하면서 "이렇게 쓰고 싶다고 했어요."

유니는 작은 가방에서 메모장을 꺼내 보여주었다.

역원이 건네준 것이었는지 메모장에 'My name Yooni'라는 글자가 애처로웠다. 그 밑에는 엄마의 휴대폰 번호도 쓰여 있었다.

"아이쿠… 우리 유니가 이렇게 똑똑했구나." 엄마가 또다시 유니를 꼭 안았다.

역무원 아저씨도 감탄했다.

"정말 대단한 아이예요. 울지도 않고 차분하게 도움을 요청하더라고요."

유니와 떨어져 살아야 하는 상황이 늘 걱정스러웠던 유니 엄마가 혹시 만약의 경우를 대비해서 매번 만날 때마다 그렇게 얘기해 주었던 것을 유니가 고스란히 기억하고 있었던 것이다.

"엄마가 항상 말씀하셨잖아요. '당황하지 말고 도움을 요청하라'고요. 가능하면 아기랑 있거나, 꼭 유니폼을 입은 사람한테 말이에요."

엄마는 그런 분들이라면 길 잃은 아이를 꼭 도와줄 거라고 생각했기 때문이었다.

만약의 상황을 생각만 해도 아찔하고 숨이 막힐 것 같았다.

하지만 동시에 유니가 너무 기특했고, 유니를 다시 안고 있을 수 있는 순간이 감사하고 또 감사했다.

"앞으로는 절대, 절대로 이런 일 없게 조심하자."

"네! 약속해요!"

그렇게 가족은 다시 하나가 되어 늦은 유니버설 스튜디오 여행을 시작할 수 있었다.

3. 외국인 학교의 파티

유니가 다니는 학교는 비인가 외국인 학교였다. 다른 학원을 안 가는 유니를 두고 할머니가 '영어만은 잘했으면 좋겠다'는 마음으로 입학을 시켜 주신 곳이었다.
"안녕 얘들아, 오늘은 정말 특별한 날이지!"
담임 선생님인 미스 레이첼이 환하게 웃으며 말씀하셨다.
그 외국인 학교의 개교기념일이 돌아왔다.
비인가 학교치고는 전 세계 여러 나라에서 온 아이들로 학생들이 꽤 많았다. 이 학교에서는 개교기념일을 '코스튬 파티 데이'라고 불렀다. 자신들의 좋아하는 캐릭터 풍의 옷을 입고 마치 그 캐릭터가 된 것처럼 마음껏 표현할 수 있는 날이었다.
며칠 전, 일본에서 특별한 택배가 도착했다.
"유니야, 엄마가 보내신 거네!"
할머니가 설레는 목소리로 부르셨다.
매년 이맘때 유니 엄마는 유니를 위해 특별한 드레스를 직접 제작해서 보내주고 있다.
상자를 열어 보는 순간, 유니는 너무 좋아서 드레스를 가슴에 앉고 볼에 데어도 보았다.
평소에 유니의 학교에선 교복을 입어야 하지만, 코스튬 데이만큼은 무슨 옷을 입어도 되는 자유로운 날이었다.
올해 유니의 파티의상은 정말 화려했다. 뮤지컬 '마리 앙투아네트' 풍의 핑크와 보라색의 캉캉 드레스였다.

"할머니, 이거 진짜 공주님 드레스 같아요. 그죠?!"
"그러게 말이야~"
드레스와 함께 엄마의 편지도 들어 있었다.
'우리 헤르미온느에게, 올해도 벌써 코스튬 파티 데이가 돌아왔구나. 이 드레스는 엄마가 우리 아가를 위해 직접 디자인하고 만든 너만을 위한 드레스야. 오늘 하루만큼은 진짜 공주님이 되어 보렴. 사랑해, 엄마가.'
"와! 정말 예뻐!"
거울 앞에 선 유니는 마치 진짜 프랑스 공주가 된 것 같았다.
할머니도 감탄사를 연발하셨다.
"어머나, 우리 유니가 정말 공주님 같구나! 엄마가 얼마나 정성스럽게 만드셨을까…."
엄마가 보내 주신 드레스를 입고 학교에 도착한 유니는 교실 풍경에 더 신이 났다.
교실 안이 완전히 다른 세상으로 변해 있었다.
친구들도 신데렐라, 오로라 공주, 말레피센트, 엘사 드레스 등 각자 자기가 좋아하는 옷을 입고 있었다.
"와! 소피아, 너 엘사 드레스 입었구나. 정말 잘어울린다!"
"고마워, 헤르미온느! 너도 정말 예쁘다! 진짜 프랑스 공주 같아!"
남자 친구들도 못지않았다. 해골이 그려진 해적 의상과 울트라맨 복장을 하고 등교를 했다.
"Look at me! I'm a space warrior!"
울트라맨으로 분장한 케빈이 포즈를 취하며 소리쳤다.
"And I'm a pirate captain! Arrr!"

해적 복장의 마이클이 장난스럽게 대답했다.

각자 개성이 넘치는 의상과 표정으로 파티 준비를 마친 교실은 그야말로 작은 꼬마들의 코스튬 박람회 같았다.

유니에게는 특별한 파트너가 있었다.

"헤르미온느! 내 의상 어때?"

문 앞에서 멋진 목소리가 들렸다.

짝꿍 승범이네 엄마도 의상 디자이너였다.

승범이의 올해의 컨셉은 영국 왕자님으로 유니와 꽤 잘 어울렸다.

파란색 벨벳 재킷에 금색 단추, 그리고 작은 왕관까지 쓴 승범이는 정말 왕자님 같았다.

"와! 승범아, 너 정말 왕자님 같아!"

"그럼 너는 내 공주님이야! 우리 정말 잘 어울리지 않아?"

"정말! 완전 멋져!"

케빈이 "우~" 하고 놀렸지만, 다른 친구들은 박수를 치며 감탄했다.

"They look like a real prince and princess!"

"So beautiful!"

그리고, 그날은 또 다른 특별함이 있었다.

개교기념일에는 '세계 음식 축제'가 열렸다.

급식을 먹지 않아도 되는 날이었다. 각자 집에서 자신의 나라 음식이나 좋아하는 음식을 가져와서 친구들과 나누어 먹는 시간이었다.

유니도 할머니가 싸 주신 정성스러운 햄, 사각 유부초밥과 소시지 떡꼬치 도시락을 먹을 수 있는 정말 신나는 날이었다.

"우와! 내가 좋아하는 것들만 있잖아!" 친구들이 말했다.

겨울에는 사과, 여름에는 복숭아만 먹는 유니라서 계절이 애매한 오늘 도시락엔 과일도 야채도 없었다.

유니에게 야채 먹이기를 실패한 할머니가 안 먹는 것보다는 편식을 해도 먹는 것이 낫다는 생각으로 만들어 주신 도시락이었다.

자기도 싫어하는, 야채가 쏙 빠진 유니의 도시락에 관심을 보였던 마이클이 말했다.

"Why don't you have vegetables in your lunch box?"

"Um… That's because I'm a picky eater. I get itchy when I eat eggplants."라고 조그맣게 말한 유니에게 케빈이 진짜 부럽다는 표정으로 말했다.

"Wow, then you don't have to eat the vegetables you don't like. I envy you."

유니가 미안한 얼굴로, 계란으로 한 번 더 랩핑한 야채가 빠진 유부초밥을 친구들에게 나누어 주었다.

유니는 정말 야채를 한 입도 먹지 않는 심각한 편식쟁이였다.

한번은 선생님이 "깍두기를 먹어 보자"라고 하셨는데, 도저히 삼킬 수가 없어서 수업이 끝나고 집에 올 때까지 입에다 물고 온 적도 있었다.

그 일이 있은 후 할머니는 집에서도 야채 먹기를 강요하지 않기로 했다.

"야채는 나중에 천천히 익숙해지면 되니까, 우선 많이라도 먹자."

오늘도 할머니의 배려 덕분에 유니는 더 즐겁게 파티를 즐길 수 있었다.

다른 친구들도 각자 특별한 음식을 가져왔다.

소피아는 러시아 보르시, 케빈은 미국식 치킨너겟, 마이클은 이탈리아 파스타를 가져왔다.

"This is like traveling around the world!"

미스 레이첼 선생님이 기뻐하셨다.

할머니의 사랑이 가득 담긴 맛있는 도시락을 친구들과 함께 나누어 먹으며, 유니는 정말 행복한 하루를 보낼 수 있었다.

"이런 날이 매일 있었으면 좋겠다!"

유니의 이루어질 수 없는 소망이었다.

그날 저녁, 집에 돌아온 유니는 할머니께 하루 종일 있었던 일들을 신나게 이야기했다.

"할머니, 오늘 정말 최고였어요! 친구들이 모두 제 드레스를 예쁘다고 했어요! 할머니가 싸 주신 도시락도 인기 만점이었어요."

"그래? 우리 유니가 너무 좋았겠구나."

할머니가 유니를 꼭 안아 주시며 웃으셨다.

그날 밤 유니는 꿈에서도 공주님이 되어 친구들과 함께 춤을 추었다.

4. 한국 학교로 전학을 했어요

3학년이 된 유니에게 또 다른 변화가 찾아왔다.

한국 초등학교로 전학을 하게 된 것이다.

사실 이것은 할머니와 할아버지 사이의 오랜 줄다리기였다. 외국인 학교는 '영어를 잘하면 좋겠다'는 할머니의 의견이 이겨서 다녔던 건데, 이번에는 "한국 사람이 한국 교육을 받아야지"라고 하셨던 할아버지 의견이 승리한 게임이 되었나 보다.

"유니야, 네 생각은 어떠니?"

할머니가 조심스럽게 물어보셨다.

유니의 의사가 제일 중요했다. 유니는 잠깐 고민했다. 외국인 학교에는 재미있는 점도 많았지만, 옆집 지연이가 다니는 초등학교가 궁금하기도 했다. 그리고 무엇보다 한국말을 자유롭게 쓸 수 있다는 건 정말 좋은 일이어서 반대하지 않기로 했다.

"좋아요! 지연이랑 같은 학교 다니는 것도 재미있을 것 같아요."

지연이는 옆집에 사는 동갑내기 친구였다.

하지만 한 가지 마음에 걸리는 일이 있었다.

베프였던 소피아(주민), 엘라(효제)와 헤어져야 한다는 것은 유니를 아주 많이 서운하게 했다.

짝수가 아닌 10살 정도의 초등학교 여자아이 세 명이 친할 수 있다는 건 굉장히 드문 일일지도 모른다.

드디어 유니의 전학일, 함께하는 마지막 수업이 끝나고 영어가 아닌 한국말로 아쉬움을 위로하는 아이들.

"유니야. 우리는 사는 동네도 다르고, 우리 다시 만날 수 있을까?" 주민이의 눈에 눈물이 그렁하게 맺혀 있었다.

"걱정 마, 주민아! 우리 꼭 또 만나자." 똑같이 섭섭한 유니였지만 큰맘을 먹고 씩씩하게 말했다.

"우리 셋은 베프였잖아. 유니… 안 가면 안 되겠지?"

고개를 숙인 채 말하던 효제가 얼굴을 들었을 때, 그만 꾹 참고 있던 유니와 눈이 마주쳐 버렸다. 유니도 주민이, 효제도 이제 더 이상 울음을 참지 않았다. 참을 수가 없었다.

진심으로 헤어지기가 서운했던 소녀들은 서로가 준비해 온 선물을 주고받으며 눈물의 이별을 해야 했다.

주민이 효제 그리고 유니는 우정을 한 번 더 다짐하듯 차례로 손가락을 걸고 약속했다.

스무 살이 되면 꼭 서로를 찾아보기로 말이다.

한국 학교에서의 매주 금요일, 제일 마지막 방과 후 수업 시간은 정말 빨리 지나가는 것 같았다. 그날은 아빠 집에 갈 수 있어서 더 그러했다.

특별히 생각해 보진 않았지만, 유니는 아빠랑 있을 때 왠지 더 편안하고 자유롭다는 생각이 들었다.

잠실의 아빠 집에 가면 밤에 극장을 가기도 하고, 월드타워 주변의 잔디밭에 산책을 나온 강아지들을 만날 수도 있었다.

"아빠, 저기 골든리트리버다!"

"정말이네! 가서 인사해 볼까?"

"네!"

그리고 할머니 집에서는 절대로 안 되는 마라탕도 먹을 수 있었다.

"아빠, 마라탕 먹어도 돼요?"

"물론이지! 오늘은 그래도 되는 날이니까."

"와! 최고예요!"

할머니는 "몸에 안 좋다"라며 절대 사 주지 않는 마라탕이지만, 아빠와 함께라면 모든 게 허용되는 것 같았다.

그렇게 유니는 새로운 환경에 적응해 가며, 조금씩 한국 학교 생활의 리듬을 찾아가고 있었다.

5. 메이크업 박스

초등학교 4학년이 된 유니에게 선물 같은 일이 일어났다. 한 달 동안이나 엄마가 한국에서 지내게 된 것이다.

물론 함께 살기 위해서는 아니었다. 엄마가 서울에서 공연하는 일제강점기를 배경으로 한 뮤지컬의 의상을 담당하게 되었기 때문이었다. 뮤지컬 의상 제작은 엄마가 일하는 회사의 전문 분야였다.

엄마가 한국에 머무는 동안, 유니는 처음으로 한국에서 온 가족이 함께 사는 경험을 하게 되었다. 아빠는 연차를 내고 유니의 등하교를 직접 챙겨주었고, 저녁 식탁에는 엄마, 아빠, 유니 세 사람의 자리가 마련되었다. 일상을 함께한다는 것, '이런 게 가족이구나.' 유니는 매일 아침 일어날 때마다 가슴이 두근거렸다. 엄마의 목소리를 들으며 잠에서 깨어나고, 아빠와 함께 학교에 가고, 집에 돌아오면 엄마가 기다리고 있는 일상. 평범해 보이는 하루하루가 이렇게 따뜻하고 행복한 것이라는 걸 처음 알았다.

하지만 그 소중한 시간은 예정된 시간까지 지속되지 않았다.

엄마가 온 지 딱 일주일째인 토요일 오후, 뮤지컬 초연 리허설을 성공적으로 마친 후였다. 엄마는 스태프들과 이른 저녁 식사를 하려던 참이었다. 그때 히라노상으로부터 급한 전화가 걸려 왔다.

"저기… 어머님이 없어졌어요."

히라노상은 오사카에서 치매에 걸리신 유니의 외할머니를 돌봐주시는 분이었다. 엄마는 뭐부터 어떻게 해야 할지 몰랐다. 다른 건 아무것도 생각나지 않았다. 오직 어머니가 안전하기만을 바랄 뿐이었다.

부랴부랴 자리에서 일어난 아빠에게 전화를 걸었고 아빠는 당일 출발 항공편을 예약하고, 여권을 퀵으로 출발시킨 후 엄마를 공항으로 가라고 했다.

"제발, 아무 일도 없기를…."

기도하는 마음으로 공항으로 향하는 택시 안에서 엄마는 간절히 빌었다. 다행히 퀵으로 받은 여권과 함께 그날 마지막 비행기를 탈 수 있었다.

한국에서 출발하기 전 오사카 경찰서에 실종신고를 접수했던 엄마는 도착하자마자 집으로 달려갔다. 히라노상에게 단서가 될 만한 것들을 물어보았다.

"어머님이 자꾸 외손녀가 미아가 되었다고, 누가 찾으러 갔냐고 같은 말을 여러 번 하시더라고요."

히라노상의 목소리가 떨렸다.

"저녁 준비를 하려고 야오야(동네의 작은 슈퍼마켓)에 다녀왔더니 안 계시지 뭐예요. 평소에 차가 많은 시간에는 무서워서 외출도 안 하시는데…."

히라노상이 울음 섞인 목소리로 말을 이어갔다.

"근처를 몇 번이나 돌아봤는데 어디에도 안 계세요."

히라노상의 말을 듣던 엄마에게 갑자기 떠오른 곳이 있었다. 헐레벌떡 다시 지하철역으로 뛰어갔다. 유니버설 스튜디오 역으로 가기 위해서였다.

온 힘을 다해 뛰고 또 뛰었다. 어머니가 다치시기라도 할까 봐 너무 걱정되었다. 그런 상상을 하다가 치를 떨듯 머리를 흔들었다. 옛날에 유니를 잃어버렸던 생각이 났기 때문이었다.

유니버설 스튜디오 역에 도착한 엄마는 유니를 잃어버렸을 때처럼 또 다시 미친 사람이 되었다.

"엄마! 엄마 어디 계세요! 엄마~~~~!"

플랫폼을 오르내리며 소리쳤다. 도어가 열리는 끝 쪽까지 갔을 때, 플랫폼 1번 출구 쪽 의자에 앉아 있는 조그만 체형의 할머니가 보였다.

외할머니였다.

유니가 아기 때 입었던 겨울 잠바를 품에 안고 앉아 계셨다.

"수영아, 우리 아기를 못 찾았어."

외할머니의 목소리는 애타고 간절했다.

"어떡하지, 이제 쌀쌀한데 어디 가서 찾지? 아무리 찾아도 없어. 내가 너무 늦게 왔지 뭐야."

유니 엄마는 안도의 한숨을 쉬며 어머니를 바라보았다. 다행히 다친 곳도 없고 걱정했던 것보다 편안한 상태였다.

"우리 애기가 어디서 울고 있을까 봐 너무 무서워."

외할머니는 예전에 들은 이야기를 기억해 내신 것이었다. 유니버설 스튜디오 역에서 유니를 잃어버렸던 그 이야기를. 갑자기 그 기억이 되살아났나 보다. 그래서 미아가 된 손녀가 무서워할까 봐 부랴부랴 찾으러 나온 것이었다.

뮤지컬 의상 일은 다른 회사에서 맡아 주었고 한 달이었던 엄마의 한국 출장은 딱 일주일 만에 끝이 났다.

유니 엄마는 이런 어머니를 두고 도저히 유니에게 갈 수가 없었다. 유니가 죽을 만큼 보고 싶어서 모든 걸 포기하고 한국으로 가고 싶을 때도 많았지만, 친정어머니에게는 자신밖에 없었다.

강남에서 부유한 편에 속하는 유니의 할아버지는 유니를 생각해서 엄마에게 사업을 정리하고 서울로 오라고 했다. 사치를 하지 않는다면 사는 데 어렵지는 않을 터였다.

하지만 유니 엄마가 그럴 수 없었던 건 가엾은 어머니를 오사카에 두고 올 수도, 한국에 모시고 갈 수도 없었기 때문이었다.

외할머니는 히라노상이 주는 것만 드시고, 히라노상하고만 있고 싶어 했다. 다른 사람이 주는 것은 받지도 먹지도 않으셨다. 히라노상이 없는 한국에서 어머니가 적응할 수 있을 거라는 확신이 서지 않았다.

게다가 유니 엄마가 맡은 사업은 점점 커져만 갔다. 그래서 엄마는 너무 보고 싶고 안아 주고 싶은 유니가 아빠와 할머니, 할아버지와 편안하게 사는 것을 기도하고 바라는 수밖에 없었다.

외할머니 실종 사건으로 유니에게 "곧 만나자"라는 약속만 남기고 떠난 엄마가 두고 간 물건이 있었다. 분장용 메이크업 박스였다.

엄마 회사의 공연복을 좋아하는 한국의 뮤지컬 배우가 있었는데, 메이크업 박스는 그분을 위한 것이었다고 한다. 일본의 장인이 수작업으로 만든 보기에도 귀한 '작품' 같았다. 하지만 갑작스럽게 오사카로 떠나면서 전달하지 못한 채 아빠 집에 남겨졌다.

유니가 그 메이크업 박스에 관심을 보이는 걸 알았던 아빠가 엄마에게 사용해도 좋다는 허락을 받아 주었다.

그렇게 엄마를 만났다가 헤어진 초등학교 4학년 여름을 마지막으로, 유니는 더 이상 엄마를 만나지 못했다. 유니가 엄마를 만나러 가고 싶다고 해도 아빠는 들어주지 않았다. 엄마가 바쁠 거라며 다음에 가자고만 했다.

유니는 아빠 집에 갈 때마다 엄마가 두고 간 분장용 메이크업 박스를 자주 들여다보았다. 그리고 어느 날 아빠가 그 박스를 할머니 집 유니의 방으로 옮겨 주었다.

메이크업 박스 옆면의 골드 메탈 장식이 은은하게 빛났다. 마치 보물 상자 같았다.

식사를 마치고 방으로 올라온 유니. 아빠가 유니 방문을 노크했다.

"유니야, 우리 메이크업을 전문적으로 배워 보면 어떨까?"

유니는 아빠가 진심으로 하는 얘기인지 장난인지를 생각하며 아빠를 바라보았다.

"그럴 수 있는 거예요?"

"그럼, 요즘은 좋아하는 것을 잘하고, 그렇게 잘하는 것이 직업이 될 수 있는 시대니까."

아빠의 목소리가 따뜻했다.

"아빠는 그런 것이 정말 전문직이라고 생각하거든. 아빠는 유니가 좋아하는 일을 하면서 사는 어른이 되었으면 참 좋겠다고 생각해."

아빠는 진심이었다. 매일 만나주지도, 얘기를 들어주지도 못하는 아빠라는 이름의 자신이 유니에게 많이 미안했다. 그래서 무슨 일이든 유니가 하고 싶은 일이라면 적극적으로 응원하겠다고 마음먹고 있었다.

"그럼 정말 다음 주부터 가도 괜찮은 거예요?"

실은 유니도 분장학원을 다니고 싶다는 생각을 한 적이 있었다.

갑작스럽게 당장 다음 주부터라고 한 유니의 말에 아빠가 조금 당황했다.

"그럼, 그럼 괜찮고말고. 물론이지. 우리 유니가 좋다면 당연히 괜찮고말고. 그럼 그럼 괜찮지."

아빠는 유니에게 대답했지만, 자기 자신에게 하는 말이기도 했다. 아빠가 여러 번 괜찮다고 하는 건 뭔가 좀 안 괜찮을 때 하는 말이었다. 아마 할아버지의 반대에 부딪힐 거라는 예상을 하고 계신 게 분명했다.

아빠는 우선 할머니에게만 얘기했다. 아빠를 보는 할머니의 표정에서 유니는 뭔가 굳은 의지를 엿보았다.

그리고 일요일 아침, 할아버지가 베레모를 거실 소파에 가져다 둔 걸 본 유니가 할머니에게 말했다.

"이번 주가 셋째 주 일요일이에요. 할아버지가 고등학교 동창회 가시는 날이요."

유니가 셋째 주 일요일을 기다린 건 할아버지가 안 계신 오늘, 메이크업 학원에 대해서 아빠와 할머니와 유니가 상의해 보기로 했던 날이기 때문이었다.

"어머, 벌써 그렇게 되었구나. 엊그제가 월초였던 것 같은데." 할머니가 말했다.

"어쨌든 쇠뿔도 단김에 빼라 했듯, 난 할아버지 외출 배웅해 드리고 올 테니 아빠한테 커피 내려서 식탁에서 만나자고 하거라. 알았지, 유니?"

"네, 할머니."

할머니의 식탁은 할머니가 뭔가 특별한 일을 계획할 때 모이는 곳이었다. 유니의 핑크 방 만들기 프로젝트 때도 그랬던 것처럼.

식탁에 마주 앉은 세 사람. 아빠는 항상 생각하고 있었던 것처럼, 겨우 초등학교 4학년인 유니에게 왜 메이크업을 배워 보게 하고 싶은지 설명했다.

할머니는 납득이 간다는 얼굴로 집중해서 듣고 계셨다. 아빠는 유니가 무슨 일을 하든 행복한 사람으로 살기를 바란다면서, 할머니가 도와줬으면 좋겠다고 말했다. 그게 가장 중요하다고.

아빠는 기타 실력도 뛰어나고 노래도 잘했다. 일요일 오전 10시는 유니가 아빠, 할머니와 함께 코스트코에 장을 보러 가는 날이었다. 주말 아침, 집에서 약 20분 정도 걸리는 차 안에서 아빠가 부르는 가수 이문세의 노래를 자주 들었다.

아빠는 엄마가 좋아해서 자주 불렀고, 엄마는 외할머니가 좋아해서 자주 들었다고 했다. 유니와 할머니는 아빠가 부르는 노래 듣기를 좋아했다.

아빠는 노래하는 사람이고 싶었는데 할아버지가 반대해서 대학에서 경영학을 전공했다. 그리고 그냥 남들처럼 대학을 졸업하고 회사에 다니며 그냥 사는 거라고 했다.

그 얘기를 들은 다음 유니가 본 아빠는 뭔가 여운이 계속 남아 있는 사람처럼 느껴졌다. 실제로도 그러했다.

그래서 아빠는 유니의 메이크업 공부하기를 적극적으로 응원하고자 했고, 할머니가 도와주기로 했다.

아빠는 생각해 보았다. 유니가 메이크업 아티스트라는 직업으로 살아가는 것에 대하여. 아무 문제 없었다.

유니가 좋아하면 자주 연습하게 될 것이고, 자주 해보면 잘하게 될 것이다. 잘한다는 건 직업으로서 경쟁력을 갖출 수 있는 수준이 될 확률이 높다는 것이고, 경쟁력이 있다는 건 다른 사람들에게 인정받을 수 있다는 것이다.

인정을 받으면 자존감이 높아지고, 자존감이 높은 사람이 매너까지 겸비할 수 있다면 '행복한 사람'이 될 자격을 갖추는 거라고 아빠는 확신했다. 그리고 행복한 사람은 다른 사람의 행복에도 기여할 수 있을 거라고.
아빠가 간 뒤 유니가 할머니께 여쭤보았다.
"할머니, 원래 할머니도 쉽게 허락해 주실 일은 아닌 줄 알고 있어요. 왜 도와주기로 하신 거예요?"
"그야 우리 유니가 하고 싶어 하니까."
"그리고요? 또 다른 이유는 뭐예요, 할머니?"
할머니 눈에 잠깐 눈물이 핑 돌았던 걸 유니가 보았다. 할머니가 울음을 참는 듯한 목소리로 말씀하셨다.
"네 아빠가 우리 유니에게 그렇게 해주고 싶어 하니까 그런 거지. 아버지에게 한 번도 반항해 본 적이 없었고, 싫어도 싫다는 말을 안 해 본 착한 내 아들이 그렇게 하면 좋겠다고 하니까. 그래서 그런 거지."
할머니의 목소리가 더욱 떨렸다.
"내가 제일 사랑하는 사람들이 원하는 거니까."
이번에는 유니가 할머니를 꼭 안아드렸다.
침대에 누운 유니는 이 기쁜 얘기를 누군가와 마구마구 얘기하고 싶었다. 유니를 지켜보던 샤로니의 마법을 통해서만 가능했던 소통, 샤로니에게 유니의 마음이 전해졌나 보다. 은초롱꽃 향기가 방 안에 그윽하게 퍼졌고 유니가 샤로니를 기억해 냈다.
이 반가운 소식을 빨리 샤로니에게 알리고 싶었다.
창문을 열고 밤하늘을 바라보며 유니는 조용히 속삭였다.
"샤로니, 들리니? 나 정말 좋은 일이 생겼어. 아빠랑 할머니가 분장학원 가는 걸 허락해 주셨어. 정말 너무 좋아. 나 정말 잘할 수 있을 것 같거든."
달빛이 유니의 방 안 메이크업 박스 위에 은은하게 내려앉았다. 골드 메탈 장식이 마법처럼 반짝였다.

6. 메이크업 학원의 11살 꼬마

초등학교 5학년이 된 유니를 위해 할머니가 직접 발품을 팔아 메이크업 학원을 찾아주셨다. 그리고 유니와 할아버지가 다니던 영어 학원도 메이크업 학원과 가까운 곳으로 옮겨 등록해 주셨다.

발음이 유창하지는 않았지만 할아버지는 유니보다 높은 레벨의 반에서 수업을 받았다. 보기보다 낯가림이 있는 할아버지가 새로운 곳으로 옮기는 것을 투덜거렸지만, 할머니가 "유니 영어 실력 향상을 위해서"라고 하니 그럭저럭 넘어갈 수 있었다.

그렇게 유니는 할아버지와 같은 건물 영어 학원과 아주 가까운 메이크업 학원을 다니게 되었다. 월요일과 화요일은 영어 학원을 가고, 메이크업 수업이 있는 목요일에는 재빨리 1층으로 내려와 할머니와 만나 50미터쯤 떨어진 메이크업 학원으로 부지런히 가서 수업을 받았다.

할아버지에게 하얀 거짓말을 해야 하는 것이 죄송하고 번거로웠지만, 꽤 스릴 있고 재미있는 일이기도 했다. 할머니도 마찬가지라고 했다.

학원에서 유니는 실기수업을 들었고, 할머니와는 필기시험 준비를 하였다. 유니는 필기시험을 보고 한 번 떨어졌다가 두 번째로 본 시험에서 합격을 하였다.

유니의 시험장에 함께 들어가려고 유니한테 시켜 주신 공부로 메이크업 국가 자격증 필기시험을 보았던 할머니의 필기시험 스코어는 100점이었다고 했다.

의기소침해 있는 유니에게 할머니는 하나도 어렵지 않으니까 화이팅하라고 말씀해 주셨지만, 두 번째 시험을 유니가 딱 60점으로 턱걸이 합격을 했던 걸 보면 어렵지 않다는 말은 사실이 아니었다.

'유구조층'이나 '무구조층' 할머니가 신이 나서 설명해 주신 단어부터가 초등학교 5학년 아이가 보기에는 어려운 시험이기는 했다.

그리고 5학년 여름, 유니는 당당히 한 번만에 실기시험에 합격하여 '최연소 메이크업 국가자격증 합격자'가 되었다.

"유니야! 합격이야! 진짜 합격했어!" 학교에서 돌아와 막 문을 열고 들어오는 유니를 향한 할머니의 목소리가 집 안 전체에 울려 퍼졌다.

유니는 믿을 수 없었다. 정말 해냈다. 11살의 나이에 메이크업 국가자격증을 딴 것이다.

그날 밤, 창문을 열고 밤하늘을 올려다보던 유니에게 익숙한 반짝임이 보였다.

"유니! 들리니? 난 네가 합격할 줄 알았어!"

"고마워, 샤로니."

또 한 번 바람이 살랑 불어오더니 다시 샤로니의 목소리가 들려왔다.

"정말? 축하해, 유니! 마법나라에서도 다 봤어. 너무 자랑스러워!"

별빛 사이로 샤로니와 루카스의 모습이 어렴풋이 보였다. 그들이 작은 축하 파티를 벌이고 있는 것 같았다.

유니는 가슴이 벅찼다. 혼자가 아니었다. 샤로니라는 특별한 친구가 있었고, 자신을 사랑해 주는 가족들이 있었다.

메이크업 최연소 국가자격증 취득!

할머니와 아빠는 엄마랑 떨어져 살아서 의기소침해 있는 유니에게 이렇게 작지만 큰 성공을 맛보게 해주고 싶었나 보다.

자격증을 받은 후에도 유니는 매일 정해진 시간만큼 연습 시간을 가졌고 학원에서도 더욱 적극적으로 다른 사람들을 도왔다.

유니는 특히 나이가 많아 보이는 분들에게 도움이 되어 주었다. 그분들 중 어떤 분은 유니의 엄마 정도의 나이로 보이는 분들도 있었다. 결혼을 하면서 경단녀가 되었다가 용기를 내어 메이크업 자격증에 도전을 했다고 들었다. 유니는 자신이 아는 것을 기꺼이 나눠주었다.

밤하늘의 별들이 유난히 밝게 빛나던 그날 밤, 유니는 창가에 앉아 자격증을 바라보았다. 유니 나이 겨우 11살의 어린 나이에 얻은 이 작은 종이 한 장이 얼마나 소중했는지 모른다. 자신의 노력에 대한 결실, 이 작은 성공 경험이 앞으로 유니의 성장에 얼마나 멋진 영향을 줄지 기대가 되는 밤이었다.

마법나라에서는….

샤로니가 우주 망원경으로 유니를 바라보며 미소를 지었다.

"아빠, 유니가 정말 대단한 사람이 될 것 같아요."

"그래, 샤로니. 네가 좋은 친구를 만났구나. 하지만 기억해라. 진짜 도움은 마법이 아니라 마음에서 나오는 거야."

"네, 아빠. 저도 알겠어요. 마법만 의존하면 안 될 것 같아요. 유니처럼 진짜 실력을 키울 거예요."

그때 마음속에 떠오른 것이 있었다.

"루카스, 너도 같이 갈래?"

아직 아빠에게는 비밀로 하고 싶었던 샤로니는 루카스에게 텔레파시로 질문했다.

"물론이지! 우린 팀이잖아."

유니를 지켜본 샤로니는 마법으로만 도움을 주는 것이 아니라, 진짜 자기가 하고 싶고 잘할 수 있는 일을 찾아야 한다는 것을 깨달은 것 같았다. 그리고 그것을 첫 번째 만남에서 반해 버린 착하고 외로운 친구가 있는 지구별에서 찾고 싶다는 생각을 했다.

지구별의 인간 세상을 더 깊이 이해하고, 사람들에게 진짜 도움이 될 수 있는 일을 할 수 있을지도 모른다는 기대가 생겼다.

그리고 샤로니는 언제든 유니가 사인을 보내면 응답할 수 있는 곳에 있기로 결심했다. 루카스도 항상 함께였다.

part 3

꿈을 향한 도전

1. 내 이름은 잠마딸

　마법학교에서 돌아온 샤로니는 노란색 문이 인상적인 가족 식당으로 조용히 발을 들였다.

　식사 시간까지 아직 20분이나 남아 있었지만, 오늘따라 유난히 배가 고팠다.

　샤로니는 커다란 식탁 끝자리에 앉더니 이내 턱을 괴고 테이블에 엎드렸다.

　의자에 앉은 채로 잠깐 자고 싶다고 생각했지만, 왕궁 식당 주방의 새로 온 요리사가 궁금했던 샤로니는 기면증으로 갑자기 졸려진 눈을 반쯤 겨우 뜨고 있었다.

　그때, 부엌 쪽에서 들려오는 두 여인의 대화.

　한 명은 왕궁에 들어온 지 얼마 되지 않은 젊은 셰프, 아멜리아.

　다른 한 명은 무려 570년째 왕궁의 식사 메뉴를 총괄하는 밀라 여사였다.

　왕궁에서 3개월째 일하고 있는 아멜리아의 콘스프와 젤라또는 이미 귀족들 사이에서도 '세상 최고'라는 칭찬이 자자했다.

"여사님, 그런데요…."

아멜리아가 나지막한 목소리로 말을 꺼냈다.

"이곳 막내 따님을 다들 '잠마딸'이라고 부르던데요? 꼬마 공주님의 애칭인가요? 공주님 외모와 딱 맞아서 너무 귀엽다고 생각했지 뭐예요."

밀라 여사의 칼 도마질이 그 순간 멈칫했다.

"쉿-! 그런 말, 함부로 입에 올리는 거 아니에요."

그녀는 조용히 주변을 둘러보더니 고개를 숙여 칼질을 했다.

"왕궁이든 농가든… 집집마다 사정이 있는 법이랍니다. 그냥, '그런가 보다' 하고 넘겨요."

"아, 죄송해요! 너무 궁금해서요. 그런데 저도 그렇게 불러도 될까요? 아무도 크게 말은 안 하던데, 귀에 쏙 들어오는 별명이라…."

밀라 여사는 무겁게 한숨을 내쉬었다.

"아멜리아, 당신이 아직 몰라서 그래요. 사실… 호세루피아에는 왕비님이 두 분 계셨답니다."

"네?"

"지금 왕비님은 국왕 폐하의 두 번째 부인이시고, 첫 번째 왕비님께서는 다섯 아이를 낳았지만, 아들이 없으셨어요. 호세루피아는 대대로 남자만 국왕이 될 수 있는 나라라, 국왕의 아버님, 즉 전임 국왕께서 결국… 큰며느리를 이혼시키고 먼 반다루디아 왕국으로 보내 버리신 거죠."

"와… 너무해요. 아들이 없다는 이유로요?" 아멜리아의 볼멘소리에 밀라 여사가 이어 말했다.

"국왕 폐하도 처음엔 반대하셨어요. 하지만 그 시대엔 어쩔 수 없었던 일들이 있었죠. 지금의 왕비님은 파혼을 당하고 친정으로 돌아와 있었는데 어느 날 우연히 보았던 국왕 폐하가 그녀에게 반해서 이루어진 혼인이었어요."

아멜리아의 눈이 점점 동그래졌다. 그녀는 긴장된 목소리로 다시 물었다.

"근데… 지금 우리 왕비님은 굉장히 고우시잖아요. 왜 파혼을 당하셨대요?"

밀라 여사는 씁쓸한 미소를 지었다.

"한 번도 만나 보지도 않고 부모들끼리 정한 혼약이었대요. 그런데… 위로 누나만 넷이나 있는 키가 작은 신랑이 키 크고 눈에 띄는 예비 신부가 마치 누나처럼 느껴져서 도저히 싫다며 파혼을 요구했대요."

"허억!"

"하지만 우리 국왕 폐하에겐… 큰 키도, 누나 같아 보이는 것도 전혀 문제가 되지 않았답니다."

밀라 여사의 입꼬리가 살짝 올라갔다.

"두 분은 첫눈에 서로에게 반했어요. 하지만, 첫 번째 왕비님도 너무나 착하신 분이었기에, 지금도 왕궁 안에는 그녀를 따르던 사람들이 많답니다. 자식들과 떨어져 살아야 했던 큰 왕비님을 안타깝게 여기는 이들이 많았어요. 다행히 지금의 왕비님도 덕망이 깊고 아이들을 아낌없이 사랑하시는 분이라, 공주님들은 왕비님을 진심으로 좋아하고 존경한답니다. 진심은 오히려 어린아이들이 더 잘 알아보는 법이니까요. 잠마는, 큰 왕비님의 딸들이, 지금의 왕비님을 '작은 엄마'처럼 따르며 애정 어린 마음으로 붙여드린 애칭이었어요. 하지만 잠마딸은 달랐어요. 큰 왕비님을 가엾게 여기는 사람들이 마음속 섭섭함을 섞어 막내 공주님께 비꼬듯 붙인

별명이었죠. 그 말은 다시는 함부로 쓰지 말아 주세요. 제발 부탁이에요."

아멜리아는 갑자기 말문이 막혔다.

"아, 네… 네… 전 그저 귀여워서…. 잠마딸, 잠마딸…. 지구별 프랑스어 같기도 하고, 이탈리아어 같기도 해서…. 게다가 막내 공주님도 왕비님을 잠마라고 부르던데요…. 이상하네요."

밀라 여사는 고개를 천천히 저었다.

"공주님이 '잠마'라고 부르는 건, 화가 났을 때예요. 그러니 그 말, 이젠 그만해 주세요. 아멜리아 씨, 이제 티포트를 옮길 시간이네요."

두 사람은 티포트를 들고 식당으로 향했다.

주방 문을 열고 식당홀로 들어서려던 순간, 밀라 여사의 손이 덜덜 떨렸다.

거의 떨어트릴 뻔한 티포트를 부여잡으며 시선을 고정한 곳에는 샤로니가 식탁 위에 양손을 포개어 이마를 묻고 엎드려 있었다.

그리고 천천히 고개를 든 샤로니가 밀라 여사를 바라보며 말했다.

눈동자는 흔들렸고, 조용하게 말하는 목소리는 분명했다.

"밀라 여사님…. 난… 언니들이랑 달라요? 그럼 언니들은 진짜 내 언니가 아닌 거예요? 왜 사람들은 우리 엄마를 싫어해요? 근데 왜… 엄마는 늘 언니들 편이에요? 혹시… 내가 왕자가 아니라서 그래요?"

밀라 여사의 눈시울이 붉어졌다.

그녀는 허리를 굽혀 샤로니 앞에 한쪽 무릎을 세우고, 두 손을 따뜻하게 감싸 쥐었다.

"아이쿠, 아니에요…. 공주님, 그런 게 아니랍니다. 공주님과 언니들은 모두 친자매예요. 진짜 자매 말이에요. 왕비님이 얼마나 인자하시고 따뜻하신 분인지, 궁에 있는 누구나 알고 있어요. 그저 큰 왕비님과 긴 시간을 함께했던 사람들이, 아직 마음 정리를 못 한 거예요. 왕비님이 언니들을 배려하시는 건, 막내 공주님이 언니들에게 사랑을 받으며 자라 주길 바라는 왕비님의 너그러운 마음 때문이에요. 똑같이 소중하다고 생각하시니까요. 왕비님 마음이 넓고 크셔서 그래요. 그리고 공주님은 밤마다 왕비님 옆에서 잠들 수 있고, 언니들보다 더 많은 시간을 함께 나누잖아요."

샤로니가 고개를 숙인 채 말했다.

"엄마는… 핑계쟁이예요. 나를 많이 속상하게 해놓고는, 밤만 되면 왜 그랬는지 매일매일 지루한 얘기를 해요. 솔직히 전… 엄마가 말을 시작하면 곧 잠이 들어요."

밀라 여사가 조심스레 물었다.

"어머니께서는 뭐라고 하시던가요?"

샤로니가 작은 목소리로 대답했다.

"언니들은 이제 엄마랑 잠들 수 없는 나이라 배려해야 한다고요. 이웃 나라 왕자들과 결혼을 하면 집을 떠나야 하고, 그래서 엄마가 친절하게 대해 줄 시간도 별로 없어서, 언니들이 좋아하는 건 내가 양보해야 한댔어요. 난 크면서 또 가질 수 있는 거라면서요."

샤로니는 잠깐 숨을 고르더니, 천천히 말을 이었다.

"그래서… 우리가 큰방으로 가서 모두 함께 자면 되지 않느냐고 했더니, 큰 언니들은 더는 어른들과 자는 걸 좋아하지 않는다고 했어요. 난 사실 엄마랑 자는 것보다 언니들이랑 자는 게 더 좋았어요. 그런데 엄마는 나를 언니들과 자게 해주지 않았어요."

밀라 여사는 고개를 끄덕이며 말했다.

"그랬군요…. 왕비님은 정말 인자하시고 사랑이 많으신 분이세요. 샤로니 공주님도 그런 어머님의 덕으로 분명 더 건강하고, 더 행복해질 거예요."

그 말을 듣고 울먹이던 샤로니가 정색을 하며 말했다.

"아니요. 저는 제 힘으로 행복해질 거예요. 사람들이 저를 '잠마딸'이라고 부르며… 속삭이는 걸 여러 번 들었어요. 속삭인다는 건 당당하지 못하다는 뜻이잖아요. 이제야 알았어요. 그들이 왜 그랬는지. 엄마가 두 명이라는 것, 두 번째 엄마의 딸이라는 게 미안해야 할 일인 것처럼요. 그런데… 왜 나만 '잠마딸'이에요? 루카스 오빠도 엄마가 낳았는데 '잠마아들'이라고는 왜 아무도 안 불러요? 왜 나만 그래야 하죠? 왜 나만 미안해야 해요?"

"…."

분위기가 순식간에 무거워졌다.

그때, 아멜리아가 어색하게 웃으며 말했다.

"음… 그건 말이죠…. 아무래도 '잠마딸'이란 말이 좀 더 귀엽고 부드럽게 들려서일 거예요. '잠마아들'은 어감이 좀 어색하잖아요? 네 글자라서 그런가…."

그 말에 샤로니의 얼굴이 금세 울상으로 바뀌자, 다급해진 밀라 여사가 손사래를 치며 외쳤다.

"아유, 아멜리아 씨! 제발 그만 좀 해주세요!"

밀라 여사가 조용히 입을 열었다.

"공주님, 세상의 모든 가정이 같은 모습은 아니에요. 어떤 집은 어머니만 계시고, 또 어떤 집은 아버지만 계시기도 하죠. 할머니, 할아버지와 사는 아이들도 있고, 고모나 이모와 함께 사는 아이들도 있어요."

그 말을 듣던 아멜리아가 말을 보탰다.

"맞아요. 저도… 여덟 살 때 어머니가 돌아가셨어요. 그때 네 살밖에 안 된 남동생이 있었죠. 매일같이 '엄마가 보고 싶다'라며 울던 동생이었어요."

아멜리아는 잠시 말을 멈추었다. 입술을 꾹 다물었다가 다시 풀었다.

"엄마가 만들어 주시던 계란찜을 그렇게 좋아하던 아이였어요. 그 동생이랑, 엄마를 그리워하는 아빠랑 함께 지내며… 엄마 대신 맛있는 음식을 해주고 싶었어요. 그래서 요리를 연습하다 보니, 그게 좋아지더라고요."

그녀의 눈빛이 창가 너머 먼 하늘을 바라보듯 멍하니 흐려졌다.

"나도 정말 엄마가 많이 보고 싶었어요. 어떨 땐, 동생 몰래 엄마 사진을 만지면서… 너무 보고 싶어서 막 우는데, 밖으로 들키지 않으려고 울음을 참다가 숨이 막히고… 과호흡이 온 적도 있어요."

잠시 침묵이 흘렀다.

"그때 처음으로… 엄마가 없어서 슬픈 것보다, 내가 잘못돼서 동생이 무서워할까 봐 그게 더 무섭다는 생각이 들었어요. 그래서 그때부터 마음을 다잡았던 것 같아요."

그렇게 진지하게 말하던 아멜리아가 표정을 바꾸며 말했다.

"아 이런, 너무 심각한 얘기를 했네요. 저는 모두가 심각하거나 침울할 땐 나라도 웃어야지라는 생각을 해요. 웃다 보면 어느덧 기분이 좋아지거든요."

아멜리아가 웃으며 어깨를 으쓱였다.

"가끔 눈치 없다고 핀잔도 듣고, 아까처럼 말실수도 해요. 근데 전… 제가 좀 '푼수' 같더라도, 그걸로 사람들이 편안해지면 그게 더 좋아요. 그게… 엄마가 살아 계실 때 자주 해 주시던 말이기도 했거든요. '다른 사람에게 친절하게 하는 건 결국, 자기 자신에게 주는 선물이다'라고요."

밀라 여사가 고개를 끄덕였다.

"좋은 말씀이네요."

"그래서 전 계란찜을 만들어요. 엄마가 해주던 그 맛을 그대로 기억해서, 레시피도 적어 두고, 엄마 생각을 하면서 만들어요. 처음엔 다들 좋아했어요. 그런데 어느 날, 동생도, 아빠도… 그 요리를 먹을 때마다 엄마를 더 보고 싶어 한다는 걸 알았어요. 마음이 아팠어요. 그래서… 계속 요리를 해야 할지, 그만둬야 할지… 한참 고민했죠."

아멜리아의 눈동자가 반짝였다.

"그러다 어느 날, 아빠가 저를 불러 말했어요. 너희 엄마는 참 좋은 사람이었고, 네 덕분에 엄마를 잊지 않고 기억할 수 있어서 고맙다고요. 그리고 제 요리엔 먹는 사람을 배려하는 엄마의 성품이 담긴 것 같아서 좋다라고도 했어요. 요리를 하는 사람은 그런 마음이 있어야 한다는 말과 함께요. 그 말을 듣고 나서야 깨달았어요. 그 요리를 엄마를 위해서가 아니라, 이제는 저를 위해 해야겠다고요."

아멜리아는 조용히 숨을 들이켰다.

"그날 밤, 우리 셋은 부둥켜안고 실컷 울었어요. 그건 어쩌면, 엄마를 진짜로 천국으로 보내 드리는 우리만의 의식이었는지도 몰라요."

그녀가 말끝을 흐리자, 언제나 단단하던 밀라 여사의 표정이 마치 구운 가지처럼 부드러워졌다. 공감이었다.

두 눈가에 맺힌 눈물이 빛을 반사했고, 그 고운 주름 위로 눈물 한 줄기가 조용히 흘렀다.

그리고, 밀라 여사는 아무 말 없이 아멜리아를 천천히 안아주었다.

아멜리아의 이야기를 조용히 듣고 있던 샤로니는 아무 말도 하지 않았다.

눈빛은 평소보다 훨씬 깊어졌고, 입술은 꽉 다문 채 무언가를 머릿속에서 정리하고 있는 듯했다.

잠시 후, 샤로니가 단호하게 말했다. 그 목소리는 더 이상 막내 공주의 발랄함이 아니었다.

"밀라 여사님, 저는 오늘 저녁 식사에 함께하지 않을 거예요. 생각할 게 많아졌거든요."

밀라 여사가 놀란 눈으로 바라보자 샤로니는 덧붙였다.

"죄송하지만… 엄마 아빠께는 배가 너무 고파서 먼저 먹고 들어갔다고 전해 주세요. 아멜리아 씨도… 부탁드릴게요."

등을 돌리던 샤로니가 다시 아멜리아를 바라보았다.

"아멜리아 씨의 얘기, 정말 감동이었어요. 특히 다른 사람에게 친절하게 하는 건 결국, 자기 자신에게 주는 선물이라는 말, 절대 잊지 않을게요."

그 말을 남긴 채 샤로니는 자기 방으로 향했다.

그날 밤, 샤로니는 침대에 앉아 챗GPT에게 생각나는 단어들을 물어보았다.

'재혼', '작은엄마', '큰엄마', '엄마가 두 명', '잠마딸'.

처음에는 단어의 뜻이 궁금해서였지만, 점점 그 의미들이 자신에게 어떤 영향을 주는지 정리하고 싶어졌다.

샤로니는 자신이 누구의 딸인지, 누구의 동생인지, 왜 사람들은 속삭이듯 자신을 '잠마딸'이라 부르는지 그래서 자기가 느꼈던 감정들을 하나하나 짚어보았다.

그리고 깨달았다. 이건 자신만의 질문이 아니라,

세상 모든 '두 번째 가족의 아이들'이 한 번쯤은 품었을지도 모를 감정이라는 걸.

그렇게 날이 새도록 글을 쓰고 생각을 이어간 샤로니는 마음속에 조용히 결심을 품었다.

그 결심이 과연 잘한 것인지 아닌지 확신은 없었다. 갑자기 유니가 보고 싶어졌다. 그리고 유니를 생각하면 뭐든 할 수 있을 것 같았다.

다음 날 아침, 예상보다 조용했다.

모두가 함께했던 식사 시간도 조용히 지나갔고 누구도 그녀를 따로 부르지 않았다.

대신, 오후 햇빛이 저녁노을로 변하고 있을 때, 집사로부터 왕과 왕비가 샤로니를 호출했다는 전갈이 전해졌다.

샤로니는 침대에서 벌떡 일어났다.

옷을 갈아입고 거울을 보며 스스로에게 속삭였다.

'괜찮아. 다 괜찮을 거야.'

그리고 무거운 방문을 열었다.

왕궁 깊숙한 부모님의 거처로 향하는 길. 그 길이 오늘따라 유난히 길고 조용했다.

문이 열리고, 왕과 왕비가 나란히 앉아 있는 자리에 샤로니가 들어섰다. 국왕은 정장이 아닌 편안한 모습이었고 샤로니를 부드럽게 바라보았다.

"어서 오너라, 샤로니."

왕의 목소리는 다정한 무게를 품고 있었다.

"어제 무슨 일이 있었는지, 말해 보거라."

왕비는 거리를 두고 서있는 샤로니에게 다가가 말없이 손을 꼭 잡아주었다.

샤로니는 조그맣게 말을 꺼냈다.

"어떤 사람들은 저를 '잠마딸'이라 부르면서… 속삭여요. 마치 부끄러운 말인 것처럼요. 저는… 이유를 몰랐어요. 그냥 언니들이 저보다 더 예쁨을 받는다고만 생각했어요."

목이 메었다. 하지만 샤로니는 눈을 질끈 감고 말을 이었다.

"엄마는 항상 저에게 말했어요. '언니들이 시집을 가면 엄마랑 보낼 시간이 없으니까, 네가 양보하렴'이라고. 저는 매번 참았어요. 양보해서 더 이상 가질 수 없었던 드레스를 그림으로 그리면서 말이에요. 왜냐하면… 굉장히 서운했지만, 그냥… 참을 수 있었거든요…."

그 말을 한 후 샤로니가 눈을 떴다.

"전 이제야 알았어요. '잠마딸'이 무슨 뜻인지요."

그리고 울음으로 삐죽거리기 시작한 입으로 따지듯이 물었다.

"왜 나만 잠마딸이에요? 루카스도 똑같이 엄마가 낳았는데 왜 나만 그래요? 둘째 언니가 저를 사촌동생이라고 소개했던 것도… 그냥 실수가 아니었는걸요. 언니는 나를 사촌동생이라 생각하고 있는 게 틀림없어요."

샤로니의 눈물이 한 방울, 또 한 방울 떨어졌다.

"하지만… 언니들이 우리 언니가 아니게 되는 것도, 엄마가 내 엄마가 아니게 되는 것도 전 둘 다 싫어요. 저는 엄마도, 언니들도 모두 좋아요."

왕비가 샤로니를 와락 안았다.

그리고 국왕은 조용히 고개를 끄덕이며 말했다.

"그래, 아가. 그 마음이면 된다. 그렇게 살면 되는 것이야."

샤로니는 어깨를 들썩이며 울었다.

그것은 무언가에 눌려 있던 여린 마음이 이유를 알고 나서 흘려보내는 서운함이었다.

"싫어요. 이제는 그게 미안한 일인 것 같아요. 앞으로 산책을 갈 때… 아버지께 업히는 건 포기하기로 했어요."

그 말은 호세루피아 왕국의 막내딸이 아버지의 보호로부터 독립을 선언한 것이었다.

무언가 서운하게 벅차오르는 감정이 또 한 번 폭발했다.

샤로니의 울음은 아까보다 더 크게 터졌고, 그 울음은 방 안 가득 아프게 울려 퍼졌다.

샤로니의 결심을 본 왕이 껄껄껄 웃으며 말했다.

"아가, 이리 오너라."

국왕도 자리에서 일어나 샤로니에게 다가왔다.

삐친 마음에 가까이 오지도 못하고 울고 있던 막내딸의 손을 따뜻하게 잡아끌더니, 무릎 위에 조심스럽게 앉혔다.

언제나 위엄 있는 아버지가 지금은 자기만을 위한 의자처럼 느껴졌다. 왕비는 조용히 그 광경을 지켜보았다.

그녀의 눈빛에는 안도와 감동, 안타까움이 있었다.

그리고 남편이 지금 이 순간을 지혜롭게 이끌어 주기를 바랐다. 국왕은 딸의 등을 토닥이며 부드럽게 말했다.

"아가, 애비가 네 언니들을 미워하거나 혼내는 걸 본 적 있느냐?"

샤로니는 잠시 생각하더니, 고개를 천천히 저었다.

"그럼, 언니들이 너를 괴롭히거나 못되게 굴더냐?"

샤로니는 이번에도 고개를 저었다.

눈물은 여전히 볼을 타고 흐르고 있었지만, 어깨는 점차 진정되기 시작했다. 국왕은 다시 말을 이었다.

"그렇다면… 아비가 뭔가를 바꾼다 해도 상황이 달라질 것 같지 않구나. 언니들도, 너의 엄마도, 잠마딸이라 속삭이던 사람들도 지금과 다르진 않을 것이다. 결국은 네가 큰마음을 먹는 일이 남았지."

아버지가 말한 큰마음이란 어떤 슬픔이나 사람들의 수군거림에도 흔들리지 않을 성장을 하겠다는 각오를 뜻했다.

아버지는 어렸을 때부터 당돌했지만 반듯한 성격의 샤로니를 어여뻐 하셨다.

한번은 순진한 막내 샤로니에게 '보고대장'이라는 타이틀을 비밀스럽게 부여한 적이 있었다. 언니 오빠들이 위험한 행동이나 해서는 안 될 일을 하지는 않는지 걱정되는 아버지의 정찰병 역할이었다.

고자질 같은 건 줄 모르고 임무를 다하기 위해 재잘재잘 일러바치는 귀여운 샤로니를 보며 국왕은 샤로니가 아들이었어도 좋았겠다는 생각도 했었다.

아버지가 말했던 '큰마음'을 생각하니 가슴 깊은 곳이 따끔하게 아려왔다. 샤로니는 그 의미를 알고 있었기 때문이었다.

국왕은 그녀를 더욱 깊은 눈으로 바라보며 말했다.

"지구별 친구에게 갈 생각이라고? 애비가 힘껏 도울 테니…. 우리 샤로니가, 고생을 할 각오가 되어 있느냐?"

그 순간, 샤로니는 조그맣게 끄덕이며 아버지의 가슴에 얼굴을 묻었다. 그녀의 작은 끄덕임은 세상 어떤 말보다 진지했다.

호세루피아의 100년은 지구별의 10년과 비슷한 듯했지만, 1~100세는 영유아기, 100~200세는 유년기, 200~300세는 청소년기, 300~400세는 청년기, 400살 이상이 되면 성장도 노화도 멈춘다. 그렇게 성인으로서 살다가 1,000~2,000세에 각자 관리한 만큼의 수명을 마치게 된다. 호세루피아에서 청소년기까지는 철없는 아이처럼 살 수 있고 살아도 되는 기간이었다. 샤로니 나이 300살, 아버지와의 대화는 청년이 되는 길목에서 건넨 부녀간의 책임감 있는 각오이자 약속이었다.

결심은 하였지만 솔직히 떨렸다. 유니가 있는 지구별에 잠깐씩 놀러가는 거와는 차원이 다른 일이었기 때문이다.

샤로니의 결심을 응원하겠다던 아버지의 말이 든든하기는 했지만 왠지 좀 서운하고, 야속했다.

사랑하고 존경하던 아버지는, 엄마가 두 명이라는 한 번도 상상해 본 적 없던 충격적인 진실을 두고 담담하고, 너그러운 표정으로 젊은 시절 자신들의 선택에 이해와 용기를 강요하는 듯했다.

하지만 동시에, 그 모든 감정들과는 별개로 그렇게 한 아버지에겐 분명 이유가 있었을 것이라는 깊은 믿음이 또 다른 감정으로 밀려왔다.

그 믿음은 결국, 이 방을 나서야 하는 샤로니의 다짐을 더욱 단단하게 만들었다.

문을 나서기 전, 마지막으로 돌아본 아버지는 여전히 미소를 짓고 있었다. 하지만 그 눈빛은 방금 전까지 샤로니가 보던 그것과는 달랐다. 아무 말 없이 자식의 슬픔을 함께 느끼는 아버지의 마음이 눈물이 되어 고여 있었다. 샤로니는 미소 속에 담긴 아버지의 진심을 느낄 수 있었다.

그리고, 어머니와 함께 방을 나서려는 그 순간, 국왕이 조용히 샤로니를 다시 불렀다.

"아가…."

아버지는 한 걸음 다가와 샤로니를 꼭 안아주었다. 말없이도 모든 게 전달되는 그런 포옹이었다. 그리고 조용히 말했다.

"애비가… 미안하다. 진작에 말해 주었어야 했는데, 네가 갑자기 들어서 충격받지 않도록, 준비할 수 있게 했어야 했는데…. 애비의 헤아림이 부족했어. 네 마음을 아프게 만든 건 전부 애비의 큰 잘못이다 너무 미안하구나."

그것은 변명 없는, 진심 어린 사과였다. 엄마의 눈동자에 담긴 걱정과 사랑, 그리고 말하지 못한 수많은 얘기들이 샤로니의 마음속으로 고요히 흘러 들어왔다.

언제 돌아올지 모르는 문 앞에서 붙잡고 싶은 마음으로 끝없이 등을 떠미는 일, 아마도 세상에서 가장 어려운 일은, 부모 품을 떠나는 자식을 믿고 기다려주는 일일지도 모른다.

"꼭 궁 밖으로 수행을 가지 않아도 되지 않겠니?"

"아니에요. 엄마, 다녀올게요. 그리고 제가 보고 싶어지면요…. 그땐 엄마가 밤마다 해 주시던 긴 이야기를 다시 꺼내 주세요. 그리고 제가 옆에 있는 것처럼 들려주세요. 아마 다른 별에서 듣고 있을 거예요. 그 느릿한 이야기를 들으면서 전 늘 좀 지루했지만 편안하게 잠들 수 있었으니까요."

샤로니의 말 한 마디 한 마디가 마치 아주 오래전, 엄마로서 처음 아이를 품에 안았던 그날처럼 심장을 천천히 두드렸다.

아직 어리다고만 생각했던 아이가, 어느새 자신의 마음을 어루만지고 있었다.

"그래, 그러마. 내 아가. 엄마는 너를 생각하면서 매일 밤 너와 함께 잠들게 될 거야."

샤로니는 엄마의 가슴에 가만히 머리를 기대었다.

바로 오늘 아침까지만 해도 '잠마딸'이라는 단어 앞에 작아지기만 하던 자신이, 자기 힘으로 할 수 있는 일을 찾아 떠날 준비를 하고 있다는 것이 조금은 두려웠고 또 조금은 뿌듯했다.

세상의 많은 공주들이 누구의 딸인지, 어떤 혈통인지로 불리고 기억된다면, 샤로니는 자신은 어떤 사람인지로 불리는 사람이고 싶었.

왕의 딸이기 전에, 누군가의 아이라는 말보다, '샤로니'라는 이름 자체로 세상과 마주하고 싶었다.

그게 바로, 샤로니가 스스로 결정한 첫 번째 선택이었다.

마법의 나라, 호세루피아. 이곳은 늘 고요하고 평화로웠지만, 동시에 유쾌하고 밝은 에너지가 넘치는 나라였다.

그 이유는 단 하나.

이 나라의 국왕은 대대로 지혜롭고 덕망 있는 이들만이 오를 수 있었으며, 오직 백성의 평화를 위해 힘을 쓰는 마법력을 가지고 있었기 때문이다.

호세루피아의 왕좌는 단순히 힘으로만 이어지지 않았다.

국왕의 자격은 마법력의 총량이 아닌, 그 힘을 다룰 줄 아는 지혜와 인성으로 결정되었다.

힘 있는 자가 아닌, 강한 마음을 가진 자만이 이 나라를 다스릴 수 있었던 것이다. 이 나라에서 왕권을 유지하고 국력을 보호하는 방법은 아주 특별했다. 바로 매년, 백 명의 마법사들로부터 마법력을 충전받는 것, 호세루피아에선 이를 '백광(百光)의 의식'이라 불렀다. 마법력 충전은 단순한 에너지 이전이 아니었다.

국왕은 매년 백 명의 젊고 재능 있는 마법사들에게 자신의 정신력을 공유했고, 마법사들은 국왕의 마법핵에 자신의 능력을 조율하며 마법을 불어넣었다.

이 과정은 국왕과 마법사 양측 모두에게 큰 힘을 주었고, 동시에 호세루피아 전역에 안정된 마법기류를 퍼뜨렸다.

그래서 재상들의 중요한 임무 중 하나는, 전국 각지에서 어떤 능력이든지 마법사로서 특출난 자질이 있는 아이들을 발굴하고, 그들에게 궁에서 일할 수 있는 기회를 열어주는 일이었다. 궁에서 일하게 된 마법사는 상위 10%의 급여와 최고의 복지, 무엇보다 '백성들의 안녕을 위해 국왕의 힘을 돕는 존재'라는 사회적 자부심을 누릴 수 있었기에, 호세루피아의 젊은이라면 누구나 한 번쯤 꿈꿔보는 자리였다.

물론 아무나 그 문을 두드릴 수는 없었다. 어릴 때부터 마법 감응력 테스트를 통과하고, 기본적인 성실함을 겸비해야 했다. 일반 지식과 관련된 과목보다 상식이 있고 마법 교육을 우선으로 받은 아이들만이 그 길에 오를 수 있었고, 그 과정에서 마법적 재능과 성품을 함께 검증받았다.

그리고 궁으로 들어온 마법사들의 마법이 중요한 건, 국왕의 가족들에게 하는 의식을 앞두고 있기 때문이었다.

왕비와 왕자, 공주들 또한 위협으로부터 스스로를 보호할 수 있도록, 매년 열 명의 마법사로부터 마법력을 충전받을 권리가 주어졌다. 그 덕분에, 샤로니를 포함한 왕실 아이들은 기본적으로 높은 마법 저항력과 감응력을 타고났으며, 대부분 마법 수행 없이도 일생을 안전하게 지낼 수 있었다.

 그러니, 왕비가 샤로니에게 굳이 궁 밖으로 떠나 마법 수행을 할 필요가 없다고 말한 것은 이 나라의 시스템상 당연한 말이었다. 호세루피아의 백성들은 오랜 시간 동안 훌륭한 국왕의 자손들이 어떻게 대를 이어 더 나은 지도자가 되어 가는지를 지켜보며 살아왔다. 그들이 믿고 존경하는 지금의 국왕 또한 예외 없이 그러했다. 국왕은 누구보다 성품이 곧고 지혜로웠고, 그가 강한 힘을 가질 수 있도록 온 백성이 자처해 힘을 보태는 이상적인 나라가 바로 이 호세루피아였다. 샤로니는 그런 나라의 막내 공주로 자라났다.

 '국왕의 딸'이라는 사실만으로도 편안하고 안전한 삶이 보장되었고, 아무런 시련 없이 살아도 되는 운명이었다. 하지만 샤로니는 사랑하는 가족들, 따뜻한 사람들과의 이별을 감수하고서라도 자신이 하고 싶은 일, 잘할 수 있는 일, 그리고 진심으로 좋아할 수 있는 일을 찾고 싶었다.

 자신의 정체성을 '왕실의 딸'이라는 이름이 아닌, 한 사람의 이름 '샤로니'로 증명하고 싶었다.

 그 모든 특권을 내려놓고 '나 스스로의 힘'으로 무엇을 이룰 수 있는지 확인하고 싶었던 것이다.

 국왕이 말한 대로 샤로니의 마음은 이미 자신이 갈 곳을 정하고 있었다.

 마법이 아닌 감정과 경험이 살아 있는 곳. 바로 '지구별'이었다.

 그리고 그 지구별에는 샤로니의 마음을 이해해 주고, 그리움과 외로움을 나누며 함께 자라준 단 하나의 친구, 유니가 있었다.

 샤로니는 생각했다.

 "내가 지금은 뭘 잘하는지 몰라도, 유니랑 함께라면 일단 시작해 볼 수 있을 것 같아. 같이 울고 웃으며, 뭐든 해보는 거야."

유니에게 멋진 친구가 되는 것, 샤로니의 첫 번째 목표였다.

샤로니는 유니를 만나기 전에 우선 직업이라는 걸 가져 보기로 결심했다.

2. 기면증

유니는 잠이 참 많은 아이다.

집에서 8시간을 충분히 자고 일어나도 학교에 가면 또다시 졸음이 밀려왔다. 쉬는 시간이면 어김없이 책상에 엎드려 잠들곤 했다. 마치 잠의 요정이 유니만을 특별히 좋아하는 것처럼.

하지만 정말 문제가 되는 건 스트레스를 받을 때였다. 갑자기 쏟아지는 잠은 유니 자신도 어찌할 수 없을 정도였다.

중학교 1학년 어느 날, 학교에서 조금 큰 스트레스를 받는 일이 있었다. 마지막 수업 시간, 유니는 주체할 수 없이 쏟아지는 잠에 빠져들었다. 옆에 앉은 친구가 깨워 주지 않았다면 한밤중에야 집으로 돌아갔을지도 모를 일이었다.

"유니야, 괜찮니?"

친구가 어깨를 살살 흔들며 깨웠을 때, 유니는 깜짝 놀라 눈을 떴다. 교실은 이미 텅 비어 있었고, 창밖으로는 석양이 지고 있었다.

그런 유니를 지켜본 담임선생님이 걱정스러운 표정으로 다가왔다.

"유니야, 혹시 몸이 안 좋은 거 아니니? 요즘 너무 자주 자는 것 같은데…. 한번 병원에서 검사를 받아보는 게 어떨까?"

선생님의 걱정 어린 권유에 유니는 고개를 끄덕였다. 사실 자신도 왜 이렇게 잠이 많은지 궁금했기에 할머니에게 말씀드렸다.

한편 마법나라에서 우주 망원경으로 유니를 지켜보던 샤로니가 걱정스러운 표정을 지었다.

"아빠, 유니가 자꾸 잠만 자요. 혹시 제 기면증이 전염이 된걸까요?"

"껄껄껄 아니란다, 샤로니. 그건 유니의 몸이 잠을 필요로 해서 그런 걸 거야. 때로는 우리가 할 수 있는 일이 지켜보는 것뿐일 때도 있단다."

샤로니는 작은 한숨을 쉬었다. 마법으로 모든 걸 해결할 수 있다면 좋을 텐데.

할머니가 알아보신 검사는 전문 병원에서 1박 2일 동안 받아야 했다. 병원에는 당직 간호사가 있었지만, 몇 번을 생각해 봐도 할머니는 유니를 병원에서 혼자 재울 수가 없었다.

"으음…."

할머니가 고민에 빠졌다. 그때 번뜩 떠오른 아이디어가 있었다.

할머니는 의사 선생님께 상담을 요청했다.

"선생님, 사실 저도 기면증인 것 같아요. 유니와 함께 검사받을 수 있을까요?"

의사는 할머니의 증상에 대해 자세히 물어보더니 고개를 끄덕였다.

"그럼 함께 검사받으시죠. 가족력이 있을 수도 있으니까요."

두 사람은 마치 할아버지만 두고 여행을 떠나는 듯한 기분이었다. 할머니는 여행용 가방에 편식쟁이 유니를 위한 간식들을 잔뜩 챙겨 넣었다.

"할머니, 정말 여행 가는 것 같아요!"

유니가 신나게 말했다.

"그러게 말이야. 우리 둘만의 특별한 여행이네."

물론 그때까지 할머니에게는 기면증과 관련된 뚜렷한 증상이 없었지만 사랑하는 손녀를 낯선 병원에 밤새도록 혼자 둘 수는 없었다.

병원에서의 하루는 생각보다 재미있었다. 유니와 할머니는 바로 옆방의 1인실 침대에 누워 온몸에 센서를 붙이고 잠을 잤다.

서로 방이 달랐던 두 사람은 잠들기 전 영상 통화를 하였다.

"할머니, 우리 로봇 된 것 같아요."

유니가 킥킥거리며 웃었다.

"호호, 그러네. 우리 귀여운 로봇들이구나."

간호사들도 할머니와 손녀의 다정한 모습을 보며 미소를 지었다.

며칠 후, 검사 결과를 들으러 갔을 때였다. 의사의 말에 두 사람은 깜짝 놀랐다.

"유니는 과수면증, 할머니는 기면증으로 진단됩니다."

"네? 정말요?"

할머니가 눈을 동그랗게 떴다.

"네, 할머니께서도 수면발작 등 증상이 있으셨을 텐데요. 못 느끼셨다면 증상이 경미했던 것 같습니다. 특이한 케이스지만 다행히 심각한 단계는 아닙니다. 하지만 검사 결과 확실한 기면증입니다. 유니의 과수면증은 할머니로부터 유전된 것 같네요."

유니는 할머니의 손을 꼭 잡았다.

"할머니, 우리 똑같네요!"

"그러게 말이야. 우리 유니의 기면증은 할미가 물려준 거구나."

할머니가 미안한 듯 유니의 머리를 쓰다듬었지만, 유니는 오히려 기뻤다. 잠이 많이 왔던 원인이 과수면증 때문이란 걸 알았고, 할머니와 같은 점이 있다는 건 특별하게 더 연결이 되어 있는 것처럼 느껴졌기 때문이었다.

과수면증 진단을 받은 후 처방받은 모다닐이란 약을 조금씩 먹었지만 유니의 일상은 크게 달라지지 않았다. 쉬는 시간에는 여전히 잠을 잤고,

수업 시간에는 집중을 잘하려고 노력을 해야 했다.

그래도 집에 가서 매일하는 복습 습관 덕분인지 유니는 학원을 다니지 않았지만 공부를 제법 잘하는 아이였다. 공부하기가 메이크업 자격증을 딸 때처럼, 좋아해서 잘하고 싶은 일은 아니었지만 유니는 왠지 모르게 그렇게 하면 자신이 좋아하는 일을 할 수 있는 기회가 올 수 있을 거라 생각했다.

"잠이 많은 것도 나의 일부구나."

유니는 그렇게 받아들이기로 했다.

어느 날 오후, 창가에서 햇볕을 받으며 졸고 있던 유니에게 따뜻한 바람이 불어왔다. 그 바람 속에서 샤로니의 목소리가 들리는 것 같았다.

"유니야, 우린 닮은 점이 있었네. 나도 기면증이 있다고 했던 거 기억하니? 잠이 많은 것도 특별한 재능이야. 꿈속에서 더 많은 영감을 얻을 수 있을 거야."

유니는 살며시 미소를 지었다. 샤로니의 말이 맞는 것 같았다. 꿈속에서 만나는 아름다운 색깔들과 환상적인 메이크업 아이디어들이 유니의 실력을 더욱 키워주고 있었으니까.

잠이 많은 것이 단점이 아니라 유니만의 특별한 선물일지도 모른다는 생각이 들었다. 할머니에게서 물려받은 소중한 유산처럼.

단점이 장점이 되기도 한다는 걸 깨달은 소중한 시간이었다.

3. 일하고 싶은 중학생

중학교 2학년이 된 유니는, 잠이 많아도 마음속 꿈만은 멈추지 않았다. 예전부터 가슴에 품었던 소망 하나! 테마파크에 있는 '프린세스 변신샵'에서 아르바이트를 해보고 싶다는 것이었다.

아마 초등학교 5학년 무렵 메이크업 학원을 다니던 언니들에게 들었던 얘기 때문일 것이다. "메이크업 자격증을 따면 테마파크 프린세스샵에서 아르바이트를 할 수 있다"고 했던 말이 유니의 기억에 깊이 남아 있었다.

그 프린세스 변신샵은 한국에 생긴 지는 얼마 안 된 곳인데, 운영자가 '디즈니랜드의 프린세스 변신샵에 도전장을 낸다'는 생각으로 시작했다고 한다.

디즈니의 프린세스샵은 옛날에 유니도 엄마, 아빠와 함께 가서 행복한 추억이 있는 곳이었다. 유니가 일을 해보고 싶어 하는 한국 테마파크의 프린세스샵은 전 세계에서도 유일한 실내 테마파크로, 공주님, 왕자님으로 변신한 후 퍼레이드에 참여할 수 있다는 매력이 있어서 예약이 여간 어려운 게 아니었다.

그곳이 너무너무 궁금했던 유니는 혼자서라도 직접 테마파크에 가보기로 했다. 수요일 수행평가가 끝나고 일찍 하교한 날이었다.

테마파크 정문을 지나 회전목마 근처에서 오후 2시 퍼레이드를 보았던 유니는 자기 눈을 의심해야 했다. 도무지 믿어지지가 않아서 눈을 몇 번이나 깜박여 보았다. 요정 친구들이 틀림없었다.

운명적인 재회였다.

샤로니와 루카스가 공주님들의 퍼레이드를 인솔하는 "퍼레이드 키퍼"

가 되어 있었던 것이다! 그런데 더 놀라운 것은 샤로니 옆에 샤로니와 똑같이 생긴 또 다른 요정이 있었다는 것이었다.

어떻게 가능했던 건지 너무너무 궁금했지만 퍼레이드가 끝나길 기다릴 수밖에 없었다.

프린세스샵의 생일 패키지 코스를 선택한 친구들은 변신이 끝난 다른 공주님, 왕자님들과 퍼레이드에 참여한 후 더 특별한 프라이빗 라운지에서 생일파티를 한다.

생일파티 역시 키퍼가 된 루카스와 샤로니가 담당하는 일이라서 유니는 요정들의 업무가 끝나기를 기다려야 했다.

어떻게 된 일인지 너무너무 궁금한 유니는 생일파티를 하는 30분이 마치 3일 같다고 생각했다.

생일파티가 끝나고 드디어 샤로니, 루카스와 얘기를 할 수 있었다. 샤로니 옆에 있던 똑같이 생긴 요정도 함께였다.

"유니야, 깜짝 놀랐지?" 샤로니가 환한 미소로 물었다.

"어떻게 된 거야? 그리고… 저기 너랑 똑같이 생긴 친구는 누구야?"

유니의 목소리에는 놀라움과 기쁨이 가득했다.

"아, 얘는 샤리니야. 내 분신이지!"

샤로니가 자랑스럽게 소개했다.

"나는 메이크업을 담당하고, 샤리니는 의상을 더 아름답게 업그레이드하는 요정이야. 공주님들이 선택한 드레스를 마법으로 더 특별하게 만들어 주지! 옛날에 유니 네 덕분에 패션쇼를 하면서 메이크업을 해봤었잖아. 그때 그 경험으로 지금 내가 이 일을 할 수 있는 거라 얼마나 다행이고 감사한지 몰라. 그런데, 나 은근 소질이 있더라구."

샤로니도, 유니도 루카스와 샤리니도 크게 웃었다.

그렇게 한바탕 웃고 나서 샤리니가 수줍게 인사했다.

"안녕, 유니! 샤로니한테 네 이야기 많이 들었어. 정말 만나고 싶었는데!"

"우와… 정말 신기하다! 너희들 목소리도 똑같구나!"

유니가 감탄했다.

루카스가 단발머리보다 아주 조금 긴 머리카락을 귀 뒤로 넘기면서 설명을 시작했다.

"우린 지금 강남이라는 곳에서 지내고 있어. 아직은 경제적 독립을 못한 상태라 호세루피아의 왕실 보조를 받아서 가능한 일이었지."

지구별로 목적지를 정한 샤로니와 루카스는 강남의 한 오피스텔을 거처로 정했다. 오피스텔 이름은 루카831이라는 곳이었다.

무조건 내려온 샤로니가 살 곳을 찾아보던 중 번화가 건물에 '루카'라고 쓰여진 것이 반가워서 따지지도 않고 선택한 곳이었다. 고급 오피스텔에서의 시작이 가능했던 건 응원해 주신다던 호세루피아의 국왕이 무작정 살 곳을 정하고 '임대료'라는 단어도 모르는 자식들을 위해 준비해 준 덕분이었다.

"사실 우리가 여기까지 오는 데 꽤 긴 여정이 있었어. 마법나라에서 더 이상 머물 수 없게 되었거든." 루카스의 설명을 함께 듣던 샤로니가 조금 슬픈 표정으로 고개를 끄덕였다.

"사람들이 나를 부르던 '잠마딸'이라는 의미를 알게 되었어…. 그래서 아빠와 언니들 사이에서 더 이상 편하게 지낼 수 없었어. 그래서 네가 있는 지구로 내려와서 진짜 내가 할 수 있는 일을 찾기로 했지. 물론 루카

스도 입장은 같은데, 쟤는 아무렇지 않은 가 봐. 쟤도 우리 엄마가 낳았는데 쟤는 왜 잠마아들이라고 속삭이지 않았는지 모르겠어."

"어허 샤로니. 오빠라고 해야지. 그리고 잠마 아들은 좀 이상하잖아. '잠마딸'이 어때서, 이뻐이뻐 발음하기도 편하고."

타고난 천성인지 성격 좋은 루카스가 말했다.

"처음에는 편의점에서 아르바이트를 시작했어. 샤로니가 청소도 잘하고 생각보다 포스기계 사용도 문제없이 잘하더라고. 그래서 나도 샤로니네 가게에서 100미터 떨어진 편의점에서 각각 일을 하기로 했어."

"당분간은 그렇게 일을 하면 되겠다 싶었는데…."

듣고 있던 샤로니가 머리를 긁적이며 말했다.

"내 키가 딱 130센티거든. 사다리를 사용해도 상품 보관대 제일 높은 곳에 물건 진열하는 것을 할 수가 없었어."

루카스가 한숨을 쉬었다.

"그 후로 식당에서도 일을 시작했는데 샤로니가 삼겹살 냄새를 견디지 못해서 반나절 청소만 하고 그만두었지."

"그다음은 피시방 아르바이트였어." 조금 상기된 목소리로 샤로니가 말했다.

"거기 사장님이 우리한테 청소 완전 잘한다고 시급도 좀 많이 주시기로 하셨거든. 그런데 저녁이 되니 거의 모든 손님들이 라면을 끓여 달라고 하는 거야. 그래서 루카스와 내가 유튜브를 보면서 방법을 알아냈는데, 라면의 종류도 끓이는 방법도 각각 달라서 도저히 속도를 맞출 수가 없었어."

민망하게 웃으며 말하던 샤로니가 "불닭볶음면, 짜짜로니, 짜파게티, 마라왕뚜껑 마라탕면…." 하며 라면 이름을 손가락으로 세어 가며 말했다.

"거기에 치즈, 우유, 계란 등 손님이 요청하는 토핑들이 너무 다르고 외워야 할 것이 많아서 허둥지둥했어. 사장님이 라면 끓이는 거 연습해서 나중에 다시 오라고 하시더라."

"난 아직도 짜파게티, 짜짜로니 구분이 잘 안 가." 루카스가 웃으며 말했다.

"그렇게 여러 아르바이트를 해보면서 우리가 공통으로 잘하는 게 있다는 걸 알았어."

"클리닝!"

샤로니, 샤리니, 유니가 동시에 외쳤다.

"맞아. 그런데 정말 운명 같은 일이 일어났어."

루카스의 목소리가 신비로워졌다.

"어느 날 테마파크에 클리닝 스태프를 모집한다는 공고를 보고 지원해서 왔는데…."

샤로니가 눈을 반짝이며 말을 이었다.

"첫날 청소를 하고 있는데 갑자기 퍼레이드 음악이 들리는 거야. 그 순간 가슴이 뛰면서 무언가에 이끌리듯 퍼레이드를 따라갔어. 그런데 형형색색의 드레스를 입은 아이들이 퍼레이드에 출연을 하고 있지 뭐야. 그때 내가 샤리니를 불러낸 거야. 공주님들의 예쁜 드레스에 더 예쁨을 불어넣고, 마법으로 더 아름답게 만들어 주고 싶었거든."

샤리니가 수줍게 말했다.

"그래서 내가 샤로니의 분신으로 나타나서 의상들을 반짝반짝하게 업그레이드해 줬지! 공주님들이 너무 좋아했어."

"우리는 그날 바로 퍼레이드 댄스를 외워버렸고 아이들과 함께 춤을 추었지. 드레스샵 점장님이 그 모습을 보시고는 우리가 뭔가 특별한 재능이 있다는 걸 아셨나 봐. 바로 키퍼를 해보지 않겠냐고 제안하시더라고."

"우린 기꺼이 수락하고 프린세스샵에는 마법의 방을 설치했어. 메이크업이 끝난 어린이들은 그 마법의 방에서 더욱 아름다운 옷을 입은 공주님으로 변할 수 있었지."

"아 맞다! 난 정말 여기와서 퍼레이드라는 걸 매일 한다는 거에 완전 놀랐잖아. 마치 호세루피아의 새해가 시작할 때 국왕인 우리 아버지와 왕비인 어머니가 퍼레이드카를 타고, 왕족 사람들이 걸어서 퍼레이드를 하는 모습을 축소한 것처럼 보였어."

"어머, 정말 그러네. 너희들이 여기에 온 건 운명이었구나!"

유니가 감탄했다.

"응, 그리고…."

샤로니가 유니의 손을 잡았다.

"여기서 일하면서 계속 너를 기다렸어. 언젠가는 너도 여기 올 거라는 확신이 있었거든."

"진짜 샤로니… 고마워. 그런데 루카스 너는 어떻게?"

"스페어라고 했어. 무급."

샤로니가 웃으며 대답했다.

"무조건 할 수 있게만 해달라고."

"뭐~? 샤로니 맘대로 한 건 아니지?"라고 유니가 묻자,

"맞아 유니. 응 그거라고. 난 생각도 못 했어. 진짜 나 같은 고급인력을 무급 스페어로 붙일 줄이야. 근데 할 수 없지 뭐. 나 진지하게 잘해 보려

고." 루카스가 장난스럽게 말했다.

"야~ 그런데 공주님들이 너 엄청 좋아해서 보람 있다고 했었잖아."

샤로니가 루카스에게 말했다.

"그것도 맞아. 실은 나 적성에 꽤 맞는 거 같아. 하, 어디를 가도 식지 않는 이 왕자님의 매력이란."

루카스가 또 귀 뒤로 양쪽 머리카락을 넘기며 말했다.

"유니야." 샤로니가 반짝이는 눈으로 말했다.

"우리가 여기서 일하는 걸 보니까 어때? 너도 정말 하고 싶지?"

"응, 정말 하고 싶어. 하지만…."

"걱정하지 마. 우리가 도와줄게." 루카스가 자신 있게 말했다.

"점장님께 유니 이야기를 해볼게. 네 실력이면 분명 환영받을 거야."

"정말로 가능할까?"

유니가 조심스럽게 물었다.

"당연히 가능하지."

샤로니가 환한 미소로 대답했다.

유니는 가슴 깊은 곳에서 따뜻한 것이 올라오는 걸 느꼈다. 꿈이 현실이 될 수 있을지도 모른다는 설렘과 함께.

테마파크 퍼레이드 키퍼인 샤로니는 더 이상 유니에게 망각의 마법을 걸지 않아도 되었고 유니도 샤로니가 보고 싶으면 언제든지 찾아와 만날 수 있었다.

그렇게 루카스와 샤로니가 있는 테마파크는 유니가 하루라도 빨리 일하고 싶은 공간이 되게 했다.

프린세스샵은 뷰티 스태프들의 유니폼도 너무 예뻐서 그 유니폼이 입고 싶어서 근무를 하고 싶어 하는 사람들도 있을 정도라고 한다.

그리고 예약을 통해서만 이용 가능한 대한민국 프린세스샵에는 더 특별한 점이 있었다.

인스타그램의 메시지나 댓글을 통해 전 세계로부터 공주, 왕자님이 되고 싶은 사람들의 사연을 받아서 초대해 주는 것이었다.

대상은 어린이든, 할머니든, 기쁜 일이든, 슬픈 일이든, 함께 축하를 받고 싶은 일이든, 위로가 필요한 일이든 어떤 사연이라도 좋았다. 도착한 사연들 중 매월 딱 1명씩만 선정해서 초대를 하는 이벤트로 로열 패밀리룩으로 변신은 물론 무료로 퍼레이드 참여까지 해볼 수 있다.

이뿐만 아니라 무료 초대를 받은 가족에게는 3~4명분의 항공료와 2박 3일간의 호텔 숙박비도 제공이 되고, 돌아갈 때는 집에 가지고 갈 수 있는 럭셔리 디자이너 드레스까지 증정해 준다.

그렇다 보니 전 세계의 어린이들과 어린이를 둔 보호자들에게 핫한 상품으로 인기가 있을 수밖에 없었다. 퍼레이드 참여는 물론 K-POP의 나라 대한민국 관광을 할 수 있는 절호의 기회니까 말이다.

샵을 방문한 공주님들은 프린세스샵에 도착하면 우선 메이크업 아티스트에게 페이스 메이크업을 받는다. 그다음은 샤로니, 샤리니, 루카스와 함께 마법의 방으로 이동한 후 세상에서 가장 멋진 의상을 입은 주인공으로 변신한다.

퍼레이드 카를 타 본 어린이들은 댄스 타임이 있고 드레스 입은 모습을 잘 보여줄 수 있는 워킹 퍼레이드에 참여하기 위해 재예약을 하고, 워킹으로 처음 퍼레이드를 해본 어린이들은 차량에 타는 특별함을 경험해 보는 것이 프린세스샵 방문객들의 루틴이라고 한다.

내국인 손님과 해외 관광객 손님의 비율은 3:7 정도로 외국인 손님이 더 많은 편이다.

유니는 자격증을 따기 전부터 또 자격증을 취득한 후에도 매일 2시간씩 메이크업 연습을 했다. 정말 매일매일….

할머니와 함께 메이크업 자격증 시험을 스릴 넘치게 준비했던 시간, 그리고 샤로니와 루카스의 도움을 받으며 유니의 얌전하고 소심했던 성격은 점점 더 활발하고 긍정적으로 변했다.

학원의 선생님은 유니가 시연하는 메이크업 라인의 정확도와 피부 표현, 음영의 정도 표현의 절묘함이 전문가들이 보고 감탄을 할 정도로 완벽하다고 칭찬을 해 주셨다.

어리지만 많은 전문가들에게 인정을 받은 유니는, 여전히 고양이와 어린아이들을 무척, 아주 많이 좋아하는 중학생이었다.

그런 유니가 프린세스샵에서 아이들과 함께 일할 수 있는 아르바이트에 관심을 갖는 것은 당연했는지도 모른다.

하지만 당장 가족들에게 허락을 받기에는 매우 부담스러운 일이었다.

자신이 없었던 유니가 또 담담하게 생각을 접어 넣고 메이크업 박스를 열었을 때, 지연이네 집에서 나는 소리가 유니 방으로 날아 들어왔다.

옆집에 사는 지연이는 여동생이 있는 단발머리의 친구이다. 나이는 유니와 동갑이고, 같은 초등학교를 다니기도 했던 지연이는 잠깐 다른 곳으로 이사를 갔다가 돌아왔다.

할머니 말로는 지연이 엄마와 시어머니 사이가 좀 안 좋아서 분가를 했었는데 할머니가 편찮으셔서 다시 합가를 했다고 했다.

화장놀이를 함께 했던 반가운 지연이.

친구를 향한 유니의 인사에 낯가림과 쑥스러움이 고스란히 배어 있었다.

다행히 지연이가 털털하고 성격이 좋은 친구라 다시 친해질 수 있었다.

중학교 3학년이 되었을 때 두 사람은 같은 반이 되었고, 유니와 지연이는 아주 친한 사이가 되었다.

연년생인 동생 지원이는 언니인 지연이보다 키가 크고 공부를 잘한다고 한다.

오늘은 지연이도 지연이 엄마도 더 화가 많이 난 목소리였다. 유니는 자기도 모르게 귀를 기울였다.

1층에 커피숍이 있는 지연이네 집은 3층 집이다. 2층 유니 방에서 지연이네 2층 거실까지는 10미터 정도 떨어져 있는데 목소리가 너무 커서 한집에서 내는 소리 같았다.

"왜 매일 같은 소리를 하게 하는 거니! 학원은 안 가고 성수동은 뭐 하러 간 거야?"

"엄마는 지원이만 신경 쓰면 되잖아요! 난 공부 같은 거 적성 아니라고 했잖아요."

"도대체 왜 이렇게 속을 썩이는 거니. 기본은 해야 할 거 아니야!"

"저는 노래할 거라고 몇 번이나 얘기했잖아요. 대학 같은 거 안 간다고요! 제 기본은 내가 정하게 해주면 좋잖아요. 제 기본은 노래하는 거라고요. 못 간다고요! 제 성적으로는 갈 대학이 없다고요. 난 공부가 싫다고! 엄마가 하고 싶은 거 지원이한테 하고 있잖아요. 엄마도 대학 안 가고 전문대 갔다면서. 그리고 승무원 하다가 의사인 아빠 만나서 결혼도 하고 잘 살고 있잖아요. 그냥 그렇게 살면 되잖아요. 남한테 하기 싫은 거 하라고 하지 말고요."

"야~! 네 남이야? 내가 나 좋으라고 이러는 거야! 내가 학벌이 안 좋아서 할머니한테 무시받으면서 얼마나 힘든 줄 네가 알아!"

그때 지연이의 목소리가 한층 더 진지해졌다.

"알아요. 그건 할머니가 나쁜 거예요. 전 엄마 커리어 존중해요. 엄만 엄마대로 최선을 다해 살고 있잖아요. 엄마가 못 했던 거로 우리한테 한풀이 같은 거 강요하지 말고, 좀 더 당당하게 살았으면 좋겠어요."

지연이의 목소리에 울음이 섞인 것 같았다.

"엄만 우리 낳고 씻기고 먹이고 키우다가 지금도 쉬는 날도 없이 애쓰고 있잖아요. 지원이한테도 너무 그러지 말아요. 난 반항이라도 하지만 지원이는 그것도 못 하고. 엄마가 정말 잘 살펴 주셔야 해요. 중학생이 아침 6시에 나갔다가 새벽 1시에나 집에 돌아올 수 있는 건 우리나라뿐일 거예요. 지원이는 엄마한테 성적 안 나왔다고 혼날 때마다 멍하니 슬픈 표정으로 있어요."

지연이 엄마가 더 화난 목소리로 말했다.

"넌 네 걱정이나 해. 누가 누굴 걱정하는 거야."

유니는 마음이 아팠다. 지연이의 목소리에 담긴 절절함과 아픔이 고스란히 전해졌다.

자신도 모르게 창가로 다가가 지연이네 집을 바라보았다. 불이 켜진 창문 너머로 지연이의 그림자가 보였다.

'지연이도 많이 힘들겠구나….'

유니는 자신의 고민이 사소하게 느껴졌다. 아르바이트를 하고 싶다는 것도, 가족들의 허락을 받기 어렵다는 것도 공부 잘하기를 강요받고 동생과 비교당하는 지연이의 슬픔에 비하면 행복한 고민이었다.

그때 바람이 살랑 불더니 유니의 머리카락을 흔들었다. 그 바람 속에서 들려오는 목소리.

"유니야, 내 목소리 들리니? 지연이 친구가 많이 힘들어하는 것 같아. 너도 마음이 아프지?"

"샤로니…."

유니가 작은 목소리로 속삭였다.

"지금 우리가 지연이에게 할 수 있는 가장 큰 도움은 그저 곁에 있어 주는 걸지도 몰라. 지연이 옆에서 좋은 친구가 되어 줘. 세상에 단 한 명이라도 내 마음을 이해해 주는 내 편이 있다면 살아갈 이유가 되고 기쁨이 될 수 있을 테니까."

유니는 고개를 끄덕였다. 내일 학교에서 지연이를 만나면 더 따뜻하게 대해 줘야겠다고 생각했다.

그리고 문득 깨달았다. 자신이 프린세스샵에서 일하고 싶어 하는 진짜 이유가 무엇인지를. 단순히 메이크업 기술을 뽐내고 싶어서가 아니라, 지연이처럼, 그리고 유니 자신처럼 각자의 힘듦이 있는 아이들에게 많은 사람들 앞에서 당당하게 서 보는 경험을 통해 잠깐이라도 행복한 시간을 선물해 주고 싶어서였다. 유니가 알고 있는 테마파크 프린세스샵은 그런 곳이었다. 평소와는 다른 특별했던 그 잠깐 덕분에 일상으로 돌아와서도 당분간 씩씩하게 지낼 수 있을 테니까. 유니의 메이크업이 그런 역할을 해주기를 바랐다.

'언젠가는 꼭 그럴 수 있을 거야.' 유니는 다짐했다.

4. 엄격한 집안의 "닌자"

시간은 너무 빨리 흘렀고, 유니는 고등학교 2학년 신학기를 맞이하고 있었다.

왜 그렇다고 설명할 자신은 없지만, 유니는 본인이 꽤 어른스러워졌다고 생각했다. 그래서 테마파크 아르바이트에 대해서 가족들의 허락을 받아 보기로 제대로 마음을 먹었다.

첫 번째로, 아무래도 걱정을 하시는 아빠에게 먼저 이해를 받아 보기로 했다.

"아빠, 테마파크에는 매일 여러 사람들이 있기 때문에 봐주는 눈이 많이 있어서 개인 영업장보다 아르바이트하기에 안전한 곳이에요."

유니는 침착하게 설명했다.

"일을 잘못해서 야단을 맞을 수도 있지만, 저는 그런 것도 미리 경험해 보는 것이 좋겠다고 생각해요. 선배 직원이나 다른 사람에게 야단도 들을 각오가 되어 있어요."

유니의 확고함에 아빠는 아르바이트를 반대할 이유를 찾지 못했다.

그리고 할머니.

예상대로 허락하지 않았던 할머니는 유니를 위한 아빠의 진심 어린 호소에 넘어가 주셨다.

하지만 언제나처럼 할아버지의 허락을 받는 것이 큰 숙제였다.

매월 2번째 수요일은 유니네 집 '가족의 날'이었다.

가족의 날, 순영 씨는 오후 4시경 출근을 하고 그녀의 특기이자 취미인 찹쌀꿔바로우 요리를 저녁 식사로 먹을 수 있는 감사한 날이다. 바로 그날 연습장에 테마파크 아르바이트를 하고 싶다고 쓴 유니의 낙서를 할아버지가 보게 되셨고, 곧 손녀를 호출하셨다.

유니는 긴장되었지만 용기를 내보기로 결심했다.

"샤로니, 나 잘할 수 있을까."

하트 펜던트를 목에 건 유니는 거실로 내려왔다.

"아니, 유니는 왜 그런 딴따라가 하고 싶어진 게냐?"

그 말을 들은 유니는 자기도 모르게 두 주먹을 불끈 쥐고 말했다.

"할아버지, 그건 딴따라가 아니에요. 제가 정말 열심히 해서 자격증을 땄잖아요! 그런 사람들만 할 수 있는 전문적인 일이라고요."

각오라도 한 듯한 유니의 목소리에 단호함이 느껴졌다.

"할아버지는 제가 겁쟁이라 위험할 것 같은 일은 안 하니까 잘 모르시지요? 집 분위기가 엄할수록 닌자가 되는 아이들이 많다는 거, 자꾸만 숨어서 뭔가 하게 되는 일이 생긴다는 거, 그런 거 어른들이 알아주셔야 하잖아요!"

유니의 목소리에 간절함이 담겼다.

"비밀을 만들면 안 된다고 했잖아요. 그럼 솔직하게 얘기하고 상의할 수 있게 해 주셔야 그럴 수 있어요. 무조건 안 된다고 하지 말고, 가끔은 진심으로 들어주시고 꼭 필요해 보이면 허락도 응원도 해주셔야 하잖아요!"

겁쟁이 유니가 약간 울먹였지만, 눈 깜박임도 없이 단숨에 말을 했다.

"얘, 유니 아범아, 우리 아가가 지금 뭐라고 한 거냐? 닌자라고? 숨바꼭질이라고?"

"아… 아버지, 그건….""

유니 아빠가 송구스러워하고 있을 때, 주방에 계시던 이모님 순영 씨가 뭔가 재밌는 일이라도 생겼다는 표정으로 등장했다. 오늘은 특별한 날에 입는 노란색 에이프런의 순영 씨였다. 애쓰고 있는 유니의 지원군으로 오신 것이다.

"저, 교수님~ 요즘 아이들 사이에서 하는 얘기인가 봐요."

순영 씨가 자신만만하게 설명을 시작했다.

"너무 집안 분위기가 엄격해서 이것도 안 된다, 저것도 하지 마라. 학교 공부에 방해가 된다고 하거나 그건 진짜 위험하다 등등 뭐든지 잘 못하게 하는 집들이 있잖아요. 바로 교수님 댁처럼 말이에요."

할아버지의 눈썹이 살짝 올라갔다.

"그런 집 아이들이 어른들 앞에서는 아무것도 안 하는 것처럼 안심을 시킨 뒤, 뒤에서는 자기가 해보고 싶은 대로 결국은 하고 만다는 거예요. 큰일이죠? 그랬을 때 별일 아니어서 큰 문제만 없다면야 다 괜찮은 거죠 뭐. 그런데 어떤 사람들은 뭐든지 금지하고 반대만 해놓고 자기만 안심하고 넋 놓고 있는 사람들도 있거든요. 어떡하려고 그런대요, 정말로."

순영 씨의 목소리가 점점 더 열정적이 되었다.

"그런 사람들 중에 진짜로 큰일이 생길 수도 있을 텐데. 그때는 너무 늦어버려서 손을 못 쓰면 어떻게 해요. 아이유, 무서워라. 지난번 유니네 학교 같은 반 친구가 집에서 코인노래방을 절대로 못 가게 하니까, 도서실에서 만난 오빠하고 친해졌다지 뭐예요. 그리고 도서실에 간다고 하고 나가서 그 오빠랑 코인노래방을 반년 동안 다녔대요. 그것도 집 바로 앞에 있는 도서관이었는데 가족도 친구들도 아무도 몰랐다고 하네요."

할아버지의 표정이 진지해지기 시작했다.

"그러다 나중에 안 그 집 부모님이 깜짝 놀라서 아이를 학교도 안 보내고 난리가 났었는데, 반 친구들이 찾아가서 부모님께 대화 요청하고, 선생님 개입시키고 그래서 지금은 학교도 나가고 시험공부도 하면서 그렇게 잘 지낸다고 하더라고요. 또 그 애가 엄청나게 공부도 잘하고 성실한데다가 착하기까지 하다고 칭찬이 자자했었거든요. 큰일 날 뻔한 거죠. 그 엄마는 갑자기 또 얼마나 식겁했겠어요. 다행히 그 오빠도 그냥 노래하는 거 좋아하는 착한 학생이었대요."

순영 씨가 잠시 숨을 고르더니 폭탄 발언을 했다.

"아참, 그때 친구들 데리고 앞장섰던 친구가 바로 유니였는데."

할아버지의 얼굴을 살피던 순영 씨는 말을 이었다.

"어머나, 교수님 모르고 계셨나 보네요. 소문에 의하면 옛날에 교수님도 데모만 있으면 앞장서기를 좋아해서 약사님이 사귀고 있을 때 헤어질까 말까를 10번도 넘게 고민했었다고 했는데. 어머어머, 유니가 할아버지 닮았나 보네요. 호호호호호."

갑작스러운 순영 씨의 등장으로 할머니는 할아버지 맞은편에서 손사래를 치고 계셨고, 할아버지는 넋이 빠진 모습으로 듣고 계셨다.

얘기를 마치고 난 이모님이 '유니야, 나 잘했지~?'라는 표정으로 해맑게 쳐다보셨다. 열심히 듣고 있던 유니도 감사하다는 듯 진심 어린 눈으로 깜박하고 사인을 드렸다.

할아버지의 성격을 누구보다 잘 알고 있는 유니 아빠는 거의 울상이 되어 있었다.

유니 나이 고등학교 2학년 18살 때의 일이다. 할머니도, 아빠도 초긴장 상태였다. 할아버지 성격에 버럭 하실 것이 틀림없었기 때문이다.

모두가 긴장하고 어색해서 어쩔 줄 몰라 하던 그때, '삐삐 삐삐삐' 대문 비밀번호를 누르는 소리가 났다.

현관문을 열고 들어온 사람은 삼촌이었다.

놓치지 않고 순영 씨가 현재 상황을 설명했다.

"어머나, 삼촌도 오셨네요. 유니가 테마파크에서 아르바이트를 해보고 싶다고 해서 식사 전 가족회의 중이었어요."

유니 옆에 앉으며 소파 테이블 위 잡지를 들던 삼촌은 "이모님이 사회 맡으신 거예요~?"라고 장난스럽게 말하고 나서 마치 부탁이라도 들은 것처럼 유니에게 유리한 말을 해주셨다.

"유니 아르바이트한다고? 좋지~ 돈 버는 일이 쉽지 않다는 거 미리미리 경험해 봐서 나쁠 거 없고. 오히려 편의점이나 개인이 운영하는 상점보다 사람들 눈이 많은 곳이니 안전할 것 같은데요." 삼촌한테는 말한 적도 없었는데 딱 맞는 얘기를 척척 해주시는 삼촌의 목소리가 반갑고 따뜻했다.

"유니 옛날에 뭐 자격증 같은 것도 따놓지 않았나~? 너 첫 월급 받으면 가족들에게 선물 플렉스해야 하는 것도 알고 있지? 삼촌이 우리 유니 제일 이뻐하니까 1번이다."

유니와 이모님, 그리고 삼촌의 얘기를 릴레이로 듣고 계시던 할아버지가 유니를 보고 말씀하셨다.

"하지 말라고 하는 게 많으면 뭐가 된다고~?"

유니가 작지만 정확한 발음으로 말했다.

"닌자요."

할아버지가 다짐을 받듯이 물어보셨다.

"그래서 너도 닌자인가 뭔가 해보고 싶다고?"

"전 아니에요. 위험한 것만 빼고 이것저것 해보고 있거든요. 저에게는 할머니가 계시니까요."

유니가 한 말에 할머니의 마음이 동그랗게 되었는지 마주친 눈시울이 빨개지셨다.

할아버지가 유니를 바라보며 '이놈'이라고 하는 듯 인상을 찌푸리셨다가 곧 편안해진 표정으로 말씀하셨다.

"그럼 해보든가."

할아버지가 나지막이 혼잣말처럼 얘기하셨다. 예상도 못한 할아버지 말씀에 어리둥절한 유니가 아빠를 쳐다보았다.

"예~스! 이럴 땐 그렇게 말하는 거야."

삼촌이 유니의 머리를 쓰다듬으며 말했다.

"유니 알지? 삼촌이 뭐 좋아하는지?"

"네, 삼촌 감사합니다!"

정말 기대하지 않았던 허락을 받은 유니가 신이 난 발걸음으로 2층으로 올라갔다.

샤로니에게 이 기쁜 소식을 전하고 싶어서였다.

유니는 샤로니와 연결되어 있는 하트 펜던트를 두 손으로 감싸고 말했다.

"통과했어, 샤로니! 테마파크 아르바이트, 할아버지가 허락해 주셨어!"

테마파크 퍼레이드 키퍼 업무를 마치고 직원 라운지에서 쉬고 있던 샤로니가 유니의 목소리를 들었다.

"유니야, 드디어 허락받았구나! 우리가 함께 테마파크에서 일을 하게 되다니 정말 너무너무 좋다!"

"샤로니가 한 거야? 할아버지 마음을 바꾼 건?"

샤로니가 자기도 모르게 들고 있던 작은 요술봉을 흔들며 고개를 저었다.

"아니야, 네가 한 거야. 할아버지 마음을 움직인 건 유니 네 진심이었어. 나는 그냥… 네가 용기를 낼 수 있도록 기도를 보탰을 뿐이야."

유니는 날아갈 듯이 기분이 막 좋았다. 유니 주위로 반짝이는 별가루가 춤추듯 돌고 있었고, 그 모습은 마치 유니를 위한 축하 세리머니 같았다.

2층으로 올라가는 유니의 기쁜 발걸음을 보며 허락해 주길 잘했다고 생각 중인 할아버지의 침묵을 삼촌의 장난기 섞인 위로가 환기시켰다.

"아버지, 걱정 마세요. 유니 저 녀석 알아서 잘할 거예요. 실내 놀이공원이라 날씨 상관없으니 눈이나 비가 와도 전철에서 내려서 우산 없이 갈 수 있으니 좋겠네. 언제 나도 조카 덕에 바이킹이나 한번 타러 가 봐야지."

삼촌이 말을 이었다.

"그나저나 그 옛날에 실내 테마파크라니 지금이 2025년이니 벌써 한 30, 40년은 된 거 같은데요. 정말 대단한 것 같아요."

"유니가 한번 얘기한 적이 있어서 그곳 창업가의 회고록을 읽어봤다."

할아버지가 잠시 생각에 잠기셨다.

"내 생각엔 가족을 떠나 타국으로 간 그룹 회장이 객지에서 가족 나들이객들을 보면서 계획을 하지 않았나 싶더구나. 고국에 두고 온 가족들을 그리워하던 마음이 한국에 놀이공원을 만들게 했던 것 같더라."

"그런데 그분은 한국 사람이에요, 일본 사람이에요?"

"귀화하지 않았으니 한국 사람이지. 남의 나라 가서 그리 오랜 시간 큰 사업을 하면서 귀화하는 일 없이 고국의 발전에 기여하기가 쉽지 않았을 거다. 아무렴."

"그러게 말이에요. 일본에서 번 돈을 한국의 발전기금으로 썼겠지요."
"큰 역할을 한 거지. 우리가 이만큼 편리하게 살 수 있는 건 그분들의 노력과 희생 덕분이지. 여간해서 할 수 없는 일이지."

할아버지의 목소리에 깊은 존경이 담겨 있었다.

"아무래도 일본이 여러모로 훨씬 앞서 있었지만 일본에서 번 돈을 한국에다 쓸 때는 쉽지 않았을 것 같아요."
"말해 뭐 하겠냐 책에서도 읽었지만 그 사람은 일본과 한국 양쪽에서 뭇매를 맞는 것을 숙명이거니 했다고 하더라고. 남들이야 뭐라 하든 내 개인적으로는 고맙고 미안한 마음이 들더구나."
"그 121층 타워 있잖아요 아버지, 그 호텔에 묵고 있던 의뢰인을 만나러 가본 적이 있는데, 쇼핑, 영화, 숙박을 다 할 수 있는 그야말로 근사한 복합 쇼핑센터였어요."
"그것도 그 회장이 언제까지 한국을 찾는 외국인 방문객들에게 덕수궁이나 경복궁만 보여줄 수는 없다고 생각해서 지은 거라고 하잖니."

할아버지의 목소리가 잠시 떨렸다.

"책 거의 끝 페이지에 그 쇼핑 타워를 후배 세대들의 '가족 관광객들에게 기꺼이 바친다'라고 쓰여진 대목에서는 그만 눈시울이 뜨거워지더구나. 그분이 살아 계실 때 사람들이 잘 이용할 수 있게 해줘서 고맙다는 메시지가 더 많이 전해졌더라면 얼마나 좋았을까 생각했었지 뭐냐. 사람이 고마우면 고맙다라고 인사할 줄 알아야 하고, 인사를 할 수 없다면 마음속으로 감사기도라도 해야 하는 거야."
"그러게 말이에요. 그런데 요즘은 뭔가 이슈만 있으면 득달같이 악플들이나 달고 하니 참 큰일이에요. 연예인 악플러들 때문에 우리 사무실에도 의뢰 들어오는 건들도 있더라고요."

"그런 거 때문에 사람이 죽기도 하잖니."

유니를 따라서 올라갔던 아빠도 함께 와서 이야기에 합류했다.

"정말 요즘은 그런 온라인 댓글들 때문에 큰일이에요."

할아버지가 깊은 한숨을 쉬셨다.

"사람이 고마운 일을 겪으면 고맙다고 인사를 해야 살면서 감사할 일이 또 생기고, 잘못을 하면 용서를 구하고 사과를 해야 그 잘못이 없어지는 거야."

"그 컴퓨터 뒤에서 하는 험한 말로 죄를 짓는 건 사과를 안 해도 되고 그 상대를 안 만난다는 생각으로 하는 걸 테지만, 용서받지 못한 죄는 그 잘못을 한 사람이 벌을 받아야 비로소 소멸하는 거란다. 너희들은 절대 그러면 안 돼."

"네, 그래야지요."

"저녁들 먹고 갈 거지?"

"아, 아버지 죄송해요. 저는 유니랑 오늘 저녁 잠깐 나가서 밥도 먹고 얘기도 좀 하고 오려고요."

"나는? 유니 이 녀석, 형은 가만있고 내가 말 보탰는데, 삼촌 빼고 아빠랑만 데이트 간다는 거지?"

마침 계단을 내려오던 유니였다.

"삼촌, 저 아빠랑 밖에서 만나는 거 별로 안 좋아해요. 아빠 표정 보세요. 반갑지 않은 얘기할 표정이잖아요?"

아빠가 겸연쩍게 웃었다.

유니에게 주말 아르바이트를 허락해 주고 서재로 돌아온 할아버지는 눈을 감고 의자에 깊숙이 앉아 생각에 잠기셨다.

유니가 항상 소심하고 자기 의견을 잘 얘기하지 않는 아이라고 생각했는데, 오늘 있었던 일로 오히려 안심이 되었다.

'우리 유니가 이제 정말 컸구나.'

창밖으로 보이는 저녁 하늘이 유난히 아름다웠다. 아름다운 저녁 하늘이 마음에 드셨는지 오늘 당신이 한 허락을 잘했다고 생각하셨는지 할아버지 얼굴에 흐뭇한 미소가 평안해 보였다.

그날 밤, 유니는 침대에 누워 천장을 바라보며 생각했다.

'정말 잘해 낼 수 있을까?'

그때 창문 너머로 따뜻한 바람이 불어왔다. 그 바람 속에서 샤로니의 목소리가 들려오는 것 같았다.

"유니야, 축하해! 드디어 꿈에 한 걸음 더 가까워졌네. 우리가 기다리고 있을게."

유니는 환한 미소를 지었다. 내일부터 정말 새로운 시작이었다.

스르륵…. 별들이 기분 좋게 꿈속으로 간 유니의 방 창문으로 따뜻한 빛을 보내주고 있었다.

5. 아빠의 결혼

집에서 나온 유니와 아빠. 두 사람은 파리 크루아상으로 갔다.

오랜만에 단둘이 외출한 아빠가 유니의 표정을 살폈다. 오늘 유니에게 하려고 벼르던 얘기였으나 말을 꺼내도 되는지 많이 망설여졌다.

자꾸만 특별히 의미 없는 얘기를 계속하는 아빠에게 유니가 정곡을 찌르듯이 말을 했다.

"아빠, 여자 친구 생긴 거 알아요. 지난번 휴대폰에서 봤어요. 그 아줌마랑 결혼하고 싶은 거예요?"

아빠가 화들짝 놀랐다. 하지만 말이 나온 김에 이어 나가야겠다고 마음을 먹었다.

"아, 음… 아, 그렇게 하고 싶은데 유니는 어떻게 생각해?"

"전 그 아줌마 그저 그래요. 엄마처럼 예쁘지도 않고, 키도 작고, 덧니까지 있잖아요?"

유니의 솔직함에 아빠의 머릿속은 해야 할 말과 하면 안 될 것 같은 말들이 뒤엉켜 뒤죽박죽이었다.

"하지만 아빠가 좋으면 전 상관없어요. 어차피 저는 계속 할머니랑 살 거니까요."

질문 한마디에 듣고 싶은 얘기를 한꺼번에 들은 아빠는 할아버지 앞에서 용기를 내느라 긴장했을 유니에게 너무했다는 생각이 들어 많이 미안했다.

그리고 유니가 훌쩍 커버린 것 같아서 좀 쓸쓸하다고 느꼈다.

"유니야, 아빠가 재혼을 한다고 해서 너를 덜 사랑하는 건 아니야. 너는 아빠에게 세상에서 가장 소중한 보물이야."

"알아요."

유니가 담담하게 대답했다

유니 나이 열여덟 살, 고등학교 2학년 초여름 때의 일이다.

집으로 돌아온 유니는 방에 들어가자마자 메이크업 박스를 열었다. 엄마가 남겨준 이 박스만이 엄마와의 유일한 연결고리였다.

그때 박스 위에서 작은 빛이 반짝였다. 샤로니가 나타났다.

"유니야, 오늘 많이 힘들었지?"

"샤로니…."

유니의 목소리가 작아졌다.

"일하고 피곤했을 텐데 쉬지도 못하고 온 거야~?"

유니가 진심으로 걱정스럽게 물었다.

"아빠가 재혼한다는 얘기 들었어. 마음이 복잡하지?"

"사실 좀 그래. 아빠는 새로운 사람과 행복하게 살고, 엄마는 멀리 있고…. 이제 정말 엄마 아빠가 없는 아이가 된 것 같아."

샤로니가 작은 손으로 유니의 손을 잡았다.

"유니야, 넌 혼자가 아니야. 할머니, 할아버지가 계시고, 나와 루카스, 샤리니도 있잖아. 그리고…."

샤로니가 잠시 머뭇거리더니 말했다.

"엄마도 분명 너를 그리워하고 계실 거야."

"…정말 그럴까?"

"그럼~ 나는 확신해. 그리고 꼭 다시 만나서 행복하게 지낼 수 있을 거야. 어른들의 세계는 복잡해서 마음대로 할 수 없는 일들이 많거든."

　유니 아빠의 여자 친구는 소위 '골드미스'라고 하는 42세의 꽤 세련된 아줌마였다. 유니 아빠 나이가 46세니까 4살 차이로 어른들이 말하는 딱 좋은 나이일지도 모른다.
　아빠는 그렇게 재혼이라는 것을 하기로 했고, 유니와 엄마는 유니가 초등학교 5학년이 되었던 해부터 고등학생이 된 지금까지 만나지 않고 있었다.
　부모님의 이혼에 대해서는 아빠도 할머니도 할아버지도 그리고 삼촌도 아무도 직접 언급은 하지 않았다.
　생각해 보면 어른들의 일로 유니가 참 가엾게 된 상황이다.
　유니는 부모님의 이혼을 어렴풋이 예측하고 있었고, 유니의 할머니 할아버지는 하나밖에 없는 손녀를 정말 아끼고 사랑해 주셨다. 하지만 엄마를 향한 그리움은 유니 자신도 느끼지 못하는 사이 커지고 있었다.

　그날 밤 유니는 오랜만에 엄마 꿈을 꾸었다. 꿈속에서 엄마는 여전히 따뜻한 미소를 지으며 유니를 안아주고 있었다.

6. 영국에서 온 손님

테마파크 안에서도 느껴지는 5월의 새파란 하늘. 유니가 테마파크에서 아르바이트를 시작하고 나서 한 달쯤 되는 날이다.

오늘의 사연으로 만나는 공주님은 영국에서 온 샬롯 공주님이다.

8살인 샬롯은 한국의 프린세스샵의 초대 손님에 대한 이야기를 듣고 직접 인스타그램으로 DM을 보낸 소녀였다.

"안녕하세요, 저는 영국 뉴캐슬에 살고 있는 샬롯이에요. 저는 8살이고 멋지고 착한 아빠가 하늘나라로 가시고 지금은 엄마와 둘이 살고 있어요. 우리 엄마는 호텔리어이고 이름은 케이티예요. 그리고 저희 아빠는 제가 5살 때 돌아가셨어요. 갑자기 아빠가 사라져서 처음에는 굉장히 많이 슬프고 보고 싶었지만 지금은 씩씩하게 잘 지내고 있어요. 그걸 아빠도 바라고 계실 거니까요. 그리고 최근에 엄마에게 남자 친구가 생기고 드디어 내년에는 결혼을 하게 되어서 저에게 새아빠가 생길 예정이에요. 돌아가신 아빠에게는 너무 죄송해서 기도를 많이 했는데 꿈에서 아빠가 기쁜 일이라고 찬성해 주셨거든요.

예비 새아빠는 요리사예요. 이름은 티머시예요. 지금은 10월이고, 내년 3월에 결혼하시는 두 분을 축하해 드리고 싶었어요. 그리고 저는 9살 언니가 되기 전에 한국의 프린세스샵 체험을 꼭 해보고 싶다고 생각했고요. 그리고 엄마한테는 저도 다른 행복할 수 있는 일들이 많으니 미안해하지 않아도 된다는 메시지를 전달하고 싶어서 사연을 남깁니다. 꼭 뽑아 주시면 감사하겠습니다. (저도 공주 드레스를 좋아하지만 엄마가 슬프고 바쁘셔서 공주가 되고 싶다고 얘기할 수가 없었어요.) 영국 뉴캐슬에서 샬롯 올림."

그런 샬롯이 초대되어 만나는 날이었다.

사연에 첨부한 사진으로 보았을 때 샬롯은 주근깨가 있는 착해 보이는 여자아이였다.

입장을 도와주러 간 드레스샵의 직원이 그런 샬롯을 금방 알아보았고, 인스타그램에서 드레스샵의 유니폼을 봤던 샬롯도 드레스샵의 직원을 한눈에 찾았다.

샤로니와 루카스도 반갑게 맞이해 주었다.

샬롯은 분장에 페이스 아트를 더한 메이크업을 받고, 루카스가 안내한 샤로니와 샤리니가 있는 마법의 방으로 갔다.

루카스는 공주님들의 이동 동선을 안내하는 역할을 담당했다.

테마파크의 요정 샤로니와 샤리니, 루카스가 정식으로 샬롯과 인사를 했다.

"안녕, 샬롯. 난 샤로니. 이쪽은 샤리니."

"난 루카스야."

"사연을 보내줘서 너무 고맙고 정말 환영해. 자, 그럼 이제 공주님으로 변신할 마음의 준비가 되었지?"

"응, 난 좋아. 잘 부탁해."

"좋아!"

"잠깐 루카스. 넌 여기 있어. 피팅 룸엔 나와 나의 분신 샤리니가 함께 들어갈게."

"샤라리 샤르리 샤리샤리 팡팡, 호세루피아 알라카쟘!"

샤로니와 샤리니가 마법의 지팡이로 샬롯에게 마법의 레이저를 비추었다.

주변이 온통 환한 금빛으로 가득하고, 화이트 컬러였던 샬롯의 드레스가 서서히 핑크색으로 변하더니 샬롯은 더욱 아름다운 드레스 자태의 공주님으로 변해 있었다.

드레스 컨셉은 핑크 엘리자베스였다.

문 앞에서 준비하고 있던 루카스가 보호자들이 기다리고 있는 마법의 방의 문을 열었다.

"자~ 공주님 나오십니다!"

샬롯의 엄마와 예비 새아빠는 기쁨의 탄성을 질렀다.

"우와~ 샬롯 정말 너야? 너무 아름답다! 믿을 수가 없어, 환상적이야!"

거울로 자신의 모습을 본 샬롯도 정말 놀랐다.

그렇게 샬롯은 테마파크에서 아름다운 공주님으로 변했고, 마치 동화나라에 온 것같이 행복해했다.

테마파크의 왕자님 공주님이 되었던 어린이들은 퍼레이드를 마치고 집에서 입고 온 옷으로 갈아입을 때까지 마법 드레스를 입고 지낸다. 지나가는 사람들의 "어머, 공주님이네~"라는 예쁜 칭찬을 기쁘게 즐기면서 말이다.

유니는 요정들의 도움과 자신의 메이크업으로 변신한 어린이의 행복한 얼굴을 보면서, 또 그것을 기뻐하는 가족들을 볼 때마다 엄마를 생각한다. 드레스샵에 방문하는 가족 단위 여행객들을 볼 때마다 한없이 그리워지는 엄마를 말이다.

유니의 기억에 남아있는 엄마는 항상 상냥했고 부드러운 모습이었다. 그런 엄마의 딸인 유니는 가끔 상냥하지 않은 어머니 고객을 마주할 때가 있다.

어느 날 드레스샵의 분장 스태프가 통통하고 귀여운 아이와 함께 온 어머니로부터 꾸지람을 들었던 일이 있었다. 본인을 미용실의 원장님이라고 말하며 어린이가 선택한 의상과 스태프가 한 분장이 마음에 안 든다고 했다.

"아놔 정말 이게 뭐예요? 아이에게 섀도우 컬러를 고르게 하고 이렇게 촌스럽게 그라데이션을 해두면 어쩌라는 거예요? 아까 드레스 셀렉할 때도 화이트 컬러로 권해줬어야지, 내가 그렇게 사인을 줬건만 멍청하게 눈치도 못 채고 말이야. 애가 핑크색 좋아한다고 설득도 안 하고 그냥 그걸 입게 하면 내가 여기 온 재미가 있겠냐고요. 돈 내는 사람은 난데 내가 하라는 대로 했어야 하는 거 아니에요?"

스태프가 정중하게 대답했다.

"고객님, 죄송하지만 저희 샵은 어린이가 스스로 한 선택을 존중하는 운영 이념 아래 손님을 응대하고 있습니다. 그래서 방문 전 자녀분과 충분히 상의하시도록 사전 안내를 드리고 있습니다."

근무 매뉴얼대로 응대한 직원을 보던 보호자의 목소리가 더욱 높아졌다.

"아니 뭐야? 얘, 너 지금 손님을 가르치려는 거니? 이 직원 미친 거 아니야? 높은 사람 오라고 해. 아 진짜 미쳤나 봐. 오늘 절대 그냥 못 넘어가. 야 너 메이크업 자격증 있는 거 맞아? 실력이 없으면 잘못했다고 죄송하다고 해야지, 어디다 대고 가르치려 드는 거야? 정말 기도 안 차네. 높은 사람 당장 나오라 그래! 안 나와? 나 파워 블로거야. 여기저기 뿌려서 너 당장 짤리게 만들 수도 있어. 살면서 매운맛을 못 봤지? 다신 취직이란 말도 못 꺼내게 해줄까?"

하필 점장님이 식사를 간 시간이었다. 옆에 계시던 손님들도 듣기에 거북하고 불편했지만 아무도 뭐라고 해주는 사람들이 없었다.

마치 자기 일처럼 듣고 있던 샤로니가 화를 내고 있던 보호자의 여섯 살 딸에게 살며시 마법 레이저를 뿌렸다.

갑자기 화난 표정의 꼬마 공주님이 벌떡 일어났다.

"엄마, 지금 뭐라고 하는 거야? 내가 좋아해서 핑크색 드레스를 골랐고, 내가 예뻐서 핑크색 섀도우를 해 달라고 한 건데 엄마는 알지도 못하고 왜 또 소란을 피우는 거야? 그동안 엄마 때문에 내가 얼마나 창피했는지 알아? 나도 딸이고 저 언니도 딸인데, 엄마는 왜 이렇게 매너도 없고 인정머리도 없는 거야? 엄마가 이렇게 못되게 굴어서 나도 커서 누가 나한테 이렇게 못되게 하면 엄마가 책임질 거냐! 저 언니가 뭘 잘못했다는 건지 하나하나 다시 말해 보라고. 다른 사람들도 엄마처럼 생각하는지 말이야. 엄마는 맨날 엄마만 맞다고 하고 내가 하고 싶은 건 항상 못하게 하고 다른 걸 하게 했지? 엄마는 그럼 좋겠어? 그럴 거면 뭐 하러 나한테 물어보냐고. 그리고 엄마 딸만 소중해? 저 언니도 남의 집 귀한 딸이라는 생각이 안 드냐고?"

직원에게 하는 억지스러운 컴플레인을 처음부터 듣고 있었던 어떤 아버님이 박수를 쳤고, 매장 안에 있던 손님들이 웅성거렸다.

그리고 곧, 조금 전까지 무섭게 엄마를 쏘아붙이던 아이가 언제 그랬냐는 듯 응석 섞인 말투로 "엄마 나 이제 밖에 나가고 싶어"라고 천진하게 말했다. 조금 전 엄마에게 따져 묻던 표정과는 전혀 다른 사람이 되어서 말이다.

딸의 손에 이끌려 나가던 보호자의 얼굴은 붉으락푸르락했었고, 울먹이고 있던 직원이 어리둥절하며 자기 일을 찾아서 하기 시작했다.

유니와 눈이 마주친 샤로니가 씽긋 윙크를 하며 웃었다.

엄마들이 우리 아이를 소중히 생각하고 내 아이에게 좋은 것을 주고 싶은 마음은 다 같을 것이다. 세상에는 자녀를 사랑해서 하는 다양한 행동과 모습의 엄마들이 있는 것 같다.

유니 엄마는 어땠을까?

유니 엄마는 결혼 후 유니 할머니와 할아버지로부터 절대로 일하지 말고 아이 키우는 것에만 전념하라는 얘기를 자주 들었었다.

처음에는 유니를 낳고 행복하게 지냈으나 점점 더 견디기 힘들고 많이 아팠던 이유는 부모님도 친구도 없는 한국에 홀로 와서 육아와 가사 일 외에 아무것도 할 수 있는 일이 없었기 때문이었다.

그러다가 너무 많이 아파진 엄마를 위해 아빠가 할 수 있는 최선의 방법은 엄마를 일본에 다녀오게 해주고 싶다며 부모님을 설득한 것이었다. 그리고 엄마가 다시 돌아오지 못했던 이유는 서울에 계신 유니의 조부모님이 끝내 엄마가 일하는 것을 절대로 허락하지 않으신 데다가, 공연복과 기모노 제작 회사를 운영하시던 외할아버지마저 돌아가셨기 때문이었다.

그 충격으로 외할머니가 뇌경색으로 쓰러지셨고 치매까지 앓게 되셨다. 결국 유니 엄마가 회사를 맡아 운영을 해야만 했다.

엄마는 무남독녀 외동딸로 친정엄마를 돌봐드릴 수 있는 사람은 유니 엄마밖에 없었다.

유니를 일본으로 데리고 와서 키우겠다고 했지만 예상대로 허락을 받지 못했다. 아이를 사랑하는 마음이 애절할 정도로 컸지만, 유니 엄마는 가엾은 홀어머니를 요양원에는 도저히 보낼 수가 없었던 그런 사람이었다.

나중에 유니 아빠가 이혼을 하고 방황하는 사실을 알게 된 유니의 조부모님이 엄마에게 일하는 것을 허락해 주신다 하시고 후회를 하셨지만, 그때는 이미 늦은 때라 돌이킬 수가 없었다. 답답하고 허한 마음에 방황을 했던 유니 아빠는 당장 함께 살지는 않았지만 키가 작고 세련된 윤정 아줌마와 재혼이라는 걸 했다.

유니의 조부모님은 엄마에게 한국으로 와서 유니와 아빠랑 정상적인 가족을 이루고 살기를 바라시고 강요하셨고, 유니 엄마는 그럴 수 없는 상황에 처해 있었다.

엄마와 아빠의 '이혼'은 부모님 에게 이해받을 수 없는 상태로 이러지도 저러지도 못하는 유니 아빠가 선택한 '자유'인지도 모르겠다.

할아버지 허락을 받고 시작할 수 있었던 유니의 테마파크 아르바이트는 일주일 중 주말에만 할 수 있었다. 학교 공부에 지장을 주지 않도록 하기 위해서였다.

프린세스샵은 정말 공주님들만 살 것같이 핑크핑크했고 너무너무 예쁜 공간이었다. 직원들의 휴식 공간도 핑크핑크한 소품과 가구로 온통 공주님 나라였다.

유니는 그곳에 가면 자기도 모르게 평소와는 또 다른 편안함으로 아주 많이 행복해하는 자신을 발견하곤 했다.

곧 고등학교 3학년이 되었고, 학교생활도 아르바이트도 밸런스를 잘 맞추어 지냈던 유니에게 정말 중대한 결정을 해야 할 때가 왔다.

대학과 전공과목에 대해서 고민을 좀 하였지만, 유니는 자기가 가장 행복할 수 있는 것, 곧 자기다움을 개발할 수 있는 쪽을 선택하였다. 메이크업을 계속할 수 있는 대학에 들어가기로 한 것이다.

담임 선생님이 포기하지 않고 한 번 더 생각해 보라고 하셨지만 유니는 확고했다.

그날 밤, 유니는 샤로니에게 말했다.

"샤로니, 나 결정했어. 내가 정말 좋아하는 일을 계속하기로 했어."

샤로니가 반짝이는 눈으로 대답했다.

"유니야, 그게 맞아. 네가 행복한 일을 하는 게 가장 중요해. 우리도 함께할게."

창밖으로 보이는 별들이 유니의 결심을 축복하듯 밝게 빛나고 있었다. 새로운 시작을 향한 또 하나의 발걸음이었다.

part 4

메인 퍼레이드 행렬 속 공주님들

1. 행복하지 않아요

유니의 대학 진로 계획을 듣고 난 할아버지가 정말 크게 노하셨다.

공부를 곧잘 했던 유니가 메이크업을 전공으로 하는 대학에 간다는 건 할아버지에게 도저히 용납이 안 되는 일이었다. 유니 성적이라면 진학 가능한 학교도, 학과도 많았고, 할아버지가 유니 아르바이트를 계속 허락해 주셨던 것은 유니가 아르바이트 때문에 성적이 떨어지는 일이 없었기 때문이었다.

대학생인 과외 선생님이 동아리 캠프를 가서 수업을 쉬는 날이었다. 저녁 식사 후 인터넷 강의로 공부 중인 유니가 할아버지의 호출을 받았.

"할아버지, 부르셨어요?"

"안 된다."

단 세 글자 속에 담긴 무게가 유니의 가슴을 짓눌렀다.

"가고 싶어요, 할아버지."

"안정된 일자리가 될 수 없는 고생스러운 일이란다. 아니, 왜 멀쩡한 사람이 그런 걸 직업으로 한다고 하는 거냐."

할아버지의 목소리에는 이해할 수 없다는 안타까움이 가득했다.

"그건 아주 깡다구가 있거나 공부하기 싫은 사람들이나 하는 거란다. 넌 안 된다. 넌 약해서 안 되는 일이야."

그 순간, 화가 난 유니가 마음속 깊은 곳에서부터 올라온 후끈함을 느꼈다. 무의식중에 목걸이의 하트 펜던트를 잡은 건, 샤로니로부터 용기를 빌리고 싶어서였다.

냉정하고 차가운 목소리로 유니가 말했다.

"할아버지, 저는 할아버지를 존경해요. 그런데 이렇게 얘기하는 할아버지가 우리 할아버지가 아니었으면 좋겠다는 생각이 들어요."

"이노옴~! 누구한테 필요해서 하는 얘긴 줄 몰라서 그러는 거냐!"

쩌렁쩌렁한 할아버지의 목소리가 서재 전체를 울렸다.

"난 너희 엄마가 미용이나 하는 사람이었으면 절대로 며느리로 안 봤다! 대학을 졸업하면 직장도 다니고 결혼도 해야 할 텐데, 반가운 며느릿감이 아니라는데 웬 고집을 부리는 거냐!"

포기한 듯 화가 난 유니가, 감정이 사라진 듯한 냉소적인 말투로 입을 열었다.

"할아버지… 편견을 버리실 때도 되었잖아요."

유니의 목소리는 얼음처럼 차가웠다.

"제 생각에는 할아버지가 생각하시는 메이크업 아티스트도 할아버지의 며느리가 되고 싶다는 생각은 안 할 거라고 생각해요. 심지어 할아버지의 아들은 무서운 할아버지로부터 엄마를 지켜주지도 못했잖아요. 사랑을 책임지지 않았잖아요. 엄마 없이 커야 하는 아이를 만들고 말았잖아요."

노함으로 일그러졌던 할아버지의 얼굴이 굳어졌다.

"전… 지금… 할아버지가 제 할아버지가… 아니었으면 좋겠어요. 우리 할아버지가 좀 더 이해심 많고 상대방의 입장을 헤아려 주시는 그런 분이었다면 얼마나 좋았을까요."

유니의 목소리가 떨렸다.

"이놈아…."

할아버지는 말을 못 알아먹는 어린 손녀딸이 답답하기만 했고 상상도 못 한 충격 발언에 할 말을 찾고 있는 중이었다.

"전 옛날에도 지금도 전혀 행복하지가 않아요."

나지막한 목소리로 또박또박, 그동안 하고 싶었던 말인 양 이어가던 유니가 소리도 없이 눈물을 뚝뚝 흘렸다. 더 이상 할아버지에게는 어떤 말을 하더라도 이해도 허락도 받지 못할 거라고 생각했기 때문이다.

이번에는 문밖에 계신 할머니조차 안으로 들어와 유니 편을 들어 주지 않으셨다. 할머니가 침묵하신다는 건 '절대로 안 된다'는 뜻이었다.

엄한 할아버지에게 그동안 생각만 했던 것을 말로 해버린 유니지만, 속이 시원하지 않았다. 오히려 절망감과 슬픔이 파도처럼 밀려왔다.

그런데 화가 나셨을 거라 생각한 할아버지의 얼굴도 슬퍼 보였다.

"그래도 안 된다."

할아버지가 못마땅한 듯 속이 상한 발걸음으로 문밖으로 나가셨다.

기다렸다는 듯 울고 있는 유니를 할머니가 품에 안고 머리를 쓰다듬으셨다. 사랑과 응원이 느껴지는 진심 어린 포옹이었다.

"할아버지를 이해하지 마라, 유니야."

할머니의 목소리는 단호했다.

"나는 젊었고 시어머니가 계셔서 못 했지만, 너에게는 할머니가 있잖니. 할머니가 항상 유니 뒤에 서 있을 테니 현명하게 관철시켜 보렴."

할머니는 결혼을 하면 아이들을 키우며 예쁘고 따뜻한 가정을 이루는 것이 꿈이었다. 하지만 맞벌이를 해야 한다는 시어머니 때문에 그런 꿈을 이룰 수 없었다.

둘째를 낳은 후 친정집에서 몸조리를 할 때만이 유일하게 행복한 시간이었다. 몸은 아팠지만 연년생인 두 아가들과 오랜 시간 함께 있을 수 있어서 무한히 행복하고 좋았다고 한다.

그때 유니 할머니 나이 스물여섯 살. 마음먹은 대로 할 수 있는 용기가 부족했던 나이였고, 게다가 그 시절은 용기가 있어도 의지대로 행동할 수 없는 시대였다.

친정에서 돌아온 할머니는 깎아놓은 밤송이처럼 예쁘고 사랑스러운 두 아이들을 두고 돈을 벌기 위해 일터로 가야 했다.

그때 할머니가 도움을 요청할 수 있는 사람은 아무도 없었다.

그렇게 밤톨같이 사랑스럽던 아들들은 유럽 사이즈의 큰 옷을 입어야만 하는 어른이 되었고, 할머니는 그 애틋한 아들의 소중한 딸 유니에게는 절대적인 든든함이 되어 주고 싶었다.

그래서 대입 시험을 인생의 첫 번째 관문이라 생각하시는 할아버지에게 당장 반대하는 일로 역효과를 내지 않기로 하신 거였다.

유니가 선생님이 되기를 바라시는 할아버지는 교육학과를 지원하라고 하신 후로 아무런 말씀도 안 하신다.

유니는 원하는 학과가 아니었지만, 그렇게 지원을 해야 한다고 생각하고 자신의 희망은 마음 깊숙이 접어두고 있었다. '그냥 가라고 하시니 가 드리는 거다'라고 체념하며.

원서를 내야 하는 시간이 닥쳐왔다.

원서 제출이 시작된 첫날 아침 식탁. 먹지도 않고 젓가락으로 밥알만 세고 있는 유니를 보시던 할아버지가 물었다.

"유니, 지금 뭐 하는 거냐?"

유니는 대답하지 않았다. 하고 싶은 말도 할 수 있는 말도 없었다.

"유니야, 밥 먹고 학교 가야지. 국물에 좀 말아 먹고 갈까?"

유니의 마음을 읽은 할머니가 걱정 가득한 얼굴로 따뜻한 국을 떠주셨다.

"할아버지, 왜 절 낳게 하셨어요."

유니의 목소리는 작았지만 또렷했다.

"뭐든지 반대하시는 할아버지가 엄마 아빠 결혼을 반대해 주셨더라면 좋을 걸 그랬어요."

그 말을 들은 할아버지는 아무 말도 없이 당황한 표정이셨다.

"어이쿠, 우리 애기가 마음이 많이 안 좋구나. 오늘은 학교 다녀와서 과외 수업하지 말고 좀 쉬어야겠다."

할아버지에게 호통을 들을까 봐 서둘러 말하시는 할머니의 목소리에 애통함이 배어 있었다.

보지 않아도 할아버지의 속상해하는 표정이 느껴졌고, 할머니는 이 난처함을 어떤 말로 바꿔야 할지 막막했다.

하지만 할머니도 이번에는 언제나처럼 어색한 분위기를 얼렁뚱땅 넘기고 싶지는 않았다. 만약의 경우 이번에는 무조건 유니 편을 들겠다고 마음을 단단히 먹었으니까.

그런 무거운 아침을 뒤로하고 유니는 학교에 갔다. 담임 선생님과 마지막 상담을 마치고 나서 한 번 더 심호흡을 크게 했다. 그리고, 할아버지가 가라고 했던 교육학과와 유니가 진짜 가고 싶은 학과, 두 곳 모두에 원서를 접수했다.

원서를 접수하고 학교에서 일찍 나온 유니는 바로 할머니 집으로 가고 싶지 않았다. 혼자 있고 싶었다.

그래서 아빠 집으로 향했다.

무슨 이유에서인지, 재혼을 했지만 아빠가 새엄마와 함께 살지 않아서 갈 수 있는 곳이었다.

집에 들어가자마자 찬물을 한 컵 마신 유니는 침실로 가서 누웠다. 교복 재킷까지 입은 채로였다.

그리고 깊은 잠에 빠졌다.

유니가 깨어난 시간은 새벽 1시가 훌쩍 넘어서였다.

할머니 집이 아니라는 게 생각나 급히 휴대전화를 확인했다. 거의 100번도 넘을 것 같은 부재중 전화가 쌓여 있었다. 학교 갈 때 습관적으로 무음으로 해둔 상태였던 것이다.

'아빠는 이 시간에도 회사에 계시겠지….'

그렇게 생각하고 있을 때, 깜깜한 방 안에서 휴대폰 화면이 밝아졌다. 무음으로 해두었던 휴대폰 화면에 '할머니'라는 글자가 떠올랐다.

"할머니…."

"아이구, 유니야. 지금 어디 있는 거야? 누구랑 있는데 이렇게 늦은 시간까지 전화도 없었어?"

할머니는 유니가 놀랄까 봐 애써 담담한 척하셨지만, 목소리에는 안도와 걱정이 뒤섞여 있었다.

"아가, 지금 어디니? 할머니가 데리러 갈게."

곧이어 아빠 목소리가 들렸다.

"유니야, 어디 갔었어? 전화는 왜 안 하고."

"아빠, 할머니 좀 바꿔 주세요."

유니는 할머니하고만 말하고 싶었다.

"응, 할머니야. 춥진 않았어? 어디로 갈까?"

"할머니, 걱정하게 해드려서 죄송해요. 학교가 일찍 끝나서 아빠 집에 와서 잠깐 쉬다가 가려고 했는데 잠이 들었어요. 일어났다가 깜짝 놀랐어요. 이렇게 오랫동안 잔 줄 몰랐어요."

죄송스러운 탓인지 유니의 목소리가 조금 떨렸다.

"할머니가 지금 와 주실 수 있으세요?"

"아이구, 하나님 감사합니다. 거기 있었구나. 그럼 가야지. 할머니가 지금 바로 갈게. 밖에 나오지 말고 있거라."

"네, 할머니."

유니가 아빠 집에서 잠든 사이, 학교도 집도 발칵 뒤집혔었다. 유니가 자기가 하고 싶어 하는 진로를 포기하라는 말에 비관해서 어디론가 사라진 줄 알았기 때문이었다.

늦은 시간까지 회사에 있던 아빠는 할머니 연락을 받고 허둥지둥 할머니 집으로 달려와 있었고, 할머니와 함께 집으로 돌아온 유니에게 꾸중을 하려던 할아버지는 오히려 할머니께 호되게 꾸중을 듣고 있던 중이었다.

할아버지 때문에 유니가 집에 안 들어온 것일 수도 있다고 생각한 할머니는 유니와 할아버지 사이에서 마치 위험에 처한 애기 호랑이를 지키는 엄마 호랑이 같았다.

그런 하루가 겨우 마무리되려 하던 새벽 3시경이었다.

구급차 사이렌 소리가 멀리서부터 들리더니 점점 가까워졌고, 마침내 유니네 집 바로 앞에서 멈춰 섰다.

밖을 내려다본 가족들은 모두 불안과 걱정에 휩싸였다. 할머니가 1층으로 내려가 보셨는데, 지연의 부모님이 구급대원들과 함께 들것에 실린 환자를 따라 나와 구급차에 오르는 모습이 보였다.

구급차가 떠난 후, 울면서 밖에 서 있는 지연이가 보였다.

"지연아, 무슨 일이야? 할머니는?"

"안 계세요. 고모 댁에 가셨어요."

"어머나, 너 그럼 혼자야? 아이구, 어떻게… 가자. 우리 집으로 가자."

할머니가 겁에 질린 지연이를 데리고 들어왔다.

"지연아."

유니가 지연이의 손을 잡자, 지연이와 눈이 마주치는 순간 지연이가 울음을 터뜨렸다.

"유니야, 너무 무서워. 우리 지원이 어떡하지?"

지연이가 벌벌 떨리는 목소리로 울면서 말했다.

"내 동생이… 내 동생이 옥상에서 떨어졌어. 아니, 옥상에서 뛰어내렸어. 내 동생 너무 아파서 어떡하면 좋지."

"아이쿠, 저런 저런 어떡하니. 착한 지원이한테 무슨 일이 있었던 거야."

할머니의 목소리에도 충격이 배어 있었다.

"세상에, 얼마나 힘든 일이 있었으면…. 가여워서 어쩌면 좋으니."

"지원이가 어젯밤 잠에 들지 못했어요. 아니, 한잠도 안 잔 거 같았어요. 이번 모의고사에서 생각보다 몇 개 더 많이 틀렸나 봐요."

지연이의 설명을 들으며 할아버지가 깊은 한숨을 쉬셨다.

"됐다, 지연아. 네가 얼마나 놀랐겠니. 부모님 연락이 올 때까지 올라가서 쉬거라."

유니네 가족들은 겁에 질린 지연이를 유니 방으로 가서 쉴 수 있도록 서둘러 돌보셨다.

유니가 집으로 돌아온 시간보다 조금 앞선 시간에 지연이 동생 지원이가 3층 옥상에서 몸을 던진 것이었다.

지연이와 달리 지원이는 공부를 정말 잘하는 아이였다. 지연이 어머니는 지연이에게 야단은 쳐도 대부분 그럭저럭 넘어갔지만, 지원이에게는 모든 행동과 시간을 세세히 체크하며 스케줄을 관리했다.

학원 시험조차도 까다롭게 신경을 쓰다 보니 지원이는 늘 긴장하며 지냈다. 엄마가 생각한 것보다 시험에서 조금이라도 더 틀리면 온갖 잔소리와 야단을 감수해야 했는데, 한 번도 반항해 본 적 없던 지원이가 결국 극단적인 선택을 한 것이었다.

"지원이는 나보다 머리가 좋았어. 하지만 공부도 잘하는 지원이가 어느 날… '행복하지가 않다'고 했어."

유니는 할아버지 앞에서 본인이 했던 말을 떠올렸다.

지연이는 숨막히듯 끅끅거리며 울음 섞인 말투로 이어 말했다.

"내 잘못이야, 유니야. 그때 내가 지원이 얘기를 더 잘 들어 줬더라면 이런 일은 없었을 텐데."

"지연아, 그러지 마. 너도 아직 어른이 아니잖아. 지금은 지원이만 생각하자."

지연이는 유니네 집에서 뜬눈으로 밤을 지냈고, 다음 날 할머니가 오시자 집으로 돌아갔다.

그리고 갑작스럽게 모든 것이 바뀌었다.

지연이를 보내고 한참을 식탁에 앉아 계시던 할머니가 유니를 부르셨다. 뭔가 대단한 결심을 전하시려는 얼굴이셨다.

"유니야, 오늘 이후로 유니가 제일 하고 싶은 일을 하면 된단다. 고집쟁이 할아버지는 신경 쓰지 말고, 가고 싶은 학교에 가고 전공도 네가 하고 싶은 대로 하면 되는 거야."

"할머니… 그건…."

"아이구 내 새끼, 얼마나 맘고생을 했을까. 이제 괜찮아 할머니가 있잖니. 할머니가 책임질 거야. 아무 걱정 안 해도 돼."

"유니, 너 연락이 안 돼서 어른들이 얼마나 걱정했는지 아는 거지? 아빠 집에 안전하게 있었던 거라서 유니가 원하는 대로 할 수 있는 거, 알고는 있어야 한다."

"어딜 은근슬쩍 와서 앉는 거예요! 한마디도 하지 말라고요! 제발 아무 말도!"

할머니의 목소리가 평소와는 완전히 달랐다. 유니가 깜짝 놀랄 정도였다.

"당신은 당분간 유니한테 말도 걸지 말라고요! 아무것도 하지 말라고요!"

"아, 알았다고 했잖아요. 그래도 가르쳐 줘야 할 건 말해 줘야지요. 혹시 다음에 뭐가 잘 안될 때 또 이렇게 사라지면 당신이 책임질 거예요?"

"하지 말라고 했잖아요! 내가 책임진다고요!"

할머니의 목소리는 단호하다 못해 절규처럼 들렸고 할아버지는 아무 말도 하지 않았다.

"애초부터 그러지 않게 허락해 주면 됐잖아요. 이것도 해보고 저것도 해보고 그래야지. 당신이야말로 인형을 키우는 줄 알아요?"

태어나서 처음 보는 할머니의 모습이었다. 할머니가 이렇게 화를 낼 줄 아는 분이라는 것이 신기했다.
　야단을 들은 할아버지가 아무 말씀 없이 서재로 향하는 뒷모습이 어쩐지 쓸쓸해 보였다.
　유니의 뜻하지 않은 잠이 의도치 않은 반항이 되었고, 모두를 충격과 걱정에 빠뜨린 지원이의 사건으로 유니네 집도 근처의 이웃집들도, 사람들은 한동안 어둡고 침울했다.
　가고 싶은 학교에서 배우고 싶은 전공을 할 수 있다는 것, 분명 간절히 바라던 일이었지만, 유니도 마냥 기뻐할 수 없는 복잡하고 무거운 마음이었다.
　지연이는 대학에 가지 않았다. 가끔 버스킹을 하러 나가는 날을 제외하고는 거의 매일 병원에 있는 동생을 간병했다.
　가엾은 지원이는 일주일 동안 의식을 잃고 있다가 겨우 눈을 떴지만, 몇 달째 입원한 채로 잘 먹지도 말하지도 않는다고 했다.
　그날 이후로 지연이네 집에서는 더 이상 다투는 소리가 들리지 않았다.
　유니는 원하던 메이크업 전공 전문대학에 들어갔다. 테마파크 아르바이트는 전공과목과 연관된 일이라 학교 수업을 마치고 나서 조금 더 자주 할 수 있게 되었다.
　유니의 성적이라면 갈 수 있는 학교도, 학과도 많았기에 할아버지는 꽤 오랫동안 아쉬워하셨지만, 시간이 지나면서 일주일에 세 번씩 프린세스샵에 나갈 수 있게 된 유니는 세상을 다 가진 것처럼 만족스럽고 자유롭다고 느꼈다.
　그리고 유니의 실력은 날이 갈수록 향상되었다. 유니는 그렇게 스무 살이 되었다.

2. 공주님들의 분장사

스무 살, 유니는 드디어 대학생이 되었다.

샤로니와 루카스, 그리고 샤리니와 함께 일하던 테마파크에서 유니의 역할이 점점 확대되고 있었다. 처음에는 프린세스샵에서 아이들의 메이크업만 담당했던 유니였지만, 이제는 더 큰 무대가 기다리고 있었다.

테마파크의 주말 야간 퍼레이드는 '세계에서 모여든 빛으로 세상에서 가장 멋진 파티를 만든다'는 컨셉을 가지고 있었다. 퍼레이드가 시작되면 '더 라이트 오브 더 화이트'를 제외한 어드벤처 전체의 조명이 소등된다.

첫 번째 프로덕션의 MR에 맞추어 연기자들이 인라인 스케이트를 타고 등장해 댄스를 알려주고 관객들과 상호작용을 한다. 그러고 나면 빛의 요정들이 등장한다.

샤로니와 루카스도 함께였다.

손님들에게 환영 인사를 건네는 테마파크의 메인 캐릭터가 퍼레이드의 시작을 알리고 다른 캐릭터와 요정들은 앞으로 펼쳐질 퍼레이드를 소개하는 역할을 맡고 있었다.

이어서 등장하는 것은 아름다운 의상을 입은 퍼레이드 캐스트들이었다. 화려한 마차를 타고 약 30분 동안 라운딩을 하며 관객들에게 인사를 하는 형식으로 진행된다.

라이트가 더해진 화려한 의상과 손님들 탑승 전용의 퍼레이드카는 4명이 탈 수 있는 차량이었다. 전 세계 어디에서도 경험해 볼 수 없는 실내 테마파크 고객 참여 프로그램으로, 날씨나 기후에 상관없이 체험이 가능해서 메인 퍼레이드에 손님들이 직접 참여해 볼 수 있다는 독보적인 특징이 있었다.

댄스 타임에는 근사한 의상을 입은 모든 캐스트들이 퍼레이드 컨셉에 맞는 율동을 한다. 퍼레이드에 참여하는 손님들도 마찬가지로 율동을 한다.

방문 전 집에서 연습할 수 있도록 유튜브로 영상을 전송해 미리 준비할 수도 있고, 준비가 안 되었어도 음악에 맞추어 율동을 하면 되니 큰 부담은 없었다.

그중 미미는 중국 의상을 현대화한 드레스를 입은 캐릭터였고, 야야는 일본의 전통 의상인 기모노의 오비 패턴을 상의에 표현하여 드레스화한 의상을 입은 공주님이었다.

비비는 유럽풍 드레스를 입은 전형적인 공주님 모습의 아름다운 캐릭터였고, 퍼레이드 캐스트들의 각 의상 뒷면에는 특정 국가의 국기가 표현되어 있었다.

어린이 공주님들의 분장사로 근무하던 어느 날 유니는 공연팀 감독님으로부터 특별한 부탁을 받았다. 여자 주인공 캐스트들의 분장을 맡아달라는 것이었다. 담당 분장사가 개인 사정으로 더 이상 나올 수 없게 되었다고 했다.

"퍼레이드의 메인 공주님들 분장…."

유니는 조금 고민했지만 해보기로 결정했다. 가슴이 뛰었다. 샤로니가 늘 해주던 말이 떠올랐다.

"유니야, 새로운 도전은 언제나 설레는 거야. 넌 뭐든 할 수 있어."

유니는 캐스트들의 분장을 해주며 미미, 퍼레이드의 성인 프린세스 야야, 비비와도 친구가 되었다. 비비와 미미는 유니와 같은 스무 살, 야야는 스물한 살이었다.

모두가 비슷한 나이대라 공감대 형성도 잘되고 함께하는 시간이 정말 즐거웠다.

미미는 뮤지컬 배우가 꿈인 친구였다. 대학은 가지 않았고 극단에서 연습을 하며 퍼레이드 캐스트로서 아르바이트를 하고 있었다.

"난 학교 공부가 적성에 안 맞기도 했고 부모님을 도와드리려고 일을 빨리 시작했어. 난 일하는 게 또 딱 적성이거든."

미미가 농담인 듯 진담인 듯 개구지게 말했지만, 미미네 식당은 뼈다귀 해장국이 맛있기로 소문난 맛집이라 경제적으로 도움을 드릴 일은 없어 보였다.

미미는 입양 가정의 외동딸이었다. 부모님이 함께 식당을 하시면서 너무 바빴기 때문에 어렸을 때부터 이모 집에 맡겨지거나 유치원에서 가장 늦게 집에 가는 아이였다.

그렇게 바쁘기만 한 부모님의 관심을 받고 싶어서 일부러 학교를 안 간 적도 있었고, 친구나 선생님의 물건을 몰래 집으로 가져와서 엄마의 화장대에 올려 둔 적도 여러 번 있었다.

그랬던 미미가 변하기로 결심한 계기가 있었다.

"고등학교 2학년 때 학교도, 학원도 땡땡이 치고 아무도 없는 낮 시간에 집에 들어갔다가…." 미미의 점점 목소리가 작아졌다. "엄마가 식탁에 차려 놓은 식사와 엄마의 일기장을 읽고 나서였어."

일기에는 엄마가 매일매일 미미를 걱정했고, 살뜰하게 챙겨주지 못하는 것에 미안해했고, 자식에 대한 사랑이 너무 커서 항상 노심초사했었다는 내용이 적혀 있었고 그 편지는 미미가 그런 엄마의 마음을 안 계기가 되었다.

그때부터 미미는 자신의 철없는 행동을 뉘우치고 뭔가 제대로 살아봐야겠다는 결심을 해서 테마파크의 캐스트가 되었다고 한다.

"부모님이 식당 일로 항상 바쁘고 내가 울 엄마 아빠의 친딸이 아니라서, 난 관심 밖이라고 생각하며 방황했었어. 그런데 엄마의 일기장을 보고 내가 얼마나 사랑받고 있는 존재인지 깨달았어. 변하지 않으면 안 되겠더라고."

공부는 일찍부터 하지 않기로 담을 쌓아서 대학을 가지 않았다는 미미는 항상 밝고 당당했고 아르바이트를 마친 후 테마파크 옆 뮤지컬 극장 연기자 퇴근로에 가보는 것을 즐겨 했다.

극이 끝난 뒤 사람들이 배우들을 기다리는 것을 보면서, 자기도 누군가에게 기다림을 받을 수 있는 뮤지컬 배우가 되고 싶다고 생각했었기 때문이라고 했다.

"나중에 몇 번이나 꿈이 바뀌었지만, 그때는 그랬어."

미미가 웃으며 말했다.

가끔 부모님 식당의 배달용 오토바이를 타고 출근할 정도로 재미있는 친구였다.

야야는 주말에만 테마파크에 나오는 발레를 전공하는 학생이다. 퍼레이드 도중 댄스를 하는 시간이 있는데, 그때는 정말 야야가 실력 발휘를 제대로 한다.

단순해 보일 수도 있는 왈츠 동작이지만, 야야가 추는 왈츠는 정말 아름답고 경쾌했다.

비비는 퍼레이드 캐스트 중 가장 인기가 많은 배역이다. 정말 우아하게 퍼레이드 차량에서 내려 왈츠를 추면서 관객들에게 다가가 인사를 해 주는 역할을 한다.

비비는 그냥, 정말, 아름다웠다.

비비도 친구가 되긴 했지만, 개인 사정은 얘기를 잘 안 하는 친구였다. 그리고 왠지 항상 슬퍼 보였다.

한참 재미있게 주말 아르바이트를 하며 지내던 유니는 감독님으로부터 또 한 번의 전화를 받았다.

"비비 역할을 맡았던 캐스트가 갑자기 그만두게 되었는데 유니 씨가 비비를 해보면 어떻겠어요? 이미지와 체형도 비슷하고 마음만 먹어 주면 우리 공연팀에서 특별 집중 트레이닝을 받을 수 있도록 준비해 드릴게요."

처음 제안을 받았을 때, 유니는 자기와는 상관없는 일이라 생각해 거절했다.

"저는 메이크업이 전문이라서요…."

하지만 거듭된 감독님의 요청에 유니는 또 그렇게 해보기로 했다. 무슨 일이든 한번 도전해 보는 성격. 그 점이 유니의 가장 큰 장점일 수도 있겠다.

그래서 테마파크에 출근하는 주말 낮에는 프린세스샵에서 어린이들의 분장을, 야간 퍼레이드에서는 미미, 야야의 분장하는 업무를 마친 뒤 직접 비비가 되어 보는 역할을 해보게 되었다.

샤로니는 이런 유니의 모습을 보며 무척 뿌듯해했다.

"유니야, 정말 멋져! 넌 이제 진짜 만능 아티스트가 됐네!"

샤리니도 유니에게 배정된 의상을 더욱 아름답게 만들어 주기 위해 특별한 마법을 준비했다.

미미와 야야는 점점 더 프로페셔널해지는 유니가 너무 좋아 보였고, 부러웠다.

그래서 두 사람도 메이크업 학원 등록을 결심했다. 항상 호의적인 미미는 유니가 부러워서 메이크업을 배우겠다는 결심을 한 것과 다르게 야야는 욕심도 많고, 욕망도 큰 친구였다. 자기는 발레를 전공하는 특별함이 있음에도 불구하고 모두에게 인정받고 있는 유니가 못마땅했다.

그런 야야와 마주할 땐 유니도 좀 불편했다. 하지만, 그 마음을 이해하기로 했다. 첫 번째는 자기 자신을 위해 그리고 두 번째는 각자 꿈을 향해 열심히 노력하는 친구들 사이에서 때로는 경쟁심이 생기는 것도 자연스러운 일이라고 생각했기 때문이다.

그랬다. 유니는 야야의 질투 어린 마음을 선의의 경쟁일 거라 생각했었다.

주말의 프린세스샵은 전 세계에서 방문해 준 공주님들로 항상 예약이

만원이었다. 보호자들은 참여하는 어린 자녀들이나 여자친구 또는 부모님이 평소와는 다른 모습으로 변해가는 모습에, 그리고 그들이 즐거워하는 모습에 힐링을 하며 덩달아 행복해했다.

유니가 근무하는 실내 테마파크의 야간 퍼레이드는 어린이들뿐 아니라 그들의 부모님이 함께 퍼레이드 참여가 가능한 프로그램이었다. 연인들의 커플 탑승은 물론, 부모님들의 환갑이나 칠순을 기념하기 위한 자녀들의 깜짝 선물로도 활용되는 프로그램이기도 했다.

어느 날 저녁, 세안 후 로션을 바르던 유니는 거울 속 자신을 가만히 바라보았다. 왠지 자신감 넘치는 모습이었다. 언제부터인지 자기도 모르는 사이에 소심했던 성격은 자취를 감추고 당당하고 밝은 표정의 사람으로 변한 유니가 거울 속에 있는 것 같았다.

그런 생각에 빠진 유니에게 샤로니의 목소리가 들렸다.

"유니야, 넌 정말 많이 성장했어. 이제 진짜 다른 사람들에게 꿈과 행복을 선물해 주는 사람이 됐네."

"고마워, 샤로니. 네가 없었다면 여기까지 올 수 없었을 거야."

"아니야, 이건 모두 네 노력의 결과야. 나는 그냥 옆에서 응원했을 뿐이야."

루카스도 고개를 끄덕이며 말했다.

"유니, 넌 이제 정말 어른이 됐어. 우리도 많이 배우고 있어."

창밖으로 보이는 테마파크의 불빛들이 반짝이고 있었다. 유니는 이곳에서 자신의 꿈을 하나씩 이루어 가고 있다는 걸 실감했다. 스무 살 유니의 새로운 도전이 이제 막 시작된 것이었다.

3. 기억

　드레스샵에 오면 정말 물리적으로 아이들에게 오롯이 집중할 수밖에 없는 시간이 주어진다.
　유니는 자신이 어렸던 시절을 떠올리며 생각했다. 맞벌이가 일반화된 바쁜 현대사회의 부모님들에게 딱 한 번은 이렇게 온전히 우리 아이에게 집중하는 시간을 갖게 해주는 체험 프로그램이 있다는 것이 굉장히 의미 있는 일이라고 생각했다.
　여름방학 마지막 주 토요일, 2시 퍼레이드 준비가 한창일 때였다. 혼자 드레스샵의 안과 밖을 왔다 갔다 하고 있는 여자아이 한 명이 있었다.
　서영이었다.
　벌써 몇 주째 보이는 아이였다.
　드레스샵은 공주님으로 변신을 해보거나, 변신을 한 공주님, 왕자님들이 퍼레이드에 참여하기 위해 미리 예약을 하고 이용하는 프로그램이다. 물론 비용도 필요하다.
　"안녕, 나는 유니 언니야. 분장사이기도 해. 넌 서영이구나, 몇 살이야?"
　"내 이름을 어떻게 알아요?"
　"지난번 서영이 어머님이 부르시는 소리를 들었어."
　서영이는 테마파크 푸드코트의 사장님 부부의 딸이었다. 평소대로라면 유치원을 갔어야 하지만 방학이라 집에서 봐주실 분이 없어서 출근하시는 부모님과 함께 테마파크로 온 것이라고 했다.
　엄마, 아빠와 함께 테마파크로 출근을 해서 혼자 놀다가 부모님 중 한 분이 퇴근을 먼저 하면 함께 집으로 돌아간다고 한다.

"공주님 좋아해?"

"네, 좋아해요. 전 여섯 살이에요."

서영이의 눈이 반짝였다.

"우리 집에 백설공주, 벨 공주, 잠자는 숲속의 오로라 공주, 인어공주 책이 있고요. 애니메이션 DVD도 몇 번이나 봤는지 몰라요."

서영이의 목소리가 점점 작아졌다.

"저도 다른 아이들처럼 공주님도 되고 싶고 퍼레이드도 하고 싶은데 엄마 아빠가 제 부탁을 들어주지 않아요. 그래서 올해는 산타 할아버지께 꼭 부탁할 거예요."

유니는 마음이 아팠다. 아직 크리스마스까지는 네 달도 넘게 남았는데.

서영이의 얘기를 들으며 유니는 자신의 어린 시절을 떠올렸다. 디즈니랜드 프린세스샵에서 공주님으로 변신을 했던 모습, 공주님이 되어 유모차에서 잠들었던 흐릿하지만 행복했던 시간, 그리고 엄마 모습, 그 기억이 유니는 새삼스럽게 소중하게 느껴졌다.

그런 생각에 잠겼던 유니는 서영이 부모님이 조금 야속하다는 생각도 들었다.

서영이 부모님은 젊을 때부터 알뜰하게 저축을 하며 막 사업을 시작한 터여서, 서영이가 공주님이 되기 위해 비용을 내는 것을 사치라고 생각하는 게 분명했다.

유니는 서영이를 도와주고 싶었지만 당장은 방법이 없었다.

서영이와 얘기하는 사이 공주님이 된 어린이들이 퍼레이드 대기실로 이동할 시간이 되었다.

공주님으로 변신을 하고 각자 테마파크의 어딘가에서 산책을 하거나,

사진을 찍거나 또는 드레스를 입고 탈 수 있는 놀이기구를 타고 놀았던 어린이들이 프린세스샵으로 돌아와서 마지막 옷매무새나 추가 장식 등을 점검한다.

신데렐라처럼 반짝이는 구두로 갈아 신고 댄스 연습을 마친 후 '미니 퍼레이드'를 하듯 줄을 서서 대기 장소로 이동을 시작하면 특히 어린 공주님, 왕자님들이나 연로하신 부모님 참가자의 퍼레이드 데뷔를 응원해 주는 듯 다른 입장객들이 인사를 해준다.

대기실로 이동한 어린이들의 또 다른 관심은 역시 드레스 변신을 도와줄 때 잠깐 만났던 요정들과 만나는 시간이었다.

퍼레이드 행렬 중 워킹 퍼레이드에 참여하는 어린이들을 인솔해 주는 샤로니와 샤리니, 루카스 역시 이렇게 만나는 아이들이 너무 좋았다.

요정들은 정말 금방이라도 날아갈 듯한 핑크핑크한, 또는 하얀 하얀 요정 옷을 입고 얼굴이 백설공주처럼 하얗고 예쁜 모습이다.

"샤로니는 언제 만나요?"

"샤리니는 어디에 있어요?"

"전 샤로니가 좋아요. 전 샤리니를 더 좋아해요. 전 루카스요!"

유튜브로 미리 한 번씩 보고 온 아이들의 기대 가득한 목소리가 들렸다.

질문을 받은 드레스샵의 스태프들이 대답을 해주며 아이들과 웅성웅성하고 있을 때, 대기실의 '마법의 방' 쪽에서 빛이 나고 음악이 나오기 시작한다.

"샤라리 샤르리 샤리샤리 팡팡, 호세루피아 알라카쟘!"

음악 소리와 주문과 함께 샤로니와 샤리니가 등장했다. 그 뒤를 따라서 나오는 루카스.

"와~ 샤로니다. 샤리니 안녕. 루카스 너무 보고 싶었어!"
아이들이 드레스를 입은 모습으로 콩콩 뛰며 반가워했다.
요정들과 노래를 들으며 왕자님, 공주님들은 줄을 맞추어 자연스럽게 퍼레이드에 나갈 준비를 했다.
댄스 연습이 끝나면 어린이들은 라인 양쪽에서 대기하고 있던 드레스샵 직원들과 함께 모두가 기다리는 퍼레이드에 등장하게 된다. 마치 원래부터 공주였던 듯한 손 인사를 하면서 말이다.
퍼레이드 중에는 라인 안으로 들어가는 것이 제한되어 있지만, 프린세스샵의 직원들은 주인공들을 위한 보디가드와 같은 멋진 모습으로 함께 라운딩을 시작한다.
그들의 발걸음에서 어린이들의 '소중하고 행복한 인생의 한 페이지'에 참여한다는 큰 사명감이 느껴졌다.
미리 관객석에서 기분 좋은 긴장을 하고 기다리고 있던 보호자들은 누구라 할 것 없이 각자 본인들의 아이를 가장 먼저 발견했다.
그리고 아이들도 그 많은 사람들 중 자기의 엄마, 아빠, 할머니, 할아버지 등 각자의 보호자들을 알아보고 긴장했던 얼굴이 미소로 바뀌는데, 그 순간을 지켜보는 경험은 생각만 해도 감동스럽지 않은가.
퍼레이드가 끝나면 1, 2부로 나누어 휴식을 갖는 드레스샵의 직원들이 핑크핑크한 휴게실로 들어온다. 오늘은 샤로니가 제일 먼저 도착했다.
곧이어 들어오는 스태프들의 손에 김밥이나 컵라면 그리고 햄버거 등이 들려 있었다.
그들 중 가장 장기 근무 중인 연진이가 샤로니에게 김밥을 권했다.
"샤로니, 밥을 먹는 것을 한 번도 본 적이 없는 것 같아. 편의점 김밥이라 미안하지만, 맛볼래?"

샤로니는 순간 당황했다. 마법나라 요정들은 사실 인간의 음식을 먹지 않아도 되지만, 이런 따뜻한 마음을 거절할 수는 없었다.

"어머 연진아. 정말 고마워."

샤로니가 김밥을 한 입 베어 물자, 신기하게도 맛있다고 느껴졌다.

그래서 그 고소하고 독특한 향이 나는 김밥이 담긴 도시락을 고개를 숙여 자세히 보았다.

까만색 김에 밥과 야채, 그리고 계란, 햄, 시금치까지는 알 것 같았다. 노랑색 사각거리는 야채와 짙은 밤색의 야채조림이 무엇인지 궁금한 샤로니가 가만히 젓가락으로 집어 보는 걸 본 연진이가 말했다.

"노란 건 단무지고 밤색은 우엉이란 거야."

납득한 얼굴의 샤로니가 김밥 한 알을 입안으로 가져가며 "연진아 정말 맛있다."라고 말했다. 아마도 함께 나누는 마음 때문일 것이다.

열심히 학교생활을 하던 일주일이 지나고 또다시 토요일 오전, 유니가 메이크업 분장에 집중하고 있을 때 통유리창 너머로 자신을 지켜보고 있는 시선을 느꼈다.

언뜻 고개를 들어보니 수트 차림의 깔끔한 남자가 서 있었다. 테마파크에서 자주 볼 수 없는 복장이었다.

개의치 않고 다시 일을 시도한 유니지만 계속 보고 있는 사람이 있다는 것에 신경이 쓰이는 것은 어쩔 수 없었다.

손님들이 대기실로 이동하고 프린세스샵이 조용해졌을 때, 뒷정리를 하고 있던 유니에게 그 남자가 다가왔다.

"혹시 이유니 씨 맞을까요?"

"네, 그런데요. 누구세요?"

유니는 순간 테마파크의 직원이 뭔가 공지라도 하러 왔다고 생각해서 고개를 들었다.

매우 잘생기고 정리된 얼굴에 높은 코, 꽤 귀티가 나는 남자였다.

"감독님께 얘기 들었어요."

유니는 혹시 공연팀에서 스카우트를 온 것일 수도 있다고 생각했다.

거절하기 곤란해지기 전에 미리 의사표시를 해야겠다고 생각했다.

"죄송하지만 저는 아이들과 함께하는 프린세스샵에서의 시간이 좋아서 아르바이트를 하러 오는 겁니다."

유니의 지레짐작에 미소를 짓던 남자가 말했다.

"나 기억해? 한성초등학교."

유니는 남자의 얼굴을 자세히 보았다.

"감… 성… 준?"

목소리까지 좋은 그가 대답했다.

"맞아."

순간 유니의 머릿속에 오래된 기억들이 떠올랐다. 초등학교 5학년 때 좋아한다고 고백했었던 감성준. 둘 다 엄마와 함께 살지 않는다는 공통점이 있었다. 서로 말은 안 했지만 왠지 서로를 안타깝게 생각했었던 기억.

하지만 좋아한다는 말을 들었던 것이 부끄러웠던 유니는 그다음부터 성준이를 멀리했었다.

"옛날에 너희 할아버지가 엄하셔서 수학여행도 함께 못 갔던 것 같은데, 이유니라는 이름을 듣고 설마 했었어."

그랬다. 유니는 할아버지가 허락을 안 해 주셔서 초등학교 5학년 제주

도로, 6학년 일본으로 가는 수학여행을 못 갔다.

그때도 서운했지만 슬프지는 않았다. 유니는 안 되는 것에 대해 집착하지 않고 포기가 빨랐을 뿐 아니라, 가능하면 긍정적으로 생각하려 했다.

그렇게 해야 내일도 그다음 날도 또 그다음 날도 아무렇지 않게 살 수 있으니까.

"오늘 저녁에 잠깐 차 한잔할 수 있어?"

"오늘은 어려워. 혹시… 다음 주 토요일 3시쯤이면 1시간 정도 시간 되는데 괜찮아?"

다음 주에 만나기로 하고 두 사람은 헤어졌다.

그리고 저녁 퍼레이드 시간, 유니가 비비로 변신해 첫 번째 퍼레이드에 등장하는 날이었다.

샤로니와 루카스가 응원을 와주었다.

"안녕 비비, 드디어 오늘이구나. 우리가 완전 응원할게. 파이팅!"

유니는 춤을 잘 못 춘다. 퍼레이드 중간의 왈츠를 위해 일주일 동안 연습했다. 하루 2시간씩 하는 메이크업 연습 시간에 1시간씩 왈츠 연습을 더 했다.

동작은 다 외웠지만 긴장이 없어지지는 않았다. 원래의 유니 성격이라면 거절했어야 맞지만, 이상하게도 한번 해보고 싶다고 생각했다.

화려한 메이크업으로 분장을 하고 퍼레이드에 서 본다면 또 다른 사람으로 살아보는 것 같은 느낌이 들 것 같았다.

아무리 연습을 해도 안 되는 것이 있다.

거의 몸치 수준인 유니를 위해 샤로니와 루카스가 은밀하게 도움을 주어야 했다.

오늘의 특별 손님은 푸드코트 사장님 딸인 서영이었다.

유니는 변신한 친구들을 부러워하던 서영이가 안타까웠고 점장님과 요정들과 상의해서 서영이의 퍼레이드 참여 승인을 받아 둔 상태였다. 다른 날과 마찬가지로 드레스샵을 구경하던 서영이에게 유니가 말했다.

"서영아, 오늘은 공주님으로 변신해 보면 어떨까?"

"정말요? 저도 공주님 변신을 할 수 있어요? 퍼레이드에 나가도 되는 거예요?"

서영이의 눈이 동그래졌다.

"무슨 색 좋아해?"

"소라색이요."

유니는 서둘러, 그렇지만 최선을 다해 메이크업으로 예쁘게 서영이를 변신시켰고 꽃 모티브가 있는 화이트 드레스로 입혀 주었다.

서영이는 대기하고 있던 루카스의 안내를 받고 마법의 방 앞에 섰다. 방문이 열리더니 샤로니와 샤리니가 요술봉을 들고 웃고 있었다.

"샤라리 샤르리 샤리샤리 팡팡, 호세루피아 알라카쟘!"

골드 빛으로 가득했던 마법의 방이 조용해지고, 여섯 살 서영이가 블루 컬러의 눈의 여왕 드레스를 입고 믿어지지 않는다는 모습으로 웃고 있었다.

그 순간 유니는 깨달았다. 자신이 어렸을 때 간절히 원했던 것, 엄마와 함께 경험했던 그 마법 같은 순간을 다른 아이들에게 선물해 주는 것. 이것이 자신이 진짜 하고 싶은 일이었다.

샤로니가 유니의 어깨에 살며시 손을 올렸다.

"유니야, 네 어린 시절의 소중한 기억들이 이제는 다른 아이들에게 행복을 주는 힘이 되었구나. 어머, 유니야, 이제 네가 비비로 변할 시간이야."

"아 벌써 그렇게 되었구나. 나 빨리 준비하고 올게 샤로니. 이따가 만나."

분장실로 서둘러 가는 유니의 뒷모습을 바라보는 샤로니는 창밖으로 보이는 테마파크의 불빛들 사이로 유니의 과거와 현재, 그리고 미래가 하나의 아름다운 이야기로 이어지는 것 같다는 생각을 하였다.

때로는 행복했지만 아픈 기억이, 누군가에게 소중한 추억을 만드는 일에 도움이 된다는 걸 유니는 그날 밤 다시 한번 깨달았다.

4. 마법의 공간

'마법의 방'은 메이크업이 끝난 공주님들이 화이트 컬러의 드레스를 입고 들어가면 샤로니, 샤리니가 원하는 컬러의 드레스 색으로 바꿔 주고 더욱 아름다운 모습으로 변신시켜 주는 곳이었다.

프린세스샵은 자선사업을 하는 곳이 아니라 엄밀히 말해 비즈니스를 하는 곳이다. 많은 사람들이 회사에서 일하고 사업을 운영하는 것과 마찬가지로 말이다.

자신의 에너지를 쏟고 싶은 대상인 어린이가 행복해지도록 만드는 것이 직업이고 보람인 사람들이 모여서 집중하고 있는 곳이었다.

이 일을 하기 위해 전문 자격증을 취득했고, 어린이를 좋아하고 다른 사람을 예쁘고 특별하게 변신시켜 주며, 아이들이 퍼레이드에 참여해 봄으로써 뿌듯해하는 모습에 보람을 느끼는 사람들이 모여 있었다.

그들은 어떻게 하면 프린세스샵을 찾는 손님들에게 더 필요하고 더 감동적인 서비스를 선사할 수 있을지 매일매일, 끊임없이 연구를 한다.

시즌마다 참여하는 손님들을 어떻게 하면 더 예쁘게 꾸며 주고, 또 어떻게 하면 보호자들이 무거운 짐 등에 신경 쓰지 않고 좀 더 편안하게 테마파크를 즐길 수 있을까라는 고민을 하고 보호자와 어린이 손님들의 만족했다는 인사에 보람을 느끼며 또 내일을 준비하는 곳이다.

퍼레이드의 시작을 알리는 음악이 나오고, 퍼레이드 등장 차량의 정가운데 마차를 타고 입장한 사람이 비비였다.

평소에는 청바지에 티셔츠를 입고 있던 유니도 청순하고 예뻤지만, 비비로 변신한 유니의 모습은 퍼레이드 속 한 편의 그림 같았다. 아니 그림보다 예쁜 아름다움 그 자체였다.

감독님이 기쁜 목소리로 말했다.

"내가 잘 본 게 맞네요. 딱 맞다고 생각했어요."

그런 감독님의 칭찬과는 별개로 유니는 비비를 오래할 생각은 아니었다. 비비 역의 캐스트가 구해질 때까지만이라고 마음먹고 시작한 일이었다.

비비를 태우고 등장한 마차도 예뻤다.

두 블록 다음에 출발하는 야야는 비비가 예쁜 것도 마차가 근사한 것도 별로 마음에 안 들었다. 그래도 유니라는 사람을 미워할 이유가 없어서 그럭저럭 지내고 있는 터였다.

일찍부터 유니에게 분장을 받고 간 미미가 왈츠를 추는 듯 다가와 마치 퍼레이드 속 연기를 하듯 호들갑스럽고 반갑게 인사를 해주었다.

"어우야~ 뭐야~ 정말 너무 예쁘잖아~ 네가 내 친구라는 것이 너무 자랑스럽다!"

처음 느껴 보는 장르의 부끄러움이었지만 유니는 기분이 좋아졌다.

정말 놀랐던 사람은 푸드코트에 계셨던 서영이의 부모님이었다.

퍼레이드가 진행되는 시간 동안은 휴점하는 상점들도 있다. 그래서 그 시간은 테마파크 근무자들의 휴식시간이 되기도 한다.

마침 서영이가 워킹 퍼레이드 행렬에 나오면서 푸드코트 주변을 걸어 나올 때였다. 함께 일하던 서영이 부모님이 허리를 한번 펴기 위해 나왔다가 두 눈이 둥그레졌다.

우리 딸이 퍼레이드 행렬에 있었기 때문이었다.

"우리 서영이가 정말 공주님이 됐네…."

놀란 부모님을 본 서영이는 얼굴을 하늘만큼 들고 다시 한번 허리를 꼿꼿하게 세웠다.

'엄마 아빠가 안 시켜 주셨지만 전 이렇게 공주님이 되었다고요'라고 온몸으로 말하는 것 같았다.

예고도 없이 나타난 쪼끄맣고 귀여운 서영이를 보던 어머님이 두 손으로 얼굴을 가렸다. 우는 듯했다. 유치원을 다니는 서영이는 가끔 부모님과 놀이공원으로 출근을 하기도 한다. 갑자기 바쁜 일이 생긴 부모님이 유치원까지 데려다줄 시간이 없을 때가 주로 그런 날이다. 엄마 아빠 중 일찍 업무가 끝나는 분과 함께 집으로 돌아오는데 그때까지 혼자서 스테이지 공연을 관람하거나 혼자서도 탈 수 있는 어트랙션을 타고 논다. 사랑스러운 아가를 보던 엄마는 문득 바쁜 엄마 아빠의 스케줄에 맞추어 애쓰고 있는 이 작은 아이의 화이팅에 가슴이 먹먹해졌기 때문이었다.

엄마의 마음과는 상관없이 서영이는 댄스타임을 즐기고 있었다.

퍼레이드의 음악이 바뀌면 관객들과 함께한 댄스타임이 종료되고 미미, 야야, 비비도 다시 라운딩을 시작했다. 그리고 곧 퍼레이드에 등장한 모든 캐스트들이 마차에서 내려 왈츠를 추는 시간이 되었다.

처음으로 마차를 탑승해 본 비비, 그리고 자연스럽게 손을 내민 사람. 그 얼굴을 본 유니는 너무 놀라고 당황스러웠다. 그 자리에 있는 사람이 성준이었기 때문이었다.

순간 너무 놀랐지만, 책임감이 강한 유니는 당황스러움을 견뎌내야 했다. 그렇게 무사히 퍼레이드를 마쳤다.

탈의실로 돌아온 유니는 부지런히 짐을 챙겨 할머니가 기다리시는 주차장으로 향했다.

성준을 다시 만나는 걸 피하고 싶어서였다. 하지만 의도하지 않은 심장의 쿵쾅거림.

'성준의 할아버지는 굉장한 재력가라고 들었던 것 같은데 혹시 부도라도 난 걸까?'

유니는 파크에서 일을 하는 성준을 생각하며 이런저런 가상 시나리오를 써보았다.

예상대로 파크 출입문을 나설 때 기다리고 있던 성준과 마주했다. 수고했다라는 말로 가볍게 인사를 주고받을 수도 있었건만 피하다시피 어색하게 헤어진 것이 오히려 부끄러웠고 후회스러운 유니였다.

6월, 유니는 학교 중간고사 기간이었다.

오전 시험을 마치고 지도 교수님의 호출로 연구실에 갔던 유니는 특별한 제안을 받았다.

"유니야, 해외 메이크업 대회에 나가보지 않을래? 우리 학과 모든 교수님들이 너를 추천하셨거든."

유니는 가슴이 두근거렸고 교수님은 유니의 확답을 들으려는 듯 말을 이어가셨다.

"지금이 6월이고 다가오는 9월 뉴욕에서 하는 대회라 지금부터 준비해 보면 좋을 것 같은데 네 생각은 어때?"

유니는 기쁨과 두려움이 딱 50:50인 감정이 이런 거라는 걸 처음 느껴보았다. 하지만 곧 대답했다.

"네, 해보겠습니다."

집으로 돌아온 유니는 할머니, 할아버지 그리고 아빠에게도 학교에서 있었던 일을 얘기했고 모두 칭찬해 주시면서 열심히 해보라고 하셨다.

인정을 받았다는 기쁨과 그렇게 큰 대회에 본인이 가도 되는지, 간다면 꼭 좋은 성과를 내고 와야 할 텐데라는 부담이 컸다. 가서 잘할 수 있을지 아주 많이 걱정이 되었다.

하지만 유니는 강단이 있는 사람이었다.

엄마가 두고 간 메이크업 박스를 엄마가 보고 싶을 때마다 들여다보았고, 메이크업하는 것이 재미있어진 덕분에 시작한 초등학교 5학년 때 취득한 메이크업 자격증은 특히 유니가 자신에게 큰 자부심을 갖게 된 첫 번째 계기였으며, 자신의 적성을 찾게 된 훌륭한 동기부여가 되었음이 틀림없었다.

그날 밤, 뉴욕 대회를 생각하던 유니는 또 가슴이 두근거렸다. 그 두근대는 마음을 샤로니에게 터놓고 싶어서 목걸이의 펜던트를 두 손으로 살며시 잡았다. 부드러운 샤로니의 목소리가 유니에게 말을 하는 듯했다.

유니야, 정말 대단한 기회네! 네가 그동안 쌓아온 실력을 세계에 보여 줄 때가 왔구나.

"샤로니… 나 잘할 수 있을까? 너무 큰 무대일 거라 실은 많이 떨리고 걱정돼."

유니야, 기억해. 네가 처음 메이크업을 시작했을 때도 무서웠잖아. 하지만 넌 해냈어. 이번에도 할 수 있어. 그리고 무엇보다 네가 하는 일은 단순한 기술이 아니야. 사람들에게 행복과 자신감을 선물하는 마법이지. 그 마음을 잊지 마.

유니는 고개를 끄덕였다. 샤로니의 든든한 응원이 유니의 마음을 진정시켰다.

그렇다. 자신이 하는 일은 단순한 메이크업이 아니었다. 서영이처럼 꿈꾸는 아이들에게 마법을 선물하는 일이었다.

"고마워, 샤로니. 네가 있어서 나는 언제나 용기를 낼 수 있어."

하늘의 별들이 유니를 향해 희망찬 빛을 보내주고 있었다. 새로운 도전이 기다리고 있지만, 유니는 더 이상 혼자가 아니었다. 마법의 공간에서 시작된 꿈들이 이제 세계로 뻗어 나갈 준비가 되어 있었다.

part 5
각자의 길에서 빛나다

1. 부모님의 인연

 어른이 된 유니에게 할머니는 마침내 그 오래된 이야기의 진실을 들려주셨다. 마치 오래 간직해 온 보물 상자를 여는 것처럼, 조심스럽게 한마디씩.
 "할머니가 왜 그렇게 네 엄마가 일하는 것을 반대했는지… 이제 말해줄 때가 된 것 같구나. 난… 아이를 낳고 2주 후부터 직장에 나가야 했단다. 그래서 어린 네 아빠와 삼촌을 상할머니께 맡기고 마음껏 돌봐주지 못했단다. 난 그 애들의 예쁜 모습을 충분히 보지 못했고, 사랑한다는 말도 자주 해주지 못했어. 그게… 할머니에게는 평생 아픈 상처로 남았거든."
 어릴 적 독감으로 유치원에 못 간 유니 아빠는 엄마가 보고 싶어서 시계를 엄마의 퇴근 시간으로 돌려 두었는데, 낮잠을 자다 깜짝 놀란 아빠의 할머니가 보시고 저녁 식사 준비를 부랴부랴 하시다가 야단을 맞은 적이 있다고 한다. 유니가 할머니가 보고 싶어서 그랬던 것처럼 말이다.
 옛날이야기를 해주시던 할머니의 눈가에 오래된 후회가 서려 있었다.
 하지만 유니 아빠는 할머니의 마음을 들어본 적이 없었다. 왜 자신과 동생은 할머니에게 맡겨져 자랐으면서, 자기 아내에게는 일하지 말라고 하시는지 이해할 수 없었다. 야속하고 괴로웠다.

그러나 부딪히지 않았다. 이겨내지 않았다. 그냥 포기했다.

나중에 할머니, 할아버지가 마음을 바꾸셨을 때는 이미 늦어버렸다. 너무 많이 늦은 후였다.

유니 엄마 수영은 생각했다.

'바보 같은 세상에서 천치 같은 사람을 사랑했기 때문에 생긴 일'이라고.

그렇게 말하고 미워하기라도 해야 버틸 수가 있었다.

유니의 엄마와 아빠가 헤어지게 된 진짜 이유는, 할아버지 그리고 할머니의 마음을 아빠가 거스르지 못했기 때문에 생긴 일이다.

유니 아빠 규원은 부모님의 성격을 너무 잘 알고 있었다. 한번 결정하시면 절대 바뀌지 않는 분들이라는 것을. 그래서 부딪혀서 이기려 하지 않았다. '질 수밖에 없는 싸움'이라 생각하고 포기했다.

그렇게 세 사람은 헤어져서 각자 다른 무늬의 삶을 살아가게 되었다.

유니 엄마는 유니 아빠가 좋은 사람이라는 걸 알고 있다. 물론 많이 사랑했고 어쩌면 아직까지 그 마음이 남아 있을지도 모른다.

이혼 후 유니만을 생각하며 살아야 한다는 것은 수영을 다시 아무것도 할 수 없을 정도로 아프게 했었다.

죽을 만큼 아픈 시간을 지나고, 유니 엄마도, 아빠도, 그리고 유니도 각자의 자리에서 살아냈다.

수영의 외할아버지는 재일교포였다.

오사카에서 기모노를 절충한 디자인의 공연복을 전문으로 제작하는 꽤 탄탄한 회사를 운영하셨다.

수영(유니 엄마)의 어머니는(유니 외할머니) 한국에서 일본으로 유학을 온 학생이었다.

미술을 전공하는 학생으로 졸업 후에는 프리랜서 화가로 활동하기도 했다.

재일 한국인 유학생들을 후원하는 모임에서 만난 두 사람은 사랑에 빠졌고 결혼을 하고 유니 엄마 수영을 낳았다.

수영의 어머니, 유니의 외할머니는 그렇게 사회생활을 많이 해 보지 않은 상태에서 결혼을 하고 주부로만 30년 이상을 살았었다.

유니 엄마가 결혼을 했다가 심한 산후 우울증으로 오사카로 돌아와 아버지의 일을 함께하던 5월이었다.

어느 날 지역의 오마쯔리(일본의 5월에 하는 지역축제)에 나갔던 외할아버지가 높은 야타이(마쯔리 행사차량)에서 떨어지는 사고로 갑자기 돌아가셨다.

그날의 충격으로 외할머니는 기억상실증에 걸리고 치매를 앓고 있다.

하루 중 일정한 시간에 치매 증상이 심한 사람이 되시는데 항상 기모노를 예쁘게 입고 그림을 그리거나 가수 이문세의 노래를 듣는 것이 하루 일과였다.

광화문 연가는 유니 할머니가 유학 시절 향수병에 걸렸을 때 특히 자주 듣던 노래였는데 기억을 잊어버린 후에도 한 소절도 틀리지 않고 따라 부르신다고 한다.

덕분에 어렸을 때부터 자주 들었던 그 노래는 유니 엄마가 한국에 두고 온 자식이 사무치게 보고 싶을 때 부르는 노래가 되었다.

가끔 어머니를 물끄러미 바라보던 수영은 행복하시기만 하다면 기억을 잃어버리신 것이 잘된 일일지도 모른다고 생각했다.

자꾸만 유니를 보러 가자고 한다거나, 유니를 데리고 오라고 하면 곤란하니 말이다.

외할머니는 사진을 보면서 유니의 이름과 얼굴은 기억해도 만나고 싶다고 고집을 부리시는 일은 없었다.

그리고 유니 엄마는 가업을 이어 운영자가 되어야 했다.

유니 엄마와 아빠의 만남은 듣기만 해도 무척 로맨틱했다.

외할아버지가 살아 계실 때, 수영의 30세 생일을 기념하여 모녀 여행을 권하셨다고 한다. 그 패키지여행에는 한국에 사는 수영(유니 엄마)의 이모도 함께했었다.

간사이 공항에서 인천으로, 그리고 튀르키예 이스탄불까지. 11시간의 긴 비행. 공항에서 잠이 덜 깬 수영을 본 규원은 나중에 이렇게 말했다고 한다. "후광이 비쳤다"라고.

패키지여행 첫날 저녁, 함께 온 젊은 여행객들의 맥주 타임이 있었다. 8명 모두 싱글이었고 평균 나이 33세 정도. 젊다고 하기엔 그렇고 아줌마, 아저씨라 하기엔 아직인 '늙젊은이들'이었다.

사진관 운영자, 광고회사 직원, 의사, 변호사, 필라테스 상사… 직업도 다양했다.

규원이 수영에게 후광을 느꼈듯, 수영도 키 크고 핸섬한 규원에게 호감을 느꼈다.

수영의 이모는 갓 세례받은 열성적인 크리스천이었다. 튀르키예까지 작은 성경책 3권을 소중히 챙겨 왔다.

첫날 밤, 방으로 들어오자 이모가 서둘러 미니 성경책들을 꺼내며 말했다.

"오늘이 주일이잖아! 하필 토요일 출발이라 주일 예배도 못 지키고… 예수님이 둘 이상 모이면 그곳이 교회라고 하셨어!"

이모의 간절한 기도가 시작되었다.

"하나님 아버지, 우리 수영이 올해는 꼭 시집가게 해주세요! 아까 보니 키 큰 젊은이들도 두어 명 있던데, 올해 안에 좋은 사람 만나서 내년에는 꼭 결혼하게 해주세요. 34세면 내년 35세, 후년 36세… 곧 마흔이면 재치밖에 없습니다!"

번개처럼 빠른 예배를 마친 이모는 성경책을 정리하고는 침대에 누워 버렸다.

맥주 파티에 모인 사람들은 이러했다.

28세 일러스트레이터 호연,

30세 은행 대리 세영,

35세 미술학원 원장 미진,

33세 필라테스 강사 영은,

40세 경영학 부교수 명진(돌싱),

34세 공연복 디자이너 수영,

그리고 광고회사에 다니는 형 규원과 변호사인 동생 주원.

형 규원은 수영과 동갑으로 성격이 유순하고 부드러웠지만, 동생 주원은 직업적 특성 때문인지 꽤 까칠했다.

첫날은 가볍게 마셨지만 둘째, 셋째 날에는 맥주를 구실로 만나 수다를 떨었다. 나중에는 면세점 와인까지 더해 새벽 5시까지 놀았다.

처음 만난 사람들이지만, 아니 처음 만난 사람들이라서 더 즐거웠는지도 모른다.

다음 날, 거의 잠을 못 자고 버스에 올라 카파도키아로 향했다. 특이한 지형과 동굴로 유명한 곳, 와인 시음도 할 수 있는 곳이었다.

사진을 찍다가 수영을 부른 이모가 두 형제를 가리키며 말했다.

"사진도 찍고 말도 좀 걸어 봐!"

수영이 동갑인 형 규원에게 말을 걸었다.

"컨디션 괜찮아요? 함께 사진 찍으실래요?"

그런데 옆에 있던 동생 주원이 웃지도 않고 말했다.

"형, 돈 받아."

일본에서 자란 수영은 순간 생각을 해야 했다. '아, 한국 사람들은 여행지에서 친하지 않은 사람과 사진을 찍을 때 돈을 내나? 몽마르트의 동상 분장한 사람들처럼? 형이 키도 크고 잘생겨서 모델인가?'

그렇다고 하기엔 머리숱이 왠지 모르게 부족했고 모델스러운 포스가 느껴지지는 않았다.

나중에 알았지만, 그냥 동생의 짓궂은 농담이었다.

안탈야로 이동해서는 에메랄드빛 바다가 보이는 호텔에서 또다시 늙젊은이들이 모였다. 튀르키예 맥주 에페스, 카이, 보쿠즈로를 각자 2병씩 준비해 와서 각자의 직업과 결혼관에 대해 이야기하고 있을 때였다.

갑자기 동생 주원이 수영에게 말했다.

"누나, 나랑 사귀자."

너무나 예상 밖의 일이었다. 수영은 혹시 낮에 이모가 한 얘기를 주원이 들었나 싶었다.

이모가 비밀스럽게 하긴 했지만 목소리가 좀 큰 탓에 옆 사람이 다 들릴 정도로 말했던 것들.

"저 두 형제 키도 크고 괜찮아 보이는데 좀 친해져 봐. 기왕이면 형 말고 동생이랑 사귀면 좋겠다. 맏며느리보다는 둘째 며느리가 낫지 않겠어? 나이도 한 살 차이밖에 안 난다면서."

주원이 '누나 나랑 사귀자'고 할 때, 수영은 놓치지 않고 형의 표정을 보았다. 동생 말이 끝나기도 전에 형이 고개를 숙이는 것 같은 느낌을 받았다.

당황했지만 며칠 동안 친해져서 말을 놓기로 한 수영이, 가능한 한 어색하지 않게 조심스럽게 말했다.

"혹시 내가 형하고 얘기를 좀 하고 와도 될까?"

수영과 규원이 밖으로 나오자, 튀르키예의 따뜻한 밤바람이 두 사람을 감싸 안았다. 수영이 규원에게 물었다.

"왜 동생이 얘기할 때 아무 얘기도 않고 고개를 숙였어요? 난 그동안 규원 씨도 저에게 호감이 있는 줄 알았는데…."

수영의 목소리에는 서운함이 묻어 있었다.

규원의 마음속 깊은 곳에서 망설임이 꿈틀거렸다. 그리고 진심을 말해야겠다고 생각했다.

"호감이… 있었죠, 생각만 하고 있었는데 수영 씨가 누나인데 주원이가 그렇게 말할 줄 몰랐어요. 하지만 주원이가 먼저 얘기를 했으니 할 수 없다고 생각했어요."

수영은 규원의 말을 들으며 깊은 이해의 빛이 눈동자에 스며드는 것을 느꼈다. 그제야 알 수 있었다. 이 사람이 살아온 방식, 양보하고 배려하며 살아온 그의 마음을.

수영은 일본에서 나고 자랐지만 국적은 재일교포인 아버지를 따라 한국 사람이었다. 엄마는 순 한국 사람이었고, 집 안에서는 한국말을 많이 했다. 한국어 의사소통에는 전혀 문제가 없었지만, 때로는 미묘한 언어의 정서적 차이를 느낄 때가 있었다.

동생 주원이 그렇게 말한 데는 수영 자신의 책임이 컸을 거라 생각했다. 마음은 형인 규원이 좋다고 생각했지만, 오히려 더 자주 말도 걸고 마카다미아를 나눠주며 친절하게 대한 것은 규원이 아닌 주원이었다.

한 살 어린 동생이라서 말을 걸기가 편했고 첫인상과는 달리 나이가 비슷하고 편하게 생각해서 어쩌면 자기도 모르게 이쁜 척이라도 했을지 모르는 일이었다. 하나하나 생각해 보니 주책스러운 행동을 한 것 같기도 하고 아닌 것 같기도 하고. 그냥 무조건 미안한 일이었다.

좋아하는 사람 앞에서는 오히려 어색해지는 마음, 그래서 그 옆 사람에게 더 자연스럽게 다가가게 되는 그런 미묘한 감정. 그랬을 확률이 높다.

다음 날, 수영이 복잡한 마음을 정리하고 있을 때, 주원이 여행 코스 중 마지막 하맘(온천) 입구에서 환한 미소를 지으며 큰 소리로 말했다.

"아휴 진짜 누나, 둘 다 엄청 답답하네. 우리 형이 누나를 괜찮아하는 것 같던데 아무 얘기도 안 하니까 내가 얘기한 거잖아. 누나도 형 맘에 있어 하더구만. 두 사람 다 먹을 만큼 먹은 나인데 조바심 뭐 이런 거 나지 않나? 암튼 누나 나중에 우리 형하고 잘되면 내 덕인 거야. 잘 사귀어 봐요. 얼굴 괜찮지, 성격 좋지, 꽤 괜찮은 사람이니까."

그 순간 수영의 마음에 따뜻한 햇살이 스며드는 것 같았다.

동생이 그렇게 말해줘서 고마웠고, 동생이 괜찮다고 추천하는 형은 정말 좋은 사람일 거라는 확신이 들었다.

튀르키예에서의 진짜 마지막 여행지 파묵칼레에서, 튀르키예 전통 아이스크림 돈두르마를 먹게 되었다.

주원이 멀찍이 떨어진 곳에서 운동화 끈을 고쳐 매며 장난스럽게 말했다.

"누나 나는 곱빼기로 부탁해요. 요즘 튀르키예에 오는 한국 관광객들이 많아서 대부분 한국말이 통한대요."

규원이 빙그레 웃었지만, 수영은 왠지 모를 미안함에 부탁을 들어줘야겠다고 생각했다.

"아이스크림 곱빼기로 주세요."

순간, 함께 간 규원이 당황스럽게 웃으며 수영을 바라보았다. 수영이 정말로 곱빼기를 주문할 거라고 생각하지 않았나 보다.

수영은 순간 '아, 또 뭔가 틀렸구나' 하며 주원을 보았고 주원은 저 만치서 엄지척을 하며 웃고 있었다.

그 해프닝이 오히려 세 사람 사이의 어색함을 녹여주었다. 웃음이 터져 나왔고, 그 웃음 속에서 진정한 우정과 사랑이 싹트기 시작했다.

9박 11일의 여정을 마치고 여행객들이 돌아오는 비행기에 탑승했을 때, 가장 확신에 찬 마음으로 들뜬 사람은 수영의 이모였다. 자신의 절실한 기도가 드디어 이루어질 것 같다는 기쁨으로 가득했다.

그리고 수영과 규원, 두 사람은 오사카-서울이라는 장거리 연애를 시작했다. 규원은 광고회사 과장 급여를 항공료로 모두 사용할 정도로 수영이 있는 오사카를 자주 찾았다. 일주일에 한 번씩, 마치 꼭 해야 하는 순례를 하는 것처럼.

일요일 점심식사를 위해 식탁에 앉으신 규원의 아버지가 주원에게 마음과는 다른 투덜거림으로 말씀하셨다.

"저놈이 미친 것 아니냐. 일주일에 한 번씩 비행기를 타다니. 하긴 미쳐야 결혼을 하지."

하지만 그 말 속에는 장남의 장거리 연애를 흐뭇하게 응원하는 따뜻한 마음이 숨어 있었다.

드디어 수영과 규원이 부모님들을 모시고 상견례를 하게 되었을 때, 규원의 부모님은 조심스럽게 희망사항을 말씀하셨다.

"가능하면 결혼 후에 수영이가 일을 하지 않았으면 좋겠습니다."

하지만 맞벌이가 당연한 시대, 참석했던 사람들은 그저 어르신들의 희망사항 정도로 생각했다.

동생 주원이 수영과 형을 위해 한마디 거들었다.

"요즘 누가 집에 있어요? 맞벌이를 해야 좀 여유 있게 살죠. 그리고 집에만 있으면 수영이 누나 체형이 개구쟁이가 될 텐데. 얼굴도 덜 예쁜데 개구쟁이 형수는 별로 안 반가울 것 같은데요."

사돈을 면전에 두고 형수 될 사람 얼굴이 안 예쁘다는 예비 시동생. 그 의견에 딸바보 수영의 아버지가 말씀을 보탰다.

"자꾸만 보면 이뻐 보이는 곳도 있고 성격도 괜찮은 편일 거예요. 사이 좋게 지내 주세요."

딱 그만큼이 아버지가 진심으로 바라는 바였을지도 모른다.

겉으로는 불친절하고 매너 없어 보이던 주원은 사실 가족들을 끔찍하게 사랑하는 카리스마 있는 변호사로 싱글 라이프를 즐기는 사람이었다.

나중에 유니가 태어났을 때는 하나밖에 없는 조카를 엄청 예뻐하며 백일 선물로 티파니 은 딸랑이를 선물할 정도로 정성스러운 삼촌이었다.

그렇게 유니 엄마 수영과 유니 아빠 규원은 만난 지 5개월 만에 약혼을, 그 7개월 만인 다음 해 6월 30일에는 아름다운 결혼식을 올렸다.

튀르키예 여행에서 시작된 운명 같은 만남이 마침내 아름다운 결실을 맺은 것이다.

하지만, 그렇게 시작되었던 수영과 규원 유니 부모님의 결혼 생활은 유니가 초등학교 5학년 때 끝이 났고 유니 엄마는 할머니랑 사는 유니에게 조용히 자주 시간을 내서 보러 왔다.

정말 보러만 왔다. 유니가 함께 살 수 없는 엄마를 만나면 더 슬퍼할 것 같았기 때문이다.

초등학생 때, 중학생 때, 고등학생 때 등 중요한 행사가 있을 때마다 엄마는 참석까지는 할 수 없었지만, 항상 거기, 그 자리에 있었다. 유니가 편안하게 지냈으면 하는 바람과 건강을 기도하는 마음으로.

유니도 확실히 보지는 못했지만 가끔 때때로 엄마의 흔적이나 느낌 같은 것을 느낄 때가 있었다. 유니 엄마 아빠의 이혼으로 죽을 만큼 아팠던 유니 엄마 수영도, 유니 아빠 규원도, 그리고 유니도 그렇게 각자의 자리에서 살아내고 있었다.

수영의 외할머니는 뇌경색으로 쓰러진 후 치매를 앓고 계셨다. 하루 중 일정한 시간에 치매 증상이 심해지셨지만, 항상 기모노를 예쁘게 입고 그림을 그리거나 가수 이문세의 노래를 들으면서 충만한 하루를 보낼 수 있다는 건 축복이었고 감사해야 마땅한 일이었다.

약속한 토요일 오후 3시, 성인이 되어 다시 만나는 성준이와의 첫 번째 시간.

테마파크와 연결된 호텔 라운지의 카페에서, 유니는 망설였던 재회의 순간을 맞았다. 초등학교를 졸업한 후 중학교와 고등학교를 외국에서 보낸 성준은 이제 한국의 대학에서 비즈니스 경영학을 전공하고 있었다.

"귀국자녀 전형으로 운 좋게 들어갔어."

겸손하게 말하는 성준의 모습에서, 유니는 어린 시절의 그 순수함이 여전히 남아 있음을 느꼈다. 테마파크에는 할아버지의 권유로 일주일에 두 번 정도 나온다고 했다.

그제야 유니는 알 수 있었다. 성준이 바로 테마파크 대표의 하나뿐인 손자였다는 것을. 그리고 지난번 왈츠에서의 만남도, 성준이 비비가 유니라는 사실을 알고 계획한 일이었다는 것을.

그 만남 이후로 두 사람은 가끔 토요일 오후 3시를 특별한 시간으로 만들어 갔다. 커피를 마시며 나누는 대화 속에서, 어린 시절의 친구였기에 가능한 자연스러운 친밀함이 꽃피기 시작했다.

어느 따뜻한 봄날, 테마파크 옆의 호숫가 카페에서 성준은 용기를 냈다. 초등학교 6학년 때 한 번 거절당했던 그 말을, 다시 꺼내 놓을 때가 온 것이다.

"혹시… 지금은 나와 사귀어 줄 수 있어?"

옛날에 여자아이들에게 인기가 많았던 성준이었다. 때문에 주목받고 싶지 않았던 유니는 '응'이라고 대답할 수 없었다. 하지만 지금은 달랐다.

몸도, 마음도 많이 성장한 어른이 된 두 사람. 유니 역시 성준의 단정하고 반듯한 성격이 좋다고 생각하고 있었기에, 기꺼이 대답할 수 있었다.

"응, 그래 보자."

너무 쉽게 나온 대답에 잠깐 멈칫했던 성준이 안도의 미소를 지었다.

"너 참 잘 컸다."

이크, 유니의 마음의 소리가 그대로 입 밖으로 나와 버린 것이다. 아차 싶었지만 이미 한 말은 돌이킬 수가 없었다. 사람을 관찰하기 좋아했던 유니의 눈에 성준은 정말 멋지게 성장한 사람으로 보였다.

"그럼 오늘부터 내가 유니 남자친구인 거다."

성준의 확신에 찬 말에 유니가 부드럽게 웃어주었다. 조금 고지식해 보이지만 단아하고 사랑스러운 유니를, 성준 역시 그렇게 바라보고 있었다.

카페에서 나올 때, 성준이 의자를 빼 주며 손을 내밀었다. 유니가 그 손을 잡아주는 순간, 마치 남자친구와 여자친구로서의 작은 서약식 같은 느낌이 들었다.

유니를 안쪽에 두고 걸으며 자꾸만 유니를 쳐다보고 웃는 성준의 모습에서, 표현할 수 없을 만큼 큰 기쁨이 느껴졌다. 그렇게 두 사람은 테마파크의 연인이 되었다.

어느날 데이트를 마치고 테마파크로 들어갈 때, 퍼레이드 차량 보관소에서 작은 기적을 만났다. 핑크색 털을 가진 고양이 한 마리가 조심스럽게 주위를 경계하며 걸어 나오고 있었던 것이다.

누군가 고양이에게 핑크색 염색을 하고 버렸거나 잃어버렸을 거라고 생각했다. 유니는 고양이가 너무 신경 쓰였지만, 휴게 시간이 곧 끝나서 근무를 하러 가야 했다.

아르바이트와 데이트를 동시에 할 수 있는 테마파크는 정말 매력적인 장소였다. 가끔 휴게시간을 맞춰 부지런히 놀이기구를 타러 가기도 하고, 헤어질 때면 어김없이 그 핑크색 고양이를 만나곤 했다.

"Pink + Yooni = Pinki, 핑키라고 할까?"

성준의 제안에 유니는 깜짝 놀랐다. 우연히도 그 이름이 유니 방에 있는 고양이 인형의 이름과 같았던 것이다. 마치 모든 것이 예정된 운명인 것처럼.

언제부터인가 핑키가 비비의 퍼레이드 마차에 타고 나타나기 시작했다. 관객석까지 오면 핑키는 잘 보이는 곳에 올라와 마치 퍼레이드의 한 배역을 담당하는 것처럼 행동했다.

관객들은 핑크색 고양이를 보며 모두 귀엽다고 환호했다. 공연팀의 감독들도 얌전한 고양이를 공연 중에 쫓아낼 수는 없어서 그대로 진행했다.

비비와 핑키는 정말 잘 어울렸다. 라운딩 중 유니는 그 작은 고양이의 손을 잡고 간단한 율동을 하기도 했다. 그 모습은 평온하고 아름다운, 마치 동화 속 한 장면 같았다.

유니는 핑키가 너무 귀엽고 가여웠지만, 집으로 데려가는 것은 불가능했다. 그런 유니의 마음을 헤아린 성준이 용기를 냈다.

"우리 집에서 키워 볼게."

성준은 할아버지, 아버지와 3대의 남자들이 함께 살고 있었다.

성준의 할아버지는 엄마의 아버지, 외할아버지였다.

할아버지는 나이 마흔도 못 되어 보고 천국으로 간 딸이 야속하고 가여웠다.

사위인 성준의 아버지에게는 여러 번 재혼을 권했으나 아버지는 완강하게 다시는 말씀하시지 말아 달라고 거절했다.

아버지와 어머니는 성준의 아버지에게 반한 어머니가 적극적으로 프러포즈를 해서 맺어진 사이였다. 성준의 아버지도 조부모님들께는 아주 어렵게 얻은 외아들이었다. 그런 소중한 아들을 데릴사위처럼 보낼 수 있었던 건 믿음이 있었기 때문이었다. 아들에게 프러포즈를 했다는 아가씨의 모든 말과 행동 하나하나에서 아들을 사랑하는 진심을 느낄 수 있었고. 당신들보다 더 사랑해 주고 아껴줄 것 같다는 그 믿음 말이다. 어느 날 성준은 아버지로부터 아들의 행복을 위해 친할머니와 할아버지는 아들을, '시집' 보낸다는 마음으로 출가를 시키셨다는 얘기를 들은 적이 있었다.

아마도 아들의 행복을 제일 우선으로 생각했기 때문에 가능했던 일이었을 것이다.

그리고 성준의 친 조부모님들은 자기들의 형제들이 모여서 사업을 하고 있는 카자흐스탄이라는 곳으로 가셔서 즐겁게 잘 지내신다고 한다.

성준이 유니에게 해주는 얘기를 하다가 두 사람은 느낀 바가 있었다. 적어도 자신들은 부모님들이 진심으로 열렬히 사랑해서 태어날 수 있었던 사람들이었다고.

집안일을 도와주시는 이모님과 매니저님도 함께였다.

어느날 핑키를 데리고 온 성준을 본 이모님은 깜짝 놀랐다

"아이고, 도련님! 어쩌려고 고양이를 다 데리고 온 거예요? 참….”
"이모님, 정말 죄송해요. 잘 부탁드릴게요. 얌전한 녀석이니 이모님을 힘들게 하지 않을 거예요!”

한 번도 고양이와 살아본 적이 없었던 이모님이었지만, 착한 성준의 상냥한 부탁을 거절할 수가 없었다.

유니는 가끔 성준의 집에 핑키를 보러 와서 이모님의 고양이 돌봄을 도와드렸다. 그러면서 자연스럽게 성준의 할아버지와 바둑친구가 되었다.

친할아버지에게 배웠던 바둑 실력으로, 가끔 승부욕이 발동해 열심히 두곤 했다. 성준의 할아버지는 명랑하지만 버릇없지 않고, 수수하지만 촌스럽지 않은 유니의 성격과 차림새를 매우 좋아하셨다.

성준을 처음 봤을 때부터 좋아했던 야야는 성준이 유니하고만 친한 것이 정말 싫었다. 그 전까지는 유니를 그렇게 미워하지 않았지만, 자신이 좋아하는 성준과 함께 있는 모습을 여러 번 목격한 야야에게 유니는 점점 더 미운 존재가 되어 갔다.

한편 미미는 열심히 메이크업 학원을 다니며 연습한 끝에 드디어 메이크업 국가자격증을 취득했다. 유니가 점장님께 추천해 주어서 프린세스샵에서도 아르바이트를 할 기회를 얻게 되었다.

처음엔 누구나 겪는 일이지만, 미미도 보호자들로부터 컴플레인을 여러 번 받았다. 그럴 때마다 샤로니와 샤리니가 위로해 주었고, 특히 자신감을 잃었을 때는 선배인 유니의 조언을 들으며 다시 힘을 냈다.

야야는 미미와 함께 다니면서도 유니를 좋아하지 않았지만, 나이에 비해 성숙한 유니의 프로페셔널한 모습은 부러워했다.

"얘들아, 그건 전부 전문가가 되어 가는 과정이야. 샵에 나올 때는 엄마 아빠의 귀하고 소중한 '너 자신'은 집에 두고 와야 해. 프린세스샵에서 근무하는 미미, 야야만 데리고 온다는 마음으로 출근한다면 좀 더 상쾌하고 즐겁게 일할 수 있을 거야."

유니의 조언은 깊은 성찰에서 나온 것이었다. 물론 더 많은 형제나 자매를 둔 아이들도 있지만, 요즘 대부분 한 자녀나 두 자녀 가정에서 자란 귀한 아이들이 직장에 나와서 이유 없이 서운한 일을 견뎌야 할 이유는 없다. 다만 자신으로 인한 문제가 생겼다면 끝까지 해결하려는 태도를 갖출 필요는 분명히 있다고 생각한다. 그 또한 그 사람의 실력이 될 테니까 말이다.

이는 유니가 아르바이트를 시작할 때 자신에게 들려준 이야기이기도 했다.

어느 날 야야는 연인이 된 유니와 성준 사이에 끼어들기로 마음먹었다. 야야에게 성준은 집안도 좋고 인물도 멋지며 학벌까지 훌륭한, 모든 면에서 완벽한 남자로 보였다.

크리스마스 시즌, 공연팀 리허설을 마치고 전체 회식이 있었을 때 야야가 성준에게 함께 가자고 제안했다. 하지만 성준은 평소대로 단체 모임보다는 유니와의 데이트를 선택했다. 유니를 만나러 가는 성준의 퇴근길을 야야가 기다리고 있었다.

"우리도 모두 동료인데 성준 씨는 왜 항상 유니하고만 시간을 보내요? 오늘은 함께 가요."

야야도 오늘은 용기를 내었다. 하지만 자기를 좋아하는 야야의 마음을 알고 있던 성준은 단호할 필요가 있다고 생각했다.

"그거야, 유니 씨와 저는 사귀는 사이니까요."

감정이라고는 전혀 느껴지지 않는 차가운 목소리였다. 동료 직원과의 교재가 규칙상 금지되어 있음에도 불구하고, 야야의 지속적인 접근에 성준은 그렇게 말해버렸다.

그 순간, 복도 모퉁이에 숨어 있던 샤로니가 상황을 지켜보고 있었다. 유니의 행복을 늘 걱정하던 샤로니는 야야의 질투 어린 눈빛에서 앞으로 일어날 문제를 직감했다.

자존심이 상한 야야는 속이 상하다 못해 분노가 치밀었다. 이 모멸감을 사내교재 노출로 불이익을 당하게 하는 것으로 돌려주고 싶었지만 소문이 나면 성준도 곤란해질 터였고, 성준이 그런 이유로 회사를 그만두는 것은 오히려 그녀가 걱정하는 바였다.
 안 그래도 질투심에 불타던 야야는 점점 더 유니가 싫어졌고, 유니를 테마파크에서 몰아내고 싶어졌다. 그러려면 그럴 만한 구실과 명분을 찾아야 했다.

 샤로니와 샤리니가 함께하는 프린세스샵은 오늘도 전 세계에서 온 어린이와 부모님들로 만석이었다. 유니에게 변신 분장을 맡기고 싶어 하는 손님들이 대부분이었지만, 스태프를 지정할 수 있는 시스템이 아니어서 운 좋게 유니가 담당자가 되기를 바랄 뿐이었다.
 유니의 실력이 '매력'이 된 것이다.
 20명의 전문 스태프들은 함께 근무하는 프린세스샵에서 인기가 많은 유니를 질투할 법도 했지만, 스태프들은 유니를 좋아했다.
 유니가 매일 2~3시간씩 연습을 통해 터득한 새로운 메이크업 노하우를 동료들과 공유하고, 어려워하는 직원들이 있으면 시간을 내어 개별 지도까지 해주었기 때문이다.
 점장을 비롯한 전 직원이 유니를 존중하고 좋아했다. 단 한 사람, 야야만이 예외였다.
 특히 점장은 그런 유니에게 항상 칭찬을 아끼지 않았고, 5년 이상 근무한 정규직 직원들처럼 높은 인센티브를 지급할 뿐 아니라 해외 테마파크에 벤치마킹을 갈 수 있도록 배려해 주었다.
 꼭 유니만이 아니라 테마파크 프린세스샵 매니저 이상 직급의 직원복리후생이 그러했다.

2. 다양한 가족의 모습

테마파크 시즌 중 가장 많은 사람들이 기다리는 크리스마스 시즌이 돌아왔다. 크리스마스 퍼레이드는 화이트와 골드를 기조로 한 화려하고 고급스러운 의상으로 진행된다.

파크 천장에서 내리는 눈송이와 신나는 음악은 매일매일 진짜 크리스마스 같은 순간을 선사한다. 이것이 유니를 테마파크에 있게 하는 또 하나의 이유다.

유니는 올해의 크리스마스 시즌에는 또 얼마나 개성 있는 어린이들을 만나게 될까. 그 아이들이 씩씩하고 당당하게 변하는 모습을 지켜볼 수 있다는 것은 상상만으로도 행복한 기분이 되게 하였다.

한 어린이 손님을 위한 메이크업 시간은 약 30분. 이 시간 동안 아이들은 예쁘고 부드러운 유니에게 많은 비밀 이야기를 털어놓곤 한다. 그럴 때마다 유니는 또다시 자신의 어린 시절로 돌아간 듯한 느낌에 묘한 서운함과 묘한 기쁨을 동시에 느꼈다.

오늘은 벌써 다섯 번째 방문인 하연이와 만나는 날이었다. 근무 시작 전 예약 리스트를 확인하며 하연이 담당임을 알게 된 유니는 더욱 단단히 마음을 먹었다.

그동안 할머니, 이모와 떨어져 있을 자신이 없어서 변신만 했던 하연이가 오늘은 드디어 많은 관객이 보는 퍼레이드에 참여하겠다고 용기를 낸 날이었다.

하연이는 엄마를 잃고 외할머니, 이모와 함께 사는 예쁘고 가녀린 8세 소녀였다. 첫 방문은 5살 때였는데, 공주가 되는 것은 좋았지만 친구들과 함께 대기실로 가는 것이 무서워서 한 번도 퍼레이드에 서 본 적이 없었다.

함께 온 할머니가 더 흥분하신 듯 말씀을 시작했다.

"우리 하연이가 오늘 얼마나 일찍 일어났는지 몰라요. 유니 선생님과 다음에는 꼭 퍼레이드에 나가 보기로 약속을 해서 오늘 지키러 온 거래요. 하연이는 샤로니, 샤리니 요정보다 유니 선생님을 더 좋아하는 것 같아요."

할머니가 유니의 명찰을 보며 말씀하셨다.

"선생님을 만나고 가는 날이면 며칠 동안 선생님 이야기를 재잘재잘한답니다. 정말 너무 감사해요."

하연이는 엄마가 세상에 없다는 사실을 알고 나서 꽤 오랜 기간 말을 하지 않았다고 한다. 어느 날 하연이가 그 이유를 털어놓았다.

"말을 하면 엄마 생각이 날까 봐 무서웠어요. 그럼 엄마가 너무 보고 싶어질 것 같아서요."

세상에서 가장 사랑하는 사람이 사라진 후 견딜 수 없는 슬픔을 그 어린 하연이가 스스로 방법을 터득해 자신을 지키려 했던 것이다.

유니는 하연이가 짠하고 가여웠다. 동시에 대견하고 기특했다. 문득 자신도 아주 어렸을 때 비슷한 경험을 했던 기억이 떠올랐다.

드레스샵에 오는 아이들을 보면 유니의 어린 시절처럼 일반적인 가정과는 다른 다양한 형태의 가족이 많아졌음을 알 수 있다.

그래서 프린세스샵에는 절대 해서는 안 되는 말이 있다.

"엄마랑 왔는지, 아빠랑 왔는지 묻지 않기!"

"한쪽 부모와 왔다면 다른 부모에 대해 언급하지 않기!"

행복하기 위해 찾아온 어린이들에게 혹시라도 아픈 기억을 줄 수 있는 일을 만들지 않기 위해서다.

사실 유니는 고등학교 2학년 때 아빠의 재혼 소식을 듣기 전까지는 부모님이 이혼했다는 사실을 정확히 들은 적은 없었다. 매년 2~3번씩 엄마를 만나러 가거나 엄마가 한국에 오셨는데, 초등학교 5학년 이후 그렇게 하지 않은 것이 부모님의 이혼을 알리는 신호였다고 느끼고 있었다.

유니는 두려워서 물어보지 않았다. 그냥 서로의 일 때문에 떨어져 사는 거라 생각하고 싶었다. 그러면 살아갈 수 있을 것 같았다. 엄마가 유니를 사랑한다는 건 너무 잘 알고 있었으니까.

오후 1시 20분, 샤로니와 샤리니가 예쁘게 메이크업을 하고 베이직한 드레스를 입은 하연이와 함께 마법의 방으로 들어갔다.

"샤라리 샤르리 샤리샤리 팡팡, 호세루피아 알라카잠!"

화이트 드레스를 입고 있던 하연이가 오늘은 핑크색 드레스로의 변신을 요청했다. 그동안은 엄마 생각이 나서 입지 않았던 핑크색이었다.

하연이는 변신 체험을 할 때와는 자세부터 달랐다. 허리를 곧게 펴고 고개를 반듯이 들고 절도 있는 걸음걸이. 퍼레이드 대기실 이동 전 예행연습에서 하연이는 마치 '얘들아~ 나를 따라 해~'라고 하는 듯 자연스럽고 익숙하게 댄스를 해주었다.

그리고 대기실로 이동했던 하연이를 요정들이 한 번 더 산타 컨셉카에 맞는 화이트 의상으로 변신시켜 주었다. 하연이가 선택한 코스유형은 추가 드레스 착용이 가능했다.

드디어 산타와 하연이가 탄 컨셉 차량이 저 멀리서 웅장하게 등장하고 있다.

혹시라도 할머니를 찾지는 않을까, 울지는 않을까 두 손을 모으고 기다리던 할머니가 하연이와 눈이 마주치자 눈시울을 적셨다.

"하나님, 너무 감사합니다. 우리 하연이가 애써 엄마 잃은 슬픔을 견뎌내고 있습니다. 저렇게 당당하게 많은 사람들 앞에서 자신을 보여줄 수 있게 해 주셔서 정말 감사합니다."

하연이 이모가 그런 엄마 옆에서 등을 쓸어내리며 위로를 드렸다.

그때 퍼레이드 키퍼로 앞장서서 가던 샤로니의 눈에서도 작은 눈물이 반짝였다. 하연이의 용기와 조그맣게 들렸던 할머니의 기도가 샤로니의 마음을 깊이 울렸던 것이다.

퍼레이드가 끝나면 프린세스샵 스태프들에게 커피, 셰이크, 팝콘, 빵 등 감사의 선물들이 전달된다. 어린이들의 보호자님들이 감동의 보답으로 주신 것들이다.

그런 모습을 보던 프린세스샵의 노재숙 점장님이 직원들을 휴게실로 모이도록 했다. 전달하고 싶은 메시지가 있어서였다.

"여러분께 주시는 감사의 음료는 선생님들 한 분 한 분이 맡은 바 업무를 잘 해주시고 손님들께 진심으로 응대해 주신 것에 대한 고객님들이 주시는 마음입니다. 한편으로는 참여한 어린이들이 정말 기뻐하는 것을 보며 행복해진 부모님들이 열심히 어른이 된 자신들에게 '오늘은 정말 수고했다'라고 하시는 칭찬의 의미로도 생각해 주시면 좋을 것 같아요. 서포트해 주신 본인들의 업무에 자긍심을 가져 주시면 좋겠습니다. 손님들께 그런 하루를 선물해 주신 여러분께 감사드립니다. 수고하셨습니다."

듣고 있던 스태프들은 본인들이 선택한 직업에 대한 자긍심과 함께 그동안 아이들에게 받았던 편지와 사탕 등을 회상했다.

조그만 손으로 썼던 삐뚤빼뚤한 글씨, 그리고 글씨를 못 쓰는 애기 공주님과 왕자님들의 그림 편지는 직원들 간의 화재가 되기도 했고 귀엽고 사랑스러운 자랑이기도 했다.

그때 샵 안으로 음료를 조심스럽게 감싸고 들어오는 5~6살 정도의 공주님이 있었다. 두리번거리던 아이는 점장님에게 가서 음료를 건넸다.

"노재숙 아줌마, 공주님 퍼레이드에 나갈 수 있게 해 주셔서 감사합니다. 엄마가 가져다드리래요."

직원의 명찰은 언제 보셨는지….

오늘 현장 접수로 급하게 퍼레이드에 참여했던 어린이였다.

점장님은 자기 이름을 부르며 와준 아이가 사랑스러워서 어쩔 줄 몰라 했다.

가끔 정말 이렇게 인사를 와 주거나 편지를 써주는 아가들이 있다. 점장님은 아이들로부터 받는 인사나 행복했다는 말이 삶에 큰 활력이 된다고 하는 사람이다. 오늘은 특히 이름까지 말해준 꼬마 공주님 덕분에 10배는 더 행복했을 것이다.

오후 프린세스 라운지 업무를 마치고 갖은 휴식시간, 페퍼민트 티를 마시던 유니를 찾아온 사람이 있었다.

할머니 파마 머리에 구루프로 스타일링을 한 푸근하고 인상 좋은 분이 자신을 유니의 이모할머니라고 소개하셨다.

엄마 생각이 날 때 자주 보았던 튀르키예 여행 사진과 결혼식 사진에도 있던 분이었다. 실제로는 처음 뵙는 분이라 어색했지만, 엄마의 친척이신 할머니가 유니에게는 반갑고 특별했다.

할머니는 유니 엄마의 부탁을 받았다며 커다란 쇼핑백을 주셨다. 뉴욕 메이크업 대회에서 입었으면 하는 화이트 컬러 의상이라고 했다.

엄마에 대해 여쭤보고 싶은 것이 너무 많았다. 처음 본 엄마의 친척할머니를 언제 또 만날 수 있을지 모른다고 생각하니 마음이 급했다. 하지만 어떤 말부터 해야 할지 몰라 망설이는 걸 할머니가 아셨는지 두 손을 꼭 잡아 주셨다.

마음속 저 밑에서 '왈칵' 하고 금방이라도 울음이 터질 것 같았다. 할머니도 그러신 것 같았다.

두 눈이 마주쳤다. 눈물이 하염없이 흘렀다. 두 사람은 참을 수 없었고, 참지 않아도 괜찮았다.

"아가, 넌 나에게도 하나밖에 없는 귀한 조카 손주란다. 항상 아프지 말고 행복하게 지내 줄 수 있겠니?"

"네, 그럴게요."

그때 멀리서 지켜보던 샤로니가 유니의 마음이 너무 많이 아프지 않도록 조용히 마법 가루를 뿌렸다. 두 사람의 눈물은 따뜻한 위로가 되어 서로의 마음에 스며들었다.

근무로 복귀하기 전 유니가 테마파크 입구까지 할머니를 배웅해 드렸다.

테마파크에서 근무하면서 유니는 가족과 가족 간의 사랑에 대한 생각을 더 많이 하게 되었다.

임직원들과 파크를 둘러보던 성준이 평소와는 조금 다른 분위기의 유니를 보고 인사하려다 말았다. 오늘의 약간 슬픈 유니의 모습에도 반해 버린 자신이 성준은 몹시 마음에 들었다.

'사랑'의 확신이었다.

3. 지켜 줄게

　11월, 초겨울의 토요일 저녁. 오늘도 유니가 비비로 등장하는 날이다.
　야야는 언제부턴가 유니에게 분장을 받지 않았다. 처음엔 단순히 다른 직원을 선호해서라고 생각했지만, 이제는 분명히 피하고 있었다. 유니와 눈이 마주치면 고개를 돌리고, 같은 공간에 있으면 불편해했다.
　'내가 뭘 잘못했을까?' 유니는 며칠 전부터 계속 생각해 봤지만 답을 찾을 수 없었다. 혹시 자신이 무의식중에 야야에게 상처라도 주었을까 싶어 마음이 무거웠다.
　변함없이 발랄하게 찾아온 미미의 퍼레이드 분장을 도와주면서도 유니의 마음 한편은 계속 야야를 신경 쓰고 있었다.
　"유니 괜찮아? 오늘 좀 우울해 보여."
　"아, 미미야. 괜찮아. 그냥 좀 피곤해서."
　유니는 친구를 많이 사귀고 싶어 하는 사람은 아니었지만, 누군가와 어색한 사이로 있어야 한다는 건 영 편치 않은 일이었다.
　분장을 마친 유니는 곧바로 공연팀 의상실로 갔다. 오늘은 크리스마스 마스크 퍼레이드로 멋진 마스크를 쓰고 퍼레이드에 등장하는 특별한 날이다.
　그런데 의상이 걸려 있어야 하는 자리가 비어 있었다. 구두도, 장갑도, 목걸이도, 모든 액세서리가 사라져 있었다.
　"어떡하지…."
　유니의 다급해진 목소리가 떨리고 있었다. 퍼레이드까지 15분밖에 남지 않았는데 의상이 없다니. 1층부터 5층까지 뛰어다니며 찾아봤지만 아무것도 없었다.

'설마 세탁이라도 보내진 걸까? 그럴 리가 없는데…. 분실된 건 아니겠지?'

하지만 마음 깊은 곳에서는 다른 예감이 들고 있었다.

야야가 자신을 피하던 모습, 질투 어린 시선들이 하나씩 떠올랐다.

'아니야, 야야가 그럴 리 없어. 내가 너무 예민하게 생각하는 거야.'

유니가 당황과 불안에 빠져 있을 때 루카스가 앞장을 서고 샤로니와 샤리니가 어린이 공주님들과 대기실로 돌아왔다.

"자~ 공주님들, 이제 마지막으로 선생님을 따라서 춤을 출 거예요. 왼쪽 손~ 오른쪽 손~ 손뼉~ 손뼉~ 둥글게 하트!"

"참 잘했어요. 자, 그럼 이제 퍼레이드에 나갈 때까지 조금만 쉬어 주세요."

그 말이 끝나자마자 프린세스샵 스태프들이 공주님들의 흐트러진 머리카락과 잔머리들을 정리하고 립스틱을 바르며 한 번 더 분장을 다듬어 주었다.

매뉴얼대로 퍼레이드 댄스 연습을 마친 샤로니가 뭔가 불안하다고 느꼈는지 루카스와 샤리니를 불러 모았다.

그리고 출발 시간까지 어린이들의 긴장을 풀어줄 것을 한 번 더 부탁 후 유니에게로 왔다.

"유니야~ 왜 그래? 무슨 일이야?" 걱정 가득한 샤로니의 질문에 유니는 금방이라도 울 것 같았다.

아이들에게 집중하느라 영문을 몰랐던 샤로니는 울상이 된 유니 모습에 직감적으로 뭔가 해결해야겠다는 생각을 하였다.

"의상이… 드레스가 없어. 어제 배정받은 의상이라 분명히 잘 걸어두고 갔는데, 세탁실에도 아무 데도 없어. 어떡하지 샤로니?"

샤로니는 있을 법한 일이 일어났다고 생각했다.

요정들에게 의상을 예쁘게 변신시키는 건 얼마든지 가능한 일이다. 하지만, 변신을 할 드레스 자체가 사라진 것이 큰일이었다.

키가 작고 말랐지만 착하고 씩씩한 마법소녀, 우리들의 샤로니와 요정들. 정의롭지 못한 일에 두 팔 걷고 나서는 건 그들의 특기였다.

잠깐 곰곰이 생각하던 샤로니와 샤리니가 하이파이브를 한 후 마법의 방으로 들어가더니 마법 TV를 켰다.

화면에 나타난 건 야야가 비비의 드레스와 구두 등을 이상한 가방에 넣어 어디론가 사라지는 모습이었다.

샤리니가 채널을 한 번 더 바꾸자, 이번에는 가방을 가지고 간 야야가 지하 2층 구석진 곳에서 비비의 드레스를 입고 있는 것이 아닌가?

"아하~ 뭐야 뭐야 뭐야~~ 역시 이럴 줄 알았다니까."

샤로니와 샤리니가 무릎을 탁 치며 말했다.

"걱정 마, 비비, 퍼레이드 시작까지 얼마나 남았지?"

"10분 전이야. 샤로니, 샤리니 어떻게 하지?"

요정들과 비비가 얘기하고 있는 사이, 마법의 방 쪽으로 걸어가는 핑크색 고양이가 있었다.

"아, 핑키!"

비비가 말했다. 핑크색 고양이 핑키가 씽긋 웃더니 비비에게 따라오라는 손짓을 했다.

샤로니, 샤리니도 익숙한 발걸음으로 비비와 함께 마법의 방으로 갔다.

곧 마법의 징글 소리와 하트 레이저 빛이 요란하게 나더니 고요해졌다. 루카스와 핑크 고양이가 문을 열자 이제까지 본 적 없는 최고로 아름다운 비비가 눈을 감고 서 있었다.

"자, 서둘러! 1분 전이야!"

샤로니가 말했다.

퍼레이드의 시작을 알리는 음악이 나오고, 꿈을 꾸는 듯한 표정으로 신기해하던 비비가 남아 있는 퍼레이드 카에 올랐다. 야야가 타던 마차였다.

고양이 핑키의 에스코트를 받으며 퍼레이드에 합류한 비비가 등장하고 있었다. 언제 무슨 일이 있었냐는 듯 관중을 향해 우아하게 손 인사를 하면서.

하지만 어른의 변신을 도와준 건 처음인 요정들은 걱정이 되었다. 마법의 유지 시간을 가늠할 수 없었기 때문이었다.

비비가 탄 차량이 지나갈 때 사방에서 환호성이 터져 나왔다.

"예뻐요, 비비!"

"정말 너무 아름다워요!"

"우리 언니가 되어 주세요!"

"최고예요!"

비비가 탄 마차 주변에서는 계속해서 진한 로즈골드색 마법의 빛이 흐르고 있었다. 비비가 걱정되는 샤로니가 유니와 함께 있는 핑키를 통해 온 마음을 다해 마법의 레이저를 뿌리고 있었기 때문이었다.

퍼레이드가 중간쯤 지났을 때 언제나처럼 왈츠를 추는 시간이 되었다.

가면을 쓰고 비비로 변장한 야야가 오늘은 더 특별한 마음으로 퍼레이드에 나온 성준의 앞으로 가서 손을 내밀었다.

'드디어… 드디어 성준과 춤을 출 수 있어.'

야야의 가슴이 쿵쿵 뛰었다. 가면 뒤에서 흘러내리는 눈물을 성준이 볼까 봐 고개를 살짝 숙였다. 이 순간을 위해 얼마나 기다렸는지.

성준도 야야의 손을 잡고 매우 즐겁게 호흡을 맞추며 왈츠를 췄다. 그의 눈빛에서 유니에 대한 사랑이 느껴질 때마다 야야의 마음은 찢어졌지만, 지금만큼은 자신이 유니인 척할 수 있었다.

'이렇게라도… 이렇게라도 한 번만…'

댄스가 끝날 때 당연히 유니라고 생각한 성준이 계획했던 키스를 살짝 했다.

그 순간 야야는 온 세상을 얻은 것 같았다. 너무 행복해서 자기도 모르게 "꺅!" 소리를 지르고 말았다.

성준이 깜짝 놀라 멈칫했다. 유니라면 절대 하지 않았을 반응이었다. 유니는 늘 차분하고 우아했는데….

'설마….'

성준이 가면에 가려진 파트너의 얼굴을 자세히 들여다보았다. 야야였다.

"아니 당신은… 야야?"

성준의 목소리가 차갑게 변했다. 야야는 순간 모든 것이 무너지는 것을 느꼈다.

"성준 씨, 저는…."

"유니는 어디 있습니까?"

성준의 눈빛이 무서웠다. 야야는 떨리는 목소리로 대답할 수밖에 없었다.

"비비… 비비는 저기 마차에…."

야야를 바라보는 성준의 시선에는 실망과 분노가 섞여 있었다. 야야는 그 시선을 감당할 수가 없어서 고개를 숙였다.

퍼레이드가 끝나고 성준은 곧장 캐스트 대기실로 향했다. 하지만 야야를 따라가거나 추궁하지는 않았다. 지금 가장 중요한 것은 유니였다.

'유니가 괜찮을까? 질투심 많은 야야에게 유니가 무슨 일을 당한 거지?'

성준은 너무 걱정이 되었다.

마차에 탄 채 관객들에게 둘러싸인 비비를 보며 성준은 복잡한 감정에 휩싸였다. 환상적으로 아름다운 모습이었지만, 그 뒤에 숨겨진 아픔을 생각하니 마음이 아팠다.

한편 야야는 탈의실에서 벗어날 수 없었다. 성준의 차가운 시선, 들켜 버린 자신의 계획, 그리고 무엇보다 자신이 한 치사함의 무게가 온몸을 짓눌렀다.

'나는… 나는 정말 최악이야. 이런 짓을 하다니….'

처음엔 단순한 질투심이었다. 하지만 정신을 차려보니 자신이 얼마나 비겁한 일을 했는지 깨달았다. 드레스를 숨긴 것, 유니인 척 성준과 춤춘 것, 모든 게 잘못이었다.

야야의 눈에서 눈물이 주르륵 흘렀다. 후회의 눈물이었다.

하지만 그렇다고 유니를 좋아할 순 없었다. 후회와 반성이 뒤범벅이 된 감정 뒤로 야야는 유니가 더 미워질 것만 같았다.

비비는 여전히 관객들의 환호를 받고 있었다.

"비비 사인해 주세요!"

"손 한 번만 잡아 줘요!"

"제발 같이 사진 찍고 싶어요!"

퍼레이드는 끝나가고 캐스트들이 탑승했던 차량들이 차례로 보관소로 들어온다. 유니는 점점 어지러워지기 시작했다. 마법의 힘이 약해지면서 몸에 무리가 오고 있었다.

샤로니와 샤리니도 걱정스러운 표정으로 지켜보고 있었다. 성인을 위해서는 연습해 보지 않고 처음 시도해 본 마법이라 어떤 부작용이 있을지 알 수 없었다.

"얘들아~ 너희는 우리와 함께 가야 하는 거야!"

요정들이 아이들을 데려가려 했지만, 아이들은 비비에게서 떠나고 싶어 하지 않았다.

희미해지는 의식 속, 온 힘을 다해 퍼레이드를 마친 비비가 가까스로 공연 대기실로 들어왔다. 그리고 스르륵 쓰러지는 유니의 얼굴과 팔다리에 녹보랏빛 장미 줄기가 피어올랐다 투명하게 사라졌다. 마법이 풀린 것이었다.

유니는 의식을 잃은 채 바닥에 쓰러져 있었다. 사람들의 웅성거림 속, 화려했던 드레스는 사라지고 평상시 옷차림으로 돌아와 있었다.

얼마나 지났는지 눈을 뜬 유니 앞에는 걱정스러운 얼굴의 성준이 있었다.

"유니야, 괜찮아? 물 마실래?"

성준의 다정한 목소리에 유니는 안도의 한숨을 쉬었다. 하지만 곧 현실을 걱정했다.

"성준아… 미안해. 나 때문에 퍼레이드를 망쳤어…. 내가 의상을 잃어버려서…."

"아니야, 유니야. 네 잘못이 아니야. 그리고 넌 오늘도 너무 아름다운 비비였어. 걱정하지 마."

유니는 마법에 걸린 시간을 기억하지 못했고 성준의 말을 이해할 수 없었다.

성준이 유니의 손을 꼭 잡았다.

"야야가… 야야가 네 의상을 가져간 거야. 그리고 너인 척 나와 춤을 췄어."

유니의 눈이 커졌다. 믿고 싶지 않았지만 모든 퍼즐이 맞춰지기 시작했다. 야야가 자신을 피했던 이유, 성준에게 보인 관심, 그리고 오늘 사라진 의상까지.

"야야가… 정말?"

유니의 목소리가 떨렸다. 배신감보다는 슬픔이 더 컸다. 좀 어색했던 순간들이 있었지만 함께 일하며 친구라고 생각했던 야야가 자신에게 그렇게 했다니, 그렇게 하고 싶을 만큼 자신을 미워하고 있었다는 것에 유니는 큰 상처를 받았다.

성준은 유니의 슬픈 표정을 보며 마음이 아팠다. 옛날에 지켜주지 못했던 유니를 이번에는 꼭 보호해 주겠다고 다짐했다.

"유니야, 더 이상 아무도 널 괴롭히지 못하게 할게. 내가 항상 네 편이 되어 줄게."

그 순간 창가에서 지켜보던 샤로니가 눈물이 글썽이는 얼굴로 미소를 지었다. 성준의 진심과 유니를 향한 따뜻한 사랑을 느낄 수 있었다.

"유니가 정말 좋은 사람을 만났구나…."

샤로니는 또 조용히 마법 가루를 뿌렸다. 상처받은 유니의 마음이 조금이나마 위로받기를 바라면서.

4. 내 책임이 아니야

　기운 없이 쓰러진 유니를 바라보며, 성준은 오래된 기억이 물밀듯 밀려왔다. 초등학교 5학년, 바로 그 교실에서 일어났던 일들이었다.
　'그때 내가 좀 더 용감했다면….'
　유니가 민정이와 정유진이라는 아이에게 괴롭힘을 당하는 걸 보면서도 아무것도 할 수 없었던 자신이 너무 미웠다. 초등학교 5학년 남자아이가 여자 친구를 보호하려면 정말 대단한 용기가 필요했다. 용기를 내지 못했던 그는 그저 멀리서 지켜볼 수밖에 없었다.
　다행히 유니는 겁먹거나 울지 않았다. 오히려 당당함이 성준을 조마조마하게 했었다.
　민정과 유진이는 유니를 괴롭혀 주고 싶다는 생각을 했다. 그냥 어디에서 무엇 때문에 쌓인지도 모르는 스트레스를 풀고 싶었다. 엄마랑 함께 살지 않고 뭔가 약점이 있어 보이는 유니가 주눅 들지 않는 것이 싫었다. 더군다나 자기들에게만 쌀쌀맞게 대한다는 의견으로 의기투합하여 선생님들로부터 예쁨을 받는 유니를 골려줄 방법을 찾고 있었다.
　민정이와 정유진. 고집이 세고 배려심이 없는 아이들이었다.
　그 아이들이 무엇보다 견딜 수 없던 것은 유니의 근거 없는 당당함이었다.
　"엄마도 없으면서 왜 저렇게 당당해?"
　며칠에 한 번씩 두 사람은 돌아가며 독침을 쏘듯 유니에게 말을 던졌다.
　"야, 너 엄마가 일본 사람이라면서? 같이 살지도 않는다며? 근데 넌 일본어도 못 하면서 공부 쪼끔 한다고 잘난 척하는 거 진짜 별로거든."

유니의 대답은 간단했다.

"응, 나도. 너 별로야."

정유진의 얼굴이 확 달아올랐다. 민정이와 유진은 다른 아이들도 피하고 싶어 하는 대상 1위와 2위였다.

"뭐? 하, 참! 야! 내가 지금 너한테 물어본 거야? 대답 같은 거 하라고 누가 그랬냐고. 너 진짜 혼자 학교 다니고 혼자 놀고 싶구나?"

유니는 항상 다툼이 많은 민정과 상대하고 싶지 않았다. 두려워서가 아니라 학교에서 문제를 일으켜 할머니를 걱정시키고 싶지 않았기 때문이었다. 하지만 언젠가 한 번쯤은 제대로 짚고 넘어가야 할 일이라고 생각은 하고 있었다.

그리고 마침내 그 순간이 왔다.

유니는 누구에게 배운 적도 없지만 항상 최악의 상황을 대비하는 습관이 있었다. 민정이나 정유진이 더 심하게 나온다면, 실내화 가방으로라도 혼쭐을 내 줄 각오였다. 설령 그것 때문에 학교폭력 처분을 받아 전학을 가게 되더라도 말이다.

하지만 유니가 처음 선택한 무기는 주먹이 아니었다. 정유진이 못 할 거라 생각했던 바로 일본어였다.

"私がお母さんと住んでいないということはわたしのせいではない。性格が悪いあなたの性格があなたのせいではないように。勉強が出来るからといって威張ってなんかしていない。人間性が悪い人とは話を混ぜないだけ。いったい君たちが偉そうにしていると言うのは、どういうこと で、その基準は何なの？ 私はあなたたちのそういう言い方がうるさくて、面倒に感じられてたまらないの。教え

てくれれば気をつけるから、いってくれる?"

(내가 엄마와 함께 살지 않는 것은 내 탓이 아니야. 성격이 나쁜 너의 성격이 너의 탓이 아닌 것처럼. 공부 좀 한다고 잘난 척한 적은 없어. 다만 인간성이 나쁜 사람과는 말을 섞지 않았을 뿐이야. 도대체 너희들이 잘난 척하고 있다고 말하는 것은, 어떤 때이고, 기준은 뭐니? 나는 너희들의 그런 말투가 성가시고 귀찮아서 견딜 수가 없어. 말해주면 조심할 테니까 말해 볼래?)

유니의 목소리는 냉정하고 단호했다. 예상하지 못했던 유니의 유창한 일본어에 정유진은 우물쭈물하며 할 말을 잃었다.

유니는 정유진을 오랫동안 관찰해 왔다. 착하고 약해 보이는 아이들에게 더욱 못되게 구는 모습들을. 다른 친구들에게서 들은 이야기도 있었다. 정유진이 엄마 앞에서는 얌전한 아이인데, 성적이 나쁘면 무섭게 혼난다는 것을.

그래서 유니는 정유진의 성격이 나쁜 것이 정유진만의 탓은 아니라고 생각했다. 하지만 그렇다고 해서 자신이 그 화풀이 대상이 될 필요는 없었다.

그런 생각을 하고 있는 유니에게 정유진이 한마디를 더했다.

"야, 너 진짜 뭐가 뭔지 모르는구나. 웃기지 마. 얘가 자기 처지도 모르고 끝까지 잘난 척을 하네. 너네 엄마가 널 버리고 간 거야. 엄마한테 버림받은 주제에 뭐라는 거니."

그때였다.

유니와 얼굴이 닿을 만한 거리에서 비아냥거리며 말하던 정유진의 뺨을 누가 말릴 새도 없이 유니가 세차게 때렸다.

그리고 유니는 놀라서 눈이 휘둥그레진 그 아이에게 마지막으로 한마디를 더했다.

"これ以上話すことはないでしょうが、もう2度と私には近づかないようにしてほしい。私はあなたのように弱者に強く強い者には弱い人間が一番みっともないと思ってるから。"

(더 할 말 없겠지만 다시는 나한테 가까이 오지도 말을 걸지도 않기를 바라. 난 너처럼 약자에게 강하고 강자에게 약한 사람이 제일 흉하고 형편없다고 생각하니까.)

유니의 목소리가 얼음처럼 차가웠다.

"あなたは生まれた時お母さんとお父さんを選んで生まれたの？言ってみて ここにいる人の中にそんな人は誰もいない。選択できなかったから私の環境は私の責任ではない。君の方がましだと思って偉そうにする権利もないということになるだろう"

(년 태어날 때 엄마 아빠를 선택하고 태어났니? 말해 봐. 여기 있는 사람 중에 그런 사람은 아무도 없어. 선택할 수 없었기에 내 환경은 내 책임이 아니야. 네가 더 낫다고 생각하고 잘난 척할 수 있는 권리도 없다는 얘기가 되겠지.)

정유진은 아무 대답도 할 수 없었다. 정유진의 얼굴이 하얗게 굳은 모습이었다. 유니의 차가운 말투가 너무 단호해서 맞은 볼이 아픈지 안 아픈지도 모르겠고 정신이 없어서 뭐라고 반박할 수가 없었다.

조금 떨어져서 듣고 있던 같은 반 남자아이들이 웅성거렸다. 정유진과 함께 다니던 아이들이 호들갑스럽게 하고 있을 때, 유니와 함께 반회장을 맡고 있던 창욱이 유니에게 다가왔다.

"야, 이유니."

창욱이는 걱정스러운 얼굴로 말했다.

"니 진짜 쟈를 때린 기가? 정유진 니, 진짜 맞을 만하긴 했는데 그래도 유니 니가 쟈를 때릴 줄은 상상도 못 했다. 니들 여서 뭐 하는데. 구경났나? 고마 자기 자리로 돌아가 앉아라."

아이들이 자리로 돌아간 후 창욱이가 근심이 가득한 얼굴로 말했다.

"니 진짜로 괜찮겠나. 쟈들 엄마 엄청 무섭다 카든데. 1학기 때는 정유진 쟈가 다른 반에 어떤 아 발을 걸어가 넘어지게 했는데 다치긴 그 아가 마이 다쳤는데 유진이 엄마가 거꾸로 고소 같은 거 해가가 변호사가 학교까지 오고 막 그랬다 카드라."

진심으로 걱정스러운 얼굴이었다. 창욱이는 경상도 하동에서 공부를 잘해서 서울로 '유학'을 온 아이였다.

그때 웹툰 그리기를 즐겨 하던 현정이가 다가와 신이 나서 말했다. 집이 가깝지는 않지만 셔틀을 함께 타는 같은 동네 친구였다.

"유니야, 정말 잘했어. 걱정하지 마. 지가 먼저 시비 걸었던 거 우리가 다 봤는걸 뭐. 저 밉상둥이 정유진. 언젠가는 이렇게 된통 망신 한번 당할 줄 알았다니까? 지난번에는 내가 진짜 열심히 그렸던 아이엠 스타 캐릭터노트를 담임 쌤 책상 속에 숨겨 둔 거야 글쎄. 선생님이 하교 시간에 발견하고 날 이상하게 보시며 주셨다고. 그날 나도 얼마나 속상했는지 몰라. 아 그런데 진짜 오늘 완전 통쾌해. 저 어리둥절하고 분해하는 표정이라니. 다시는 가만히 있는 사람한테 까불지 않겠지? 아 맞다. 너네 삼촌도 변호사잖아. 지난번에 우리 아빠한테 들었어. 우리 아빠랑 대학 동기였다더라."

"야 문현정, 일이 그렇게 커지면 되긋나."

창욱이가 말했다.

"그런데 너무 걱정하지 마라. 혹시 싶어서 내가 거의 처음부터 끝까지 녹화를 했다 아이가. 지난번에 정유진 쟈 엄마가 증거를 대라고 했다 카드라. 그게 생각나서 해봤는데 꼼꼼허니 잘된 거 같다."

자리를 떠났다고 생각한 성준은 조금 떨어진 곳에서 보고 있었다. 유니는 친구들이 고마웠다. 그리고 걱정이 되었다.

그날 오후, 학원으로 향하던 정유진 앞에 갑작스럽게 나타난 한 여자가 있었다. 단정하고 차가워 보이는 짧은 머리에 완벽한 정장 차림이었다.

"한성초 5학년 정유진 맞나요?"

"그런데요?"

정유진이 퉁명스럽게 대답했다.

"전 염 비서라고라고 합니다."

여자는 신비로운 미소를 지었다.

"착한 사람들의 수호신이죠."

정유진의 눈이 휘둥그레졌다. 하지만 곧 귀찮다는 표정을 지었다. "저도 비서가 뭔지는 알아요. 그런데 왜 그러시는데요?"

실은 이 '염 비서'는 호세루피아의 요정 공주 샤로니가 새로 터득한 마법으로 변신한 모습이었다. 유니를 괴롭히는 아이들을 교화시키기 위한 특별한 임무였던 것이다.

갑자기 말투를 바꾼 염 비서가 "이 유니라는 아이가 너에게 뭘 잘못하는 편이니?"라고 물었다.

"아줌마가 그 애를 어떻게 알아요? 걔네 엄마예요? 그래서 절 기다린 거예요?"

"어머 난 딱 서른 살인데 열두 살짜리 딸이 있으면 이상하잖니?"

정유진이 고개를 끄덕였다. 그리고 마음 깊은 곳에 숨겨 두었던 이야기를 쏟아내기 시작했다.

"걔는 별로 특별하지도 않은데 선생님들이 예뻐해요. 공부를 엄청 잘하는 것도 아니고 그렇게 예쁜 것도 아닌데…. 저는 친구들한테 간식도 사주는데, 친구들은 유니랑 더 친해요. 그리고… 뭐라고 말해야 할지 모르겠는데, 그 애는 모든 게 당당하고 자연스러워 보여서 너무 미워요."

샤로니는 조용히 듣고 있었다.

"제가 친해지려고 해봤는데, 절 자꾸만 멀리하려고만 해요. 그래서 미워하기로 했어요. 다른 애들 이랑도 친하지 못하게 해줄 거예요."

정유진의 목소리가 떨렸다.

"그리고 무엇보다… 감성준이 유니를 좋아하는 게 꼴 보기 싫어요."

샤로니는 정유진의 말을 들으며 고개를 끄덕였다.

"그리고?"

"전 엄마가 바라는 것처럼 공부를 잘할 자신이 없어요. 학원은 엄마가 가라 하니까 가는 거예요. 그런데 유니는… 걔는 학원도 안 가도 되는 행운아라고요."

정유진의 목소리가 점점 작아졌다.

"저는 가기는 하지만 솔직히 이해도 잘 안 가고… 지난번엔 몰래 수업을 몇 번 빼먹었더니 진짜 그때부터는 더 모르겠어요. 그래서 스트레스가 점점 쌓여가고 있다고요."

샤로니의 표정이 부드러워졌다.

"저런, 가엾게도."

"그래서 학교에 가서 스트레스를 풀고 있어요."

정유진이 솔직하게 고백했다.

"그런데 아줌마가 무슨 상관이에요?"

갑자기 위로를 받은 정유진이 소리 없이 눈물을 흘렸다.

"아주 옛날에 말이야."

샤로니가 다정한 목소리로 말을 이었다.

"'행복은 성적순이 아니잖아요'라는 영화가 있었대. 그런데 그때는 실은 행복이 성적순이 맞았었다고 하더라고. 지금으로부터 35년도 전의 영화니까 아마 그랬을 거야."

정유진이 고개를 기울였다.

"그런데 말이야, 지금은 2025년도잖니. 아줌마는 행복이 성적순이 아니라고 말해주고 싶거든."

샤로니는 계속해서 말했다.

"너 이어령이라는 박사님에 대해서 들어본 적 있니?"

"아니요."

"응, 걱정 마. 나도 너한테 말해주려고 공부해서 안 거니까. 그분이 뭐라고 하셨냐면, 360명이 다 똑같은 방향으로 달려가면 필연적으로 360등이 정해질 수밖에 없지만, 360명 모두가 서로 다른 각자의 방향으로 달려가면 360명 모두가 1등이 될 수 있다고 하셨어. 너무 딱 맞는 말 아니니? 너도 공부하기가 그렇게 싫다는 생각이 들면, 조용히 네가 관심 있는 일을 찾는 일에 집중해 보면 어떨까?"

정유진의 눈이 조금씩 밝아졌다.

"그리고." 샤로니의 목소리가 갑자기 진지해졌다. "유니는 건드리지 않는 게 좋아."

"왜요?"

"걔는 정말 비밀이 많은 아이인데, 걔를 괴롭히거나 속상하게 또는 다치게 하는 사람은 꼭 중병에 걸리거나 다쳐서 회복이 어렵게 된단다."

정유진이 화들짝 놀랐다.

"그런 게 어딨어요? 말도 안 돼요. 걔가 무슨 신이라도 된다는 거예요?"

"그러게 말이다. 그런데 왜 그런지는 나도 잘 몰라. 그냥 네가 아주 나쁜 사람은 아닌 것 같아서 알려주러 온 거야."

샤로니가 갑자기 미소를 지었다.

"지난번 제창욱이 미술 준비물 안 가져왔을 때 네가 조퇴하면서 빌려준 거 맞지? 왜 그런 거니? 넌 제창욱도 사투리 쓴다고 별로 안 좋아한 거 아니었나?"

정유진이 조금 당황했다.

"걔는… 걔는 엄마도 아빠도 함께 안 살아서 가엽잖아요."

"유니도 마찬가지야. 유니도 자기가 선택해서 부모님과 떨어져서 살거나 엄마랑 헤어진 게 아니야. 네가 좀 엄하지만 부모님이 모두 계시고 여유 있는 집에 태어나서 살고 있는 것을 선택한 게 아닌 것처럼 말이야."

샤로니의 말이 정유진의 가슴 깊이 와닿았다.

"걔는 네가 아까처럼 아프게 집어주지 않아도 아주 많이 슬플 거야."

"그래요? 전 그 애가 항상 당당해서 아무 문제 없는 줄 알았어요."

"그럴 리가 있니. 참 그리고."

샤로니가 웃으며 말했다.

"유니는 감성준 좋아하지 않는단다."

정유진의 얼굴이 확 밝아졌다.

"정말요?"

"그럼, 관심도 없을걸. 자, 이제 내가 왜 널 만나러 왔는지 알겠지?"

"유니한테 상처 주지 말라고 얘기하러 왔겠죠."

"맞아."

정유진이 조금 망설이더니 물었다.

"그런데 아줌마는 누구시냐구요…."

"난 착한 사람의 수호신. 지금은 유니의 수호신이야."

정유진이 고개를 끄덕였다.

"알았어요. 앞으로 어떻게 해야 하는지 알겠어요. 그런데 진짜 걔를 미워하면 아프게 돼요?"

샤로니가 장난스럽게 웃었다.

"그렇다니까, 그것도 아주 많이."

아무도 모르게 유니를 도우러 왔던 샤로니가 혼잣말을 했다.

'유니야, 이제 좀 편해질 거야. 나쁜 아이는 없어. 다만 상처받은 아이들이 있을 뿐이지.'

그날 이후 정유진은 더 이상 유니를 괴롭히지 않았다. 오히려 가끔씩은 부끄러운 듯 어색한 미소로 인사를 건네기도 했다.

유니는 여전히 차분하고 당당했다. 언젠가부터 그 당당함이 다른 아이들에게도 위로가 되었다.

'내가 엄마와 떨어져 사는 것은 내 책임이 아니야. 정유진이 엄마에게 스트레스를 받는 것도 정유진의 책임이 아니야. 하지만 우리가 서로에게 상처 주는 것을 선택하는 건, 그건 우리의 책임이지.'

유니는 그런 생각을 하며, 샤로니가 언젠가 말했던 것처럼 자신만의 방향으로 당당히 걸어갔다.

친구들과 선생님들이 보시기에 유니가 항상 반듯하고 명랑한 성격을 유지할 수 있었던 이유가 있었다. 독서를 많이 한 유니는 자기가 뜻하거나 원인이 되지 않았던 모든 좋지 않은 일들이 생겼을 때 그건 자기의 책임이 아니고, 마음먹고 노력한다면 언제든지 상황을 바꿔 나갈 수 있다는 확신이 있었기 때문이다.

유니는 그동안 일본어를 틈틈이 연습을 했었다. 초등학교 3학년 오사카에 갔을 때 엄마가 외할머니가 손수 만들어 주신 '기모노'를 입혀 주시면서 해 주셨던 얘기를 기억하고 있기 때문이었다.

외할머니는 치매에 걸렸지만 유니를 기억하시고 아주 많이 보고 싶어 하신다는 것과 한국 사람인 외할머니가 무슨 일인지 일본어로만 말씀을 하신다는 것이다. 유니는 외할머니의 얼굴이 잘 생각나지 않지만 혹시 뵙게 되면 유니도 외할머니가 궁금하고 보고 싶었다는 말을 일본어로 해 드리고 싶었다.

유니는 언어에 특별한 달란트가 있었다. 유니가 엄마 뱃속에 있을 때 딱히 할 것이 없었던 유니 엄마는 TV 뉴스를 보며 동시통역을 하거나 쉐도잉(원어민의 발음, 억양, 말투를 그림자처럼 따라 하며 언어 능력을 향상시키는 학습 방법)을 했다고 했는데 아마 그런 게 태교가 되었었나 보다.

어렸을 때 생각을 떠올리고 있던 성준은 자신의 무릎 위에 기운 없이 쓰러져 있는 유니를 보면서 앞으로는 절대로 혼자 남겨 두지 않겠다고 다시 한번 다짐했다.

주차장에서 유니가 오지 않아서 걱정을 하며 기다리고 계시던 할머니가 유니 얘기를 들으셨는지 놀라서 달려오셨다. 그리고 할머니와 함께 유니를 부축하고 가는 성준을 본 야야는 또다시 약이 오르고 화가 나서 참을 수가 없었다.

지금까지 예쁘다는 말을 정말 많이 들어온 발레 전공 대학생 야야. 오늘처럼 가면무도회가 있는 날 비비 대신 성준과 친해질 수 있는 절호의 기회라고 생각했다. 아니 꼭 성준과 사귀고 말겠다고 각오를 다졌었다. 하지만 그런 일은 일어나지 않았다.

집으로 돌아온 야야는 엄마에게 폭풍 같은 화풀이를 했다.

"아우 진짜 화가 나! 화가 너무 나서 미치겠어. 왜 항상 행운은 그 애 편이냐고. 분명히 드레스를 숨겨 두었는데 도대체 어디서 그렇게 화려한 드레스를 찾아서 입은 거야. 아, 진짜 속상해 죽겠다고."

"야야, 무슨 일이야. 엄마한테 좀 더 자세히 알기 쉽게 말해 봐."

야야 엄마가 말했다.

"엄마! 내가 지난번에 유니라는 애 얘기한 적 있잖아. 퍼레이드에서 비비 역할도 한다는 그 메이크업하는 애 말이야. 나 걔 때문에 정말 돌아버릴 것 같아. 얼굴도 예쁜데 실력도 좋아서 사람들이 그 애만 좋아한다고! 프린세스샵에 오는 꼬마 공주들까지 모두 다."

"아니 그 아이는 학교도 너보다 좋은 학교가 아니라면서."

"엄마 엉터리야. 그런 건 아무 상관도 없더란 말이야. 엄마가 무조건 가라고 했던 좋은 대학, 그딴 거 때문에 나를 좋아하는 사람은 없단 말이야. 몰라 몰라. 그냥 가만히 있어도 귀티가 나고. 심지어 인상을 쓰는 것조차 막 예쁘고, 아 진짜 인정하고 싶지 않은데 현실이 그렇다고. 엄마 어쩌지, 어떻게 하면 그 애를 이길 수 있지? 성준 씨도 그 애만 좋아한다고. 으앙. 성준 씨가 나를 좋아하면 좋겠단 말이야!"

큰일이다. 항상 경쟁 구도에 놓여 있는 아이들에게서 슬프지만 얼마든지 일어날 수 있는 일인지도 몰랐다.

야야 엄마의 하나밖에 없는 딸이 또 이렇게 속상해한 일은 정말 오랜만이었다.

 예전에도 비슷한 일이 있을 때마다 야야 엄마가 발 벗고 해결해 주었기 때문에 엄마는 자기가 뭔가 해야만 한다고 생각했고 야야는 당연히 자기 기분이 풀리도록 엄마가 해결해 줄 거라 믿었다.

 야야가 자기 방으로 간 후 야야 엄마가 천천히 와인을 마시기 시작했다. 그리고 가늘게 긴 눈을 찡그리며 뭔가 좋은 비책이라도 생각난 듯한 표정을 지었다.

5. 뉴욕

어수선한 사건들이 있었지만 곧 컨디션을 회복한 유니는 아버지, 할머니와 함께 인천공항에 와 있었다. 스물한 살이 된 유니가 교수님이 추천해 주신 뉴욕 메이크업 대회에 나가기 위해서였다.

할머니가 페이스톡으로 집에 계신 할아버지에게 전화를 걸어 주셨다.

"여보, 우리 유니 이제 곧 비행기 타요. 잘 다녀오라고 인사해 주셔야죠."

유니가 화면 속 할아버지께 활짝 웃으며 말했다.

"할아버지, 다녀올게요! 떨리고 잘할 수 있을지 모르겠지만 최선을 다하고 올게요."

"오 그래그래, 우리 강아지 그래야지! 아프지 말고…. 그런데 지금 한 말을 영어로 하면 어떻게 표현해야 하지?"

순간 할머니, 아버지, 유니가 서로 눈을 마주쳤다. '역시 할아버지시구나!' 하는 표정으로 모두 빙긋 웃었다.

"Grandpa, I'll be back. I'm nervous and I don't know if I can do well, but I'll do my best!"

"오구 오구, 내 강아지! 그래, 위험한 곳이니 밤에 혼자 다니지 말고 도착하면 꼭 전화해야 한다."

할아버지는 국문학 교수님이셨지만 성경을 영어로 읽는 것이 취미일 정도로 영어 공부에 열성이셨다. 발음은 대학생 시절과 비교해도 별로 늘지 않으셨을 것 같았지만, 여전히 꾸준히 공부하고 계셨다.

재미있게도 해외여행을 가면 할아버지는 한마디도 하지 않으셔서, 오히려 영어를 잘 못하시는 할머니가 용기를 내어 영어로 대화하는 경우가 대부분이었다.

할아버지의 또 다른 취미는 명심보감 외우기였다. 유니가 어렸을 때부터 유니는 물론 친구들이 놀러 와도 신이 나서 명심보감 이야기를 들려주셨다. 그래서 동네 친구들은 유니네 집에 놀러 오기 전에 꼭 물어보곤 했다.

"유니야, 할아버지 오늘 집에 계셔?"

가끔 함께 놀고 싶지 않은 친구가 따라오려 할 때면 "우리 할아버지 오늘 집에 계셔"라고 하면 그 친구는 조용히 집으로 돌아가곤 했다. 아무리 좋은 이야기라도 오래 듣기에는 다소 지루한 옛날이야기였으니까.

덕분에 유니는 스물이 넘은 지금도 명심보감 구절들을 여러 개 외우고 있을 정도였다.

유니는 꼭 혼자 가겠다고 가족들을 설득해서 이 대회에 참가하게 되었다. 걱정을 많이 하시던 할머니와 아빠와 헤어진 후, 비행기에 탄 유니는 안전벨트를 매고 담요를 목까지 끌어 올렸다.

'한잠 푹 자야겠다.'

다행히 옆자리가 비어 있어서 비교적 쾌적한 비행이 될 것 같았다. 해외에 혼자 가는 것은 처음이라 긴장도 많이 했던 탓에, 어젯밤 잠을 설쳤던 유니였다.

꽤 오랫동안 깊이 잠들었다가 목이 말라 깨어난 유니가 생수를 마시려는 순간, 심장이 멎을 뻔했다. 분명히 비어 있던 옆자리에 성준이 앉아서 잠에서 깬 유니를 빙그레 웃으며 바라보고 있었던 것이다.

"잘 잤어?"

성준이 다정하게 물었다.

"뭐야! 언제부터 있었던 거야? 이륙할 때는 분명히 없었잖아!"

유니가 놀라서 작은 소리로 외쳤다.

"앞쪽에 앉아 있다가 왔어. 할아버지 출장길에 동행하는 거야."

성준이 장난스럽게 웃으며 덧붙였다.

"실은 할아버지 출장 계획을 유니 네 대회 스케줄에 맞추었거든."

성준은 할아버지와 퍼스트클래스에 앉아 있다가 유니를 보러 온 것이었다. 유니는 놀랐다는 듯 살짝 눈을 흘겼지만, 사실 마음속으로는 안도하고 있었다. 혼자서는 처음 가보는 외국이라 많이 긴장했었는데, 성준을 보니 한시름 놓이는 기분이었다.

JFK공항에 도착한 후, 성준은 할아버지와 함께 그들의 목적지로 향했다. 유니는 아버지가 예약해 주신 대회장 근처 숙소로 향했다.

아빠 규원은 할머니의 당부를 명심하고 있었다. '무조건 안전한 곳으로 호텔을 잡아야 한다'는 말씀 말이다. 그래서 유니 혼자 3일 동안 머물기에는 다소 호화스럽다고 생각될 정도의 멋진 호텔을 예약해 주셨다.

할머니가 함께 오려고 하셨지만, 유니가 굳은 의지로 만류했다. 이번만큼은 정말로 혼자 해내고 싶었던 것이다.

태어나서 처음 해보는 혼자만의 여행, 혼자만의 호텔, 그리고 혼자 도전하는 큰 대회.

호텔 방 창문으로 보이는 뉴욕의 화려한 야경을 바라보며, 유니는 가슴이 두근거리는 것을 느꼈다. 무서우면서도 설레는 마음이었다.

다음 날 행사장에 도착한 유니는 대회장의 어마어마한 규모에 압도되었다. 끝없이 펼쳐진 넓은 공간과 쏟아져 나오는 수많은 사람들을 보며 숨이 막히는 느낌이었다.

대회 시작은 오후 1시. 참가자들이 어림잡아 천 명은 넘어 보였다. 그 많은 사람들 모두에게 각자 정해진 자리가 있었고, 유니는 떨리는 마음을 억누르며 자기 자리를 찾아갔다.

자리에 앉아 눈을 감고 깊게 숨을 들이마셨다가 천천히 내쉬었다. 하지만 더 떨렸다. 대회는 이틀에 걸쳐 진행된다.

숙소로 돌아온 유니는 이모할머니가 전해주신 엄마의 선물을 꺼내 보았다. 가장 먼저 눈에 들어온 것은 포장지에서도 엄마의 향기가 느껴지는 편지였다. 편지봉투를 물끄러미 바라보던 유니는 열어 보기도 전에 눈물이 흘렀다.

'사랑하는 우리 아가 유니야, 바로 앞에서 너를 볼 수도, 만질 수도, 안아줄 수도 없어서 슬프고 아팠던 시간이 벌써 이렇게 많이 지났구나. 겉으로는 담담하고 씩씩하게 지내는 네 모습만 볼 수 있었던 엄마는 항상 우리 아가가 마음속으로 외롭지는 않은지, 슬프지는 않은지 무척 걱정되고 그리웠단다. 멀리서 너를 보고 온 날은 특히 더 그러했어.

너를 만나면 네가 더 많이 아플 것 같아서 차마 네 앞에 모습을 보일 수가 없었어. 그렇게 아픈 거나 슬픈 너를 만나게 된다면 엄마가 있는 곳으로 데려오고 싶은 마음을 도저히 자제할 수 없을 것 같았거든.

하지만 정말 너를 위하는 일이 어떤 것인지 판단이 서지 않아서 보낸 긴 시간들을… 이제 와서 생각해 보니 용기가 없어서 아깝게 흘려보내고 말았더구나. 어리석고 겁쟁이였던 엄마지만, 다행히 자주 너를 보러 갈 수 있었기에 정말 네가 힘들어한다면 납치라도 해올 각오로 지냈단다.

그때마다 온 신경을 집중해서 너를 살폈는데, 결코 편하지만은 않았을 너는 엄마보다도 안정되고 성숙한 모습으로 지내고 있더구나.

일할 때를 제외하고는 항상 너만 생각하던 엄마는 지금까지도, 그리고 앞으로도 온 삶의 중심이 우리 유니라는 걸 고백하고 싶구나.

이제 스물한 살이 된 우리 아가 유니야. 앞으로는 엄마가 너를 만나러 가는 일에 주저하지 않으려고 해. 그래도 되는지 네 허락을 받고 싶구나.

그동안 네가 무탈하고 건강한 모습을 볼 수 있게 해줘서 정말 감사했고, 너의 원망과 슬픔을 온 마음으로 받을 준비를 계속하고 있을게.

드디어 그동안 쌓아온 유니의 실력을 보여주는 날이구나. 너의 열정과 노력을 엄마는 항상 응원하고 있단다. 귀한 경험을 하고 돌아오길 기도할 게. - 엄마가.'

편지를 읽기 시작하며 흘렸던 눈물이 울음소리와 뒤섞여 있었다.

어쩌면 엄마가 원망스럽고 미웠을 수도 있었을 텐데, 다시는 보고 싶지 않았을 수도 있었을 텐데… 유니는 그러지 않았다. 오히려 나이가 들수록 엄마가 더욱 그리워지고, 이해하고 싶은 마음만 깊어졌다.

어렸을 적 엄마가 유니를 만날 때 느꼈던 기쁨과, 헤어질 때 아파했던 마음의 크기를 유니는 고스란히 기억하고 있었다.

엄마가 그럴 수밖에 없었던 이유가 있을 거라 생각했다. 엄마의 유니에 대한 사랑이 작아서가 아니라는 걸 확실히 알고 있었다.

엄마가 정말 많이 보고 싶을 때가 있었다. 그게 다였다. 너무 보고 싶어서 가슴이, 온몸이 아플 때가 여러 날 있었다. 하지만 열심히 키워 주시는 할머니 마음을 아프게 하고 싶지 않아서 유니 혼자 참고 견뎌내야 했다.

비록 떨어져 산 시간이 대부분이었지만, 유니는 늘 엄마가 그리웠고 자라면서 문득문득 이곳저곳에서 엄마의 관심과 애정을 느꼈던 적이 있었다. 편지를 읽고 나니 엄마가 정말로 자주 유니 곁에 계셨기 때문이었다는 걸 알게 되어 감사했다.

그리고 엄마의 슬픈 자식 사랑이 가여워서 자꾸만 눈물이 났다.

혼자 잠들고 혼자 일어난 타지에서의 이른 아침. 상쾌하게 샤워를 한 후 유니는 긴 머리를 단정하게 하나로 묶었다. 그리고 엄마가 보내주신 원피스로 갈아입고 거울 앞에 섰다. 각오에 찬 얼굴로 씩-하고 웃어보았다.

대회장으로 향하는 길에 성준이 전화를 걸어왔다.

"나도 대회장에 있을 테니 너무 긴장하지 말고 편하게 해!"

말이 편하지, 도저히 편안한 마음이 들지 않았다.

자기 자리에 도착한 유니의 참가번호는 382번이었다. 첫 번째 메이크업 주제가 주어지고 시연 시간은 40분. 메이크업 시연을 위한 모델들도 모두 주최 측에서 준비한 사람들이었다. 모델들을 포함하면 대회장에는 약 2천 명의 사람들로 가득 찼다.

첫 번째 관문에서는 총 1,000명의 참가자 중 250명이 남게 된다. 그 다음에 50명, 20명… 하루 동안 3번의 시연을 한 후 이틀째도 같은 형식으로 진행될 예정이라고 했다.

떨리긴 했지만 조금 자신도 있었던 유니는 당당하게 250명, 50명, 그리고 20명 안에 남았다.

만나고 싶다는 성준의 제안을 정중히 거절하고 숙소로 돌아온 유니는 저녁 일찍부터 잠자리에 들었다. 하루 종일 긴장을 많이 한 탓인지 그대로 깊이 잠들어 버린 유니가 일어난 시간은 다음 날 아침 7시였다.

오늘 대회 시작 시간은 오후 2시. 여유 있게 대회장에 도착한 후 첫 번째 주제가 주어지고 45분 후 10명을 선발했는데, 유니는 그 10명 안에 포함되었다.

유니는 너무너무 떨렸지만 최선을 다하고 있었다. 왜 그런지 알 수 없는 자신감과 기대감, 그리고 부담감이라는 감정들이 마구 교차하는 것이 느껴졌다.

다음 테스트 전 시연했던 것을 정리하기 위해 주어진 휴식 시간, 물건을 꺼내려고 잠깐 휴대폰을 들었다가 성준이 보내온 카톡을 보았다.

'유니야, 괜찮아? 많이 피곤하지?'

유니는 엄지척 이모티콘으로 답장을 대신했다.

그리고 가만히 앉아서 유니만큼이나 고생하고 있는 어제 처음 만난 모델에게 컨디션을 물어보았다. 쌍꺼풀이 있는 큰 눈의 여자 모델이었다.

그런데 큰일이었다. 다음 시연 시작 시간인 3시 30분까지 남은 시간 3분을 앞두고, 모델이 어제 잠을 설쳐서 졸음이 온다는 것이었다.

어떻게든 유니는 모델의 컨디션을 회복시켜야 한다고 생각했다. 마침 할머니가 청바지 주머니에 넣어 주셨던 '공진단'이 생각났다.

"이거 귀한 보약이에요"라고 설명하며 건네는데, 냄새를 맡아본 그 친구가 이상한 표정을 지으며 먹지 않았다.

다른 소지품은 가져올 수 없었지만 다행히 바지 주머니에 넣어둔 소중한 공진단. 유니도 별로 좋아하지 않았지만 특유의 강한 향 때문에 잠을 쫓기에는 안성 맞춤일 텐데. 앞에 있는 친구가 경계해서 절대 먹어줄 기색이 보이지 잃자 유니가 먹어버렸다.

졸기라도 하면 큰일인데. 원피스 주머니 속에 있던 텐텐 영양제를 바쁘게 한 번 더 권해 봤더니 이번에는 받아주었다.

"잘 부탁드려요"라고 작고 부드럽게 말한 후, 유니는 최대한 긴장을 유지할 수 있도록 모델의 상태를 살피며 과제를 완성해야겠다고 생각했다.

이제 2번의 테스트가 남아 있었다. 또 한 번의 주제가 발표되고 앞으로 45분을 알리는 시계가 대회장 정면 벽에 표시되었다.

긴장 속에서 시연하는 시간이 흘러가고, 각 구역의 심사위원들은 시연하는 참가자들에게 다가가 일일이 확인하며 채점을 했다.

그리고 최종 6명의 번호를 호명했다.

"No.582, No.321, No.155, No.07, No.8…."

유니의 번호가 호명되지 않은 채로 지나갔다. 유니의 어깨가 내려가던 순간이었다.

"Oh I'm sorry, No.382!"

마이크를 통해 들려온 사회자의 목소리, 놀람과 동시에 안도한 유니는 순간 식은땀이 났다. 그리고 다리에 힘이 풀리는 느낌이 들었다.

오후 4시 30분, 이제 마지막 테스트를 치르기 전 30분의 휴식 시간이 주어졌다. 다행이었다.

같은 시간, 차원의 틈새에 존재하는 '시공의 미궁'.

샤로니는 고풍스러운 성을 개조한 의상제작 기숙학원의 아틀리에에서 섬세한 레이스를 한 땀 한 땀 꿰매고 있었다. 유니가 메이크업 아티스트로서 꿈을 키워가는 모습을 보며, 자신도 전문성을 갖고 싶어 전 세계에서 단 20명만을 선발하여 코스믹 타임으로 100년간 수련하는 이 특별한 과정에 지원했던 것이다.

'라 메종 드 쿠튀르'의 규칙은 엄격하고 철저했다. '외부와의 연락 일체 금지. 오직 창작에만 몰두할 것.' 새벽 5시부터 밤 11시까지, 다만 그 어려운 과정을 마친 사람은 수료하면서 부터 의상제작 기술을 인정받는 장인으로서 첫발을 딛게 되는 것이다. 90년째 수련을 하고 있던 샤로니는 꽤 지친 모습으로 빈티지 재봉틀 앞에 앉아 자신만의 드레스를 완성해 나가고 있었다.

단단히 각오를 하고 시작한 일이었지만, 라 메종 쿠뛰르에서의 생활은 상당한 인내와 노력, 연습이 요구되었다.

지칠대로 지친 모습의 샤로니, 오늘따라 바늘땀이 자꾸 흐트러졌다. 이상했다. 손에서 이상한 떨림이 느껴졌고, 가슴 한편이 묘하게 답답했다.

"집중해, 샤로니…."

그녀는 중얼거리며 다시 바늘을 들었다. 바로 그 순간이었다.

갑자기 아틀리에의 공기가 일렁이기 시작했다. 다른 학생들은 아무것도 느끼지 못하는 듯했지만, 샤로니의 눈에는 보였다 공중에 무지갯빛 균열이 생기며 어딘가로 통하는 포털이 열리고 있는 것을.

"이건… 뭐지?"

포털 너머로 환상적인 공간이 보였다. 무지갯빛 크리스털들이 떠다니고, 거대한 나선형 마법진이 돌아가고 있는 신비로운 차원이었다.

"선택받은 자여…."

눈앞에 놓인 거대한 보라색 오브의 목소리가 포털을 통해 울려 퍼졌다.

"네가 인간 세계에서 갈고 닦은 창조의 기술이… 곧 진정한 정령의 힘과 하나가 될 때가 왔다…."

샤로니는 놀라 뒤로 물러섰다. 하지만 포털은 점점 더 커지며 그녀를 끌어당기고 있었다.

"유니를 돕고 싶다면… 잠시 수호 정령으로 각성해야 한다…. 네가 배운 의상 제작의 기술과 운명의 실을 엮는 고대의 힘을 결합하여…."

"유니? 유니에게 무슨 일이?"

샤로니는 급히 손에 들고 있던 바늘과 실을 가방에 넣었다. 직감적으로 알 수 있었다. 유니가 위험에 처해 있다는 것을.

"다른 학생들에게는… 어떻게 설명하지?"

하지만 이미 포털이 그녀를 완전히 감쌌다. 샤로니는 인간 세계의 기숙학원에서 시공의 미궁으로 순식간에 이동했다.

마법진의 중심에 도착한 샤로니 주위로 은빛 나비들이 날아다니기 시작했다. 그런데 신기한 일이 일어났다. 그녀가 기숙학원에서 배운 바느질 기술들이 공중에 황금빛 실로 나타나며 고대 정령들의 운명의 실과 하나씩 엮이기 시작한 것이다.

여전히 얼떨떨한 샤로니를 향한 정령의 목소리.

"이제 이해할 수 있겠나…."

보라색 오브가 만족스럽게 빛났다.

"인간 세계에서 사용할 수 있는 수련이 헛되지 않았구나. 너는 아직 느끼지 못하지만 창조의 기술과 너의 마법의 힘이 완벽하게 조화를 이루고 있다."

샤로니는 운명의 실로 엮은 반투명한 날개를 펼치며 자신의 새로운 능력을 깨달았다. 그녀는 이제 마법으로 현실을 바꿀 수 있을 뿐만 아니라, 라메종 쿠뛰르에서 사용하던 운명의 실을 도구로 사람들에게 특별한 힘을 부여할 수도 있게 될 것이다.

저녁 5시, 마지막 6인의 아티스트들이 실력을 겨루는 결정의 순간이다. 유니가 다시 크게 심호흡을 한 후 자기 자리로 돌아왔다. 그사이 자리는 깨끗이 정리되었고 6명의 참가자들을 위한 장소가 새롭게 정비되어 있었다.

최종 시연 주제가 주어지고 제한 시간은 30분. 이번에는 지금까지 화려하게 했던 것과는 달리 피부 표현이나 깨끗한 라인 표현이 포인트가 되는 테스트였다.

그동안 유니가 가장 신경 쓰며 연습했던 부분이다.

유니는 다시 눈을 감았다. 그리고 천천히 알아차릴 수 없을 정도의 미묘한 명암부터 표현해 나가기 시작했다.

그런데 시연 시간 10분을 남기고 참을 만큼 참았던 모델이 졸면서 끄덕이기 시작했다.

유니는 검지로 살짝살짝 모델의 이마를 건드렸다. 상대방에게 실례가 되지 않도록 조심스럽게 모델의 잠을 깨우면서 기도하는 마음으로 집중해 나갔다.

그런데 마지막 남은 아이라인 한쪽을 그리는 순간, 모델이 크게 '꾸벅' 해버렸다.

순간 놀란 유니가 최대한 위쪽을 향해 손의 힘을 빼면서 눈을 감았다. 그리고 천천히 모델의 얼굴을 보았다.

"세이프⋯."

속으로 생각했던 말을 유니가 입 밖으로 내뱉었다.

모델도 자신이 끄덕일 때 놀랐는지 자세를 고쳐 앉고 눈을 감았다.

"3분 전입니다."

마이크 소리를 듣고 손에 쥐고 있던 아이라이너를 책상에 조용히 두었다. 천만다행으로 아이라인이 전혀 실수한 것 같지 않게, 오히려 깔끔하게 그려져 있었다. 유니가 본능적으로 아이라이너를 잡고 있던 손에 힘을 뺀 것이 신의 한 수였다.

그리고 곧 종료를 알리는 부저 소리가 울렸다.

최종 수상자 발표 시간은 마지막 시연이 종료된 1시간 후였다.

심사를 기다리는 동안 10회째를 맞는 이 대회의 우승자들이 현재 어디서 어떤 일을 하며 지내는지를 모니터로 보여주었다.

몇 년 전 생긴 유명한 화장품 회사의 CEO도 있었고, 대형 엔터테인먼트 회사에서 분장팀을 이끄는 사람도 있었다. 세계적인 모델 에이전시의 중역을 맡고 있는 사람도 있었고, 패션 관련 회사를 운영하는 사람도 있었다.

심사 시간이 이어지며 가끔 관중석에 있는 관객들의 얼굴을 대회장 모니터에 스쳐 지나가듯 보여주고 있었다. 순간, 유니가 아는 사람이 보였던 것 같았다.

드디어 수상자를 발표하는 시간이 되었다. 6명의 참가자들은 앞자리에 모두 앉아서 대기했다.

"자, 여러분 오래 기다리셨습니다. 그럼 심사 결과를 지금 바로 발표하겠습니다."

"Entry No.7번… 3등."

유니가 머리가 짧고 피부가 까무잡잡한 참가자를 보며 미국인일까라는 생각을 하고 있을 때였다.

"Entry No.581, No.382 단상 위로 올라와 주세요."라는 소리가 들렸다.

다시 한번 안도한 유니였다. 어쩌면 유니는 자신이 이 정도까지는 당연히 올라올 거라고 예상했던 사람처럼 보였다.

다른 번호의 참가자가 단상으로 먼저 올라갔다. 프랑스 국기를 등에 붙인 키가 크고 늘씬한 참가자였다.

유니가 단상을 향해 걸어가다가 아무래도 긴장한 탓인지 자신의 다리에 걸려서 중심을 잃었다. 대리석처럼 반짝이는 대회장 바닥은 넘어지면 큰 부상을 입을 터였다.

바로 그 순간, 완전히 각성한 샤로니가 시공의 미궁에서 대회장으로 순간이동 했다. 하지만 다른 사람들에게는 보이지 않는 상태였다.

샤로니는 재빨리 마법으로 운명의 실을 엮어 유니 주변에 보이지 않는 커다란 쿠션을 만들었다.

"괜찮아, 유니야."

유니는 넘어졌지만 부드럽게 착지하였고, 다치지 않을 수 있었다.

샤로니가 유니의 귀에만 들리는 속삭임을 보냈다.

유니는 깜짝 놀라며 주위를 둘러봤지만, 샤로니의 모습은 보이지 않았다. 하지만 마음이 한결 편안해졌다.

"잘했다…." (여자 정령의 목소리)

보라색 오브가 따뜻하게 빛났다.

"이제 각성의 마지막 단계만 남았다. 하지만 선택해야 한다."

"무슨 선택이요?"

"지금 당장 유니 곁으로 돌아갈 것인가… 아니면 수련으로 각성을 완료하여 평생 그녀를 지킬 수 있는 진정한 힘을 얻을 것인가…."

무엇이든 가능한 마법의 힘, 수련과정에 지쳐있던 샤로니는 잠시 망설였다. 하지만 방금 전 유니를 도운 경험으로 깨달았다. 유니를 돕기만 하는 마법은 반쪽짜리 힘이었다. 유니는 태어나서 처음으로, 이 먼 나라까지 홀로 와서 최선을 다하고 있는 중이었다.

본인 스스로 선택한 전공이자 직업인 메이크업 아티스트 로서 자신의 실력을 평가받고 인정받기 위해서였다. 그렇게 함으로써 자기 스스로에게는 물론 유니를 믿고 하고싶은 일을 하도록 도와주신 가족들에게 믿음을 드리고 싶었기 때문이었다.

샤로니는 생각했다.

나 스스로를 온전하게 하는 과정을 완료하는 것이야말로 유니 옆에서 당당하게 살 수 있는 진정한 힘을 갖추는 것이라는 걸, 그리고 남아있는 수련시간을 이어가기로 결심했다.

멋진 사람 옆에 또 멋진 사람, 지구별 절친 유니에게 샤로니는 그런 사람이고 싶었다.

"각성을 완료하겠습니다."

그 순간, 투명한 스크린이 펼쳐지고 지금까지 배운 모든 창조의 기술이 정령의 고대 마법과 완전히 융합되는 미래가 보였다. 샤로니가 결심한 수행을 통해 갖을 수 있었던 창조의 기술, 이제 운명의 실로 특별한 의상을 만들어 사람들에게 용기와 행운을 선사할 수 있는 진정한 수호정령이 될것이다. 유니가 수행으로 견뎌낼 코스믹 타임(cosmic time) 100년은 지구별에선 찰나에 불과했다.

6. 그렇게 살고 싶어요

관중석에서 박수소리가 터져 나왔다. 넘어진 유니가 부끄러워할까 봐 보내준 응원의 박수였다. 아마 참가자 관중석에 있는 성준이 먼저 시작해 준 것이 분명했다.

유니는 좀 창피했지만, 툭툭 털고 일어나 걷기 시작했다.

유니가 단상에 오르고 나자 사회자가 두 사람에게 질문을 했다.

"왜 메이크업에 관심을 가졌고, 어떻게 시작하게 되었는지 한 분씩 설명해 줄 수 있나요?"

사회자가 먼저 와 있던 581번에게 마이크를 전달했다.

"저는 아주 어렸을 때부터 아름다운 것을 좋아했고, 항상 패션쇼나 TV, 뮤지컬 등을 보면서 배우들에게 멋지게 분장을 해주는 일에 관심이 많았습니다. 저는 제가 패션 감각이 뛰어나다는 것을 잘 알고 있어요. 앞으로 더욱 열심히 노력해서 유명한 탤런트나 배우들에게 메이크업을 해주어 그들을 더 빛나게 하고 싶습니다. 또한 저 자신은 유명한 인플루언서가 되어서 전 세계를 누비며 일하는 것이 앞으로의 계획이고 꿈입니다."

먼저 말한 그 친구의 목소리는 매우 컸지만 떨리고 있어서, 듣고 있는 유니가 더 긴장하게 되는 것 같았다.

유니에게도 마이크가 넘겨졌다.

"저는 테마파크에서 어린이들이 즐거워하는 경험을 도우면서, 그 아이들이 자신감을 갖게 되는 것을 지켜보았습니다. 저는 그런 제 일이 좋았고, 9년 동안 거의 매일 2시간씩 메이크업 연습을 하고 있습니다. 그곳에 방문하는 어린이들은 여러 다양한 형태의 가정에서 살고 있었고, 활발한 어린이는 활발한 어린이대로, 소심한 어린이는 소심한 어린이대로 평생에 한 번뿐일 소중한 추억을 만드는 일에 참여하고 있습니다. 오늘 대회는 굉장히 떨렸지만 그동안 꾸준히 연습했던 것을 보여드릴 수 있어서 기쁘게 생각합니다."

사회자가 다시 질문했다.

"두 분 모두 지금 학생 신분이죠?"

"네."

"대학을 졸업한 후에 좀 더 구체적인 계획이 혹시 있나요?"

먼저 581번이 답했다.

"네, 물론이죠! 저는 제 이름에서 비롯된 저만의 샵을 오픈할 예정입니다. 앞으로 저에게 메이크업을 받기 위해서는 꽤 비싼 비용을 지불해야만 가능할 거예요."

처음과는 다르게 자신에 찬 웃음을 보이면서 말했다.

"제가 그런 시스템을 만들 계획이고요. 저는 샵을 확장하고 브랜드를 탄탄히 해서 시간적으로 여유가 있으며 부유한 사람이 되고 싶다고 생각합니다. 저는 점점 더 실력을 키워 하루에 딱 한 사람만 메이크업을 해주는 사람으로 유명해질 거예요. 세계의 유명한 호텔에는 제가 설립한 메이크업샵이 들어가 있을 거고요. 저에겐 그런 뒷받침을 해 주실 든든한 부모님이 계시니까요."

대회가 끝나고 인터넷에서 본 내용에 의하면 581번은 해외 유명 호텔 체인 사업을 하는 사업가의 딸이었다.

"네, 그렇군요. 멋진 분이 될 것 같습니다. 자, 다음은 382번."

유니가 깊게 숨을 들이마시고 말하기 시작했다.

"저는 대학을 졸업하면 저와 같이 메이크업을 배우고 싶어 하는 학생들에게 교육을 해줄 수 있는 사람이 되고자 합니다. 사회 구성원으로서 뭔가 잘할 수 있는 일을 찾아야 하는 사람들에게 도움이 되고 싶어요."

유니의 목소리에 따뜻함이 깃들었다.

"저는 예뻐지는 경험을 좋아하는 아이들과 가족체험을 소재로 2년 전부터 요정들이 등장하는 책을 쓰고 있습니다. 제가 근무하는 샵에서는 스킨과 로션 같은 기초 화장품을 구입해서 어린이들이 분장을 하기 전에 사용 해주고 있는데요. 나중에 요정들 캐릭터를 패키지 디자인에 활용한 안전하고 향이 좋은 스킨과 로션 그리고 어린이용 헤어 샴푸를 직접 제조하고 싶습니다. 그리고 체험을 마친 어린이들이 돌아갈 때 선물로 보내주고 싶어요. 그럼 샴푸를 할 때마다 아이들에게 행복했던 기억을 소환시켜 줄 거라고 믿으니까요. 그리고 너무 멀어서 직접 와볼 수 없는 어린이들에게는 유튜브 등을 통한 간접체험과 제품으로 이용해 봄으로써 프린세스 체험에 대한 상상을 해 볼 수 있도록 제안할 수 있을 것 같습니다. 세상에는 보편적이지 못한 환경에서 태어나고 자라는 도움이 필요한 아이들이 많습니다. 세상의 많은 어린이들에게 사랑받는 제품을 만드는 회사를 경영하고 싶다고 생각해요. 그럼 혼자 할 때 다른 사람에게 줄 수 있었던 도움이 10배, 100배로 커질 테니까요. 저는 저보다 더 나이가 어린 친구들의 편안한 성장에 관심이 많습니다."

관중석이 조용해졌다.

"화장품 케이스 하나하나가 굉장히 예쁘고 소중해서 리필 제품만 구입해서 오랫동안 사용하고 싶도록 하는 것, 저는 그런 회사를 세우고 운영하고 싶습니다. 가치와 교환한 회사의 이익이 소비자에게는 더 좋은 제품으로 환원되고 근무자들에게 공평하게 나누어지도록 하는 건 회사를 운영하는 사람의 책임감 있는 행동이라고 생각합니다."

유니의 목소리가 더욱 단단해졌다.

"저는 학교 공부가 싫어서 지금의 일을 선택한 것이 아닙니다. 공부보다는 지금의 제 일을 할 때 더 잘하고 싶고 행복했기 때문입니다. 저는 매일 2시간의 연습 시간을 갖습니다. 저는 메이크업하는 것이 직업인 사람으로서 처음 시작하는 학생들도 매일 2시간씩 1년만 투자한다면 사명감을 가지고 할 수 있을 거라고 생각합니다. 특히 우리가 하는 일이 바로 그 행복한 사명감을 가질 수 있는 직업이란 걸 알려주는 사람이 되고 싶습니다. 그리고 저의 직업에 대한 성실함과 달란트로 이 일에 종사하는 분들의 직업적 위상을 높이는 일에 기여할 수 있도록 노력하겠습니다."

관중석에서 큰 박수가 터져 나왔다.

유니는 미리 그렇게 말하려고 연습이라도 한 것처럼 유창한 영어로 말했다.

한국에서는 큰 키에 속하는 유니지만, 전 세계 사람들이 모인 대회장에서는 상대적으로 왜소해 보였다. 하지만 균형 잡힌 체형에 단정하게 정리된 예쁜 얼굴과 긴 머리는 조명을 받아 빛이 났고, 엄마가 손수 제작해 주신 화이트 원피스는 유니를 더욱 아름답게 보이게 했다.

사회자가 시간을 벌듯 추가 질문을 던졌다.

"두 분 모두 구체적인 계획을 갖고 계시군요. 581번, 누구와 함께 왔나요?"

"부모님과 왔어요."

"382번은요?"

"혼자 왔습니다. 하지만 대회장 어딘가에 친구가 있을 거예요."

유니의 대답에 관중석에서 성준이 살짝 손을 흔드는 모습이 카메라에 잡혔다.

참가자 가족석이 아닌 곳에서 유니 모르게 손에 땀을 쥐고 지켜보는 이들이 또 있었다.

샤로니와 루카스였다. 두 사람은 자신들의 뉴욕 방문을 유니가 알 수 없도록 비밀에 붙였었다.

그런 생각을 할 유니가 아니라는 건 알았지만, 혹시라도 너무 떨리는 유니의 마음이 샤로니에게 의지하고 싶어지는 걸 우려해서였다.

두 사람은 유니의 참가번호와 이름이 불릴 때마다 속으로 탄성을 지르고 있었다.

"이 대회가 끝나면 가장 먼저 무엇을 하고 싶은가요? 581번부터요."

"엄마, 아빠와 근사한 장소에 가서 저녁 식사를 할 거예요. 와인도 마시고요. 긴장을 풀고 싶으니까요."

"382번은요?"

"저도…." 유니가 잠시 망설였다. "엄마가 보고 싶을 것 같아요."

순간 울컥했던 유니는 얼굴 근육에 힘 주어 만든 웃는 입으로 눈물을 이겼다. 울고 싶지 않아서였다.

사실 그 자리에 유니 엄마가 와 있었다. 유니 엄마도 눈물을 훔치고 있었다. 바로 그 순간, 참가자 가족들의 자리를 비춰주던 카메라에 유니 엄마의 모습이 스쳐 지나갔고, 유니가 그걸 놓치지 않고 보았다.

'설마… 정말 엄마일까?'

그동안 이 대회에서 우승한 사람들은 전 세계에서 선한 영향력을 발휘

하고 있다는 사회자의 소개가 끝나고, 심사위원들이 모든 심사를 마쳤다.

"자, 이제 우승을 발표하겠습니다."

유니의 심장박동이 바로 귀 옆에서 뛰고 있는 것 같았다.

"우승은…."

모두가 숨죽인 듯 고요했다.

"참가번호 382번, Yooni Lee!"

이름이 불린 순간 유니는 눈을 꼭 감고 두 손을 모아 쥐었다.

'정말일까? 꿈이 아닐까?'

전 세계에서 온 기자단들의 플래시가 터지기 시작했다. 메이크업 아티스트 분야에서 가장 권위 있는 대회의 우승자가 된 것이다.

3억 원의 상금과 트로피를 받은 유니에게 사회자가 마이크를 건넸다.

"이 기쁨을 누구와 함께 나누고 싶나요?"

유니가 깊게 숨을 쉬었다.

"한국에 계신 저의 할머니, 할아버지, 아빠, 삼촌, 그리고 순영 씨에게 이 소식을 빨리 전하고 싶어요. 꾸준히 아르바이트를 하며 행복하게 실력을 키울 수 있게 해준 테마파크의 어린이들에게 특히 감사를 느낍니다."

유니의 목소리가 떨리기 시작했다.

"그리고… 부모님이 이혼하시고 약 8년 동안 어머니를 만날 수 없었습니다. 제 어머님이… 지금 이곳에 와 계신 것 같은데…. 엄마, 딸로 낳아 주셔서 감사했고 지금 이 행복을 전해드리며 축하받고 싶습니다."

관중석이 웅성거렸다.

"어머님과 8년 동안이나 만나지 못했나요?"

"네."

"지금 그 어머니가 이곳에 와 계신가요?"

"네, 아마… 그런 것 같습니다."

"약속을 했거나 미리 알고 있었나요?"

"아닙니다. 아까 모니터에 비춰진 모습을 카메라가 이동할 때 잠깐 본 것 같습니다."

사회자가 관중석을 향해 말했다.

"여러분, 혹시 이 참가자의 어머님이 계시다면 잠시 일어나 주시겠습니까?"

성준이 웃으며 손을 들어 박수를 쳐 보였다. 그리고 카메라가 바로 옆자리의 미소 가득한 얼굴로 울고 있는 유니 엄마를 클로즈업했다.

정말 엄마였다. 두 손으로 입을 막은 유니는 어깨가 들썩일 정도로 소리 없이 울기 시작했고 관중석 전체에서 박수가 터져 나왔다. 엄마도 유니도 눈물을 흘리고 있었지만, 서로를 향한 대견함과 고마움으로 감격스러운 순간을 마주하고 있었다. 전광판의 울고 있는 아름다운 모녀를 따라 사람들이 울고 있었다.

"정말… 감동적인 순간입니다. 축하드립니다!"

"우승자는 3억 원의 상금과 뉴욕시 주최 패션행사 VIP 초대, 그리고 IMK 전 상품을 1년간 사용할 수 있는 혜택이 주어집니다. 한국에서 온 그랑프리 수상자 '유니 리', 이분과 어머니에게 큰 축하와 격려의 박수를 부탁드립니다. 다시 한번 축하드립니다!"

대회장을 나오자 눈동자가 하트로 변해버린 성준이 유니 엄마와 함께 유니를 기다리고 있었다.

눈물범벅이 된 얼굴의 샤로니와 그 모습을 재밌어라 지켜보는 루카스도 함께였다.

엄마한테 빨리 오고 싶어서 서둘렀던 유니 눈에 제일 먼저 들어온 사람은 샤로니였다.

그리고 두 사람은 샤로니는 유니가 되고 유니는 샤로니가 된 것 같은 신기한 느낌을 받았다. 그만큼 서로를 걱정하고 의지하고 있었기 때문인가 보다.

샤로니는 대회 내내 유니의 이름이 불리지 않을까 봐 노심초사 긴장했었다.

낯선 곳 뉴욕에서의 샤로니, 루카스와의 만남은 샤로니의 극심한 피로로 금세 헤어져야 했다.

샤로니를 배웅하던 유니를 지그시 지켜보던 엄마와 눈이 마주친 유니는 무슨 말을 먼저 해야 할지 망설였고 그건 엄마도 마찬가지였다.

서로를 너무너무 보고 싶어 했던 두 사람, 유니와 엄마는 조금 어색하지만 사랑이 가득한 눈으로 그저 바라보고 있었다.

8년이라는 세월이 무겁게 느껴지려던 순간, 엄마에게 다가가 안긴 유니 덕분에 헤어져 있었던 긴 시간도 이들의 만남에 장애가 되진 않았다.

두 사람은 서로를 꼭 안아주었다.

말하지 않아도 그동안의 모든 것이 이해되는 듯한 순간이었다. 서로의 아픔, 그리움, 사랑이 모두 전해지는 한참 동안의 포옹을 아무도 방해하지 않았다. "엄마… 정말 보고 싶었어요."

"우리 딸, 정말 장하다. 엄마가 더 보고 싶었어."
애써 눈물을 참고 있던 성준도 말했다.
"자, 이제 축하 파티를 해야죠! 유니가 세계 챔피언이에요!"
세 사람 모두 웃음과 눈물이 뒤섞인 얼굴로 서로를 바라보았다.
이 순간, 유니는 깨달았다. 진짜 우승은 트로피가 아니라 사랑하는 사람들과 함께하는 이 순간이라는 것을.
그날 저녁은 성준과 유니가 엄마가 계신 호텔로 가서 식사를 했고 함께 시간을 보냈다.
유니가 궁금해서 물어보았다.
"성준아, 엄마랑 어떻게 함께 있게 된 거야?"
"대회장에는 각 참가자별로 4자리씩 가족 좌석이 있었거든. 어머니께서 입장하실 때 유니의 참가번호와 이름을 말씀하시는데, 뒤에서 듣고 있던 내가 직감적으로 '아, 유니 엄마시구나' 했지."
세 사람은 대회 진행 동안 있었던 조마조마했던 순간들을 이야기하며, 좋은 결과에 진심으로 감사해했다.
한참 즐거운 시간을 보내고 각자의 호텔로 돌아갈 시간이 되었을 때 엄마가 조심스럽게 말했다.
"유니야… 엄마가 오늘은 유니랑 함께 있고 싶은데, 그럼 안 될까?"
유니가 잠시 고민하다 고개를 끄덕였다. 진심으로 그렇게 하고 싶었다. 한동안 서로 눈을 감아도 떠도 보고 싶었던 사람들이었으니까.
엄마의 숙소는 넓고 쾌적했다. 성준을 배웅하고 나서 유니와 엄마는 한 번 더 깊은 포옹을 했다.
"하루 종일 피곤했을 텐데, 유니 먼저 목욕하는 게 좋겠지?"

"네 감사해요 엄마."

엄마가 욕실로 물을 받으러 가는 사이, 유니의 눈에 엄마의 아이패드가 들어왔다. 메시지가 와서 화면이 밝아진 모양이었다.

자기도 모르게 쳐다본 유니는 다시 한번 감동했다. 아이패드 화면의 배경이 유니의 아주 어렸을 때 사진이었다. 어릴 때 무척 좋아하던 소라색 원피스를 입고 있던 그 사진. 오사카에서 미아가 되었을 때 입고 있던 옷이기도 했다.

아이패드의 유니 사진은 다시는 유니를 놓치거나 잃어버리지 않겠다는 엄마의 다짐이었는지도 모른다.

다시 한번 확인받은 엄마의 사랑에 마음이 따뜻해진 유니는 목욕을 마치고 먼저 잠이 들었다.

엄마는 유니를 바로 옆에 둔 오늘 밤은 잠을 자지 않아도 될 것 같았다. 유니가 자신을 미워하거나 거부하지 않고 받아주었다는 안도감과 행복감, 그리고 감사함이 가슴 가득했다.

이제 아가씨가 되어 버린 유니 옆에서, 그리워서 가슴이 터질 것 같았던 꼬마 유니를 떠올리며 조심스럽게 사랑을 가득 담아 머리를 쓰다듬어 주었다.

다음 날 유니는 엄마와 곧 만나기로 약속을 하고 인천행 비행기를 탔다. 공항에는 할머니와 아빠가 마중 나와 계셨다. 그리고 조금 떨어진 곳에 윤정 아줌마도 있었다. 유니는 살짝 목례를 했다.

친하지 않은 사람과 함께 탄 차 안은 어색함이 공기를 모두 삼켜버린 것 같았다.

집에 도착해 차에서 내렸을 때, 주차장까지 내려와 계시던 할아버지가

대환영을 해주었다. 평소라면 9시에 주무셨을 할아버지는 12시가 다 될 때까지 유니를 기다리고 계셨던 거다.

"아이고 우리 강아지, 고생이 많았지? 얼마나 긴장하고 떨렸을꼬."

삼촌도 집에 와 계셨다.

"어이, 유니 리~ 너무 멋진 거 아냐? 삼촌한테 뭐 필요하거나 부탁할 거 없나?"

"감사해요 삼촌, 그런데 너무 배가 고프고 피곤해요."

"어머나, 내 정신 좀 봐. 밥 먹자."

할머니께서 서둘러 부엌으로 향하셨다.

전복죽이었다. 전복죽을 크게 한 숟가락 입에 넣었을 때 유니는 비로소 집에 돌아온 실감이 났다. 편안함을 동반한 피로감, 그 달콤한 노곤함.

침실로 와서 잠들 준비를 마치고 침대로 왔다. 침실 책상 위에는 아름다운 드레스가 놓여 있었다. 무지갯빛 실로 정교하게 수놓아진, 엄마가 만든 드레스와는 또 다른 이 세상 어디에서도 볼 수 없는 특별한 드레스였다.

드레스 옆에는 작은 쪽지가 있었다.

'축하해, 유니야. 너 진짜 해내고 말았어. 앞으로 무대에서 더 빛날 너에게 이 드레스가 용기와 행운을 가져다주면 좋겠다. 항상 네 곁에 있을게. - 샤로니.'

유니는 드레스를 입어 보았다. 마법처럼 완벽하게 맞았고, 입는 순간 온몸에 따뜻한 에너지가 흘렀다.

거울 속 유니의 뒤편으로, 찰나의 순간 샤로니의 미소가 반짝였다가 사라졌다.

유니는 알았다. '라 메종 드 꾸띠르'에서 새로운 도전을 시작한 샤로니가 어디에서 무엇을 하고 있든, 자신을 지켜보고 있다는 것을. 그리고 이제 둘 다 각자의 분야에서 자기가 좋아하고 잘하는 일로 진정한 전문가가 되는 일에 한 걸음씩 더 가까이 다가가고 있다는 것을.

침대에 누운 유니는 카메라가 이동하며 보여줬던 엄마 얼굴을 생각했다.

그날은 그냥 엄마 생각만 하며 잠들기로 마음먹었다. 이제는 그리움이 아니라 따뜻한 사랑의 기억으로.

7. 퇴사 권고

며칠이 지나고 또 토요일, 프린세스샵에 나간 유니는 뭔가 분위기가 이상함을 느꼈다.

함께 근무하는 혜원 언니가 조심스럽게 말했다.

"유니야, 소문 아직 못 들었지…? 프린세스샵을 야야 엄마가 인수해서 직원들이 좀 바뀔 거라는 얘기가 있어."

그 얘기를 들은 유니는 가슴이 철렁했다. 더 이상 프린세스샵에서 일을 못할 수도 있겠다는 생각이 들었다. 그동안 있었던 일로 야야가 유니를 좋아하지 않는다는 것쯤 알고 있었으니까 말이다.

퍼레이드가 끝난 오후 3시는 프린세스샵이 가장 한가한 시간이었다. 프리미엄 라운지에서 새로운 시즌의 메이크업 시안을 그리기 시작한 유니를 찾아온 사람이 있었다.

야야의 엄마였다.

"네가 유니니? 네 실력은 들어서 잘 알고 있지만, 다음 주부터는 근무를 나오지 말아줬으면 좋겠다."

야야 엄마의 목소리는 차갑고 단호했다.

"내가 친한 사람에게 이 샵 인수를 부탁해 두었거든. 곧 여기는 야야네 가족이 운영하게 될 거란다. 너 때문에 우리 야야가 너무 스트레스를 받고 힘들어하니 이해해 주길 바란다. 넌 왜 직장에서 연애를 해서 남의 속을 썩이는 거니?"

단어는 '이해하라'고 했지만, 말투는 매너 없고 냉정한 명령이었다.

"네… 그렇게 하겠습니다."

유니는 협상의 여지가 없다고 생각했다. 출근할 때부터 느낀 어쩔 수 없겠다는 생각이 현실이 된 거였다.

그때였다. 프린세스 라운지 직원의 에스코트를 받으며 들어오는 사람이 있었다.

"누구신데 우리 직원과 계시죠?"라고 말하는 사람, 유니가 고개를 돌려 보니 엄마가 서 있는 것이 아닌가?

"댁은 누구시죠? 이 샵은 내가 운영하게 될 거예요!"

야야 엄마가 당당하게 말했다.

"그런 결정은 아무도 내린 사람이 없는데요?"라고 말한 유니 엄마에게 답답하다는 듯한 표정으로 야야 엄마가 말했다.

"처음 본 사람이 무슨 이유로 여기까지 들어와 이러는지 모르겠네요. 이곳은 제가 지인을 통해 의뢰한 매매가 곧 성사를 앞두고 있어요."

그 말은 들은 유니 엄마가 동그란 1인용 소파에 앉으며 말했다.

"누구하고 하신 말씀인지 몰라도 그런 일은 없을 겁니다."

야야 엄마는 테마파크의 상점 배정 담당자와 친한 사이였고 야야를 위해 샵을 인수해서 유니를 다시는 테마파크에 못 나오게 하려는 심산이었다. 그 담당자로부터 프린세스샵의 운영자가 외국에 살고 있는 일본인이고 관리하기 힘들 테니, 권리금만 넉넉하게 지불한다면 인수하는 데 문제없을 거라고 들었던 말을 믿고 있었다.

그러나 드레스샵 인수는 이루어지지 않을 운명이었다. 야야네는 패밀리레스토랑과 미용실을 여러 곳에서 운영하는 부자였지만, 일본에서 아버지가 하시던 의상제조업과 부동산 사업으로 성공한 유니 엄마는 그보

다 훨씬 더 영향력이 있는 사람이었다.

샵을 넘길 이유도 넘길 마음도 전혀 없었다.

"이 샵은 유니와 근무자들의 공간입니다. 물론 앞으로 야야 때문에 근무자들이나 유니에게 불편한 일이 생기지도 않을 거고요."

유니 엄마의 목소리는 단호하면서도 품격이 있었다.

"이곳에서 하는 일이 하루아침에 돈으로 사서 할 수 있는 일이라고 생각한 것 자체가 운영자로서 결격사유라고 생각합니다. 제가 승인하지 않은 일에 대해 그런 얘기를 듣게 되어서 매우 불쾌하고 유감입니다. 이 건에 대해 거론되는 일은 두 번 다시 일어나지 않을 것이니, 실례지만 그리 알고 돌아가 주시면 감사하겠습니다."

"아니 도대체 당신이 뭔 데 그렇게 얘기하는 거죠?"

"제 딸에게 언짢은 말을 한 듯한 그쪽에게 자기소개까지 할 필요가 있을까 싶지만 전 프린세스샵의 운영자입니다."

유니는 눈앞에서 일어나는 일 때문에 어리둥절했고,

"뭐야 일본인이라더니 한국 사람이었어? 게다가 이 아이의 엄마라는거야?"

혼자 말을 하던 야야 엄마도 진심으로 놀란 얼굴로 허둥지둥 자리를 떠났다.

'이 프린세스샵의 대표가 엄마였다고?' 믿기지 않았지만 유니는 무엇보다 프린세스샵에 계속 나올 수 있게 된 것에 한시름 놓았다.

두 눈이 동그래진 유니와 함께 1층 매장으로 올라온 엄마는 근무자들에게 잠깐 집중을 부탁했다.

"안녕하세요, 여러분. 그동안 프린세스샵을 아끼고 성실히 근무해 주셔서 감사드립니다. 저는 유니 엄마예요. 이 샵의 대표이기도 합니다."

근무자들이 놀란 표정을 지었다.

"유니를 많이 좋아해 주시고 샵을 위해 수고해 주셔서 정말 감사드립니다. 앞으로 유니 엄마가 운영자라는 사실을 알았다고 해서 아무것도 달라질 것은 없습니다. 유니가 아직 어리고 모르는 것이 많으니 여러분들이 지금처럼 많이 도와주시면 좋겠습니다. 앞으로도 잘 부탁드립니다."

프린세스샵은 아이들을 좋아했던 유니 엄마가 옛날 디즈니 프린세스샵을 방문했을 때 너무 행복해했던 딸 유니를 보고 시작한 사업이었다.

유니 엄마는 한 기업의 창업가가 평생을 바쳐 완성해 가던 동화 속 공간 입점을 감사하게 생각했다. 덕분에 유니를 자주 보러 올 명분을 가질 수 있었다. 대한민국 실내 테마파크 프린세스샵은 많은 사람들에게 행복을 주는 곳으로서 세계적인 '명소'가 되어 가는 중이었다.

처음에는 디즈니랜드의 프린세스샵을 벤치마킹했지만, 유니의 나라 대한민국의 실내 테마파크 프린세스샵을 전 세계 사람들에게 알리고 공주님이 되고 싶거나 퍼레이드 참여를 위해 방문한 이용객들이 쾌적하게 지낼 수 있는 꿈의 공간으로 만들고 싶었다고 한다. 그렇게 함으로써 고마움에 대한 보은을 하고 싶었던 것이다.

아직 더욱 발전시켜야 할 부분이나 개선이 필요한 것들도 있지만, 앞으로도 유니 엄마는 프린세스샵을 통해 해보고 싶은 일이 많다고 했다. 대한민국 실내 테마파크와 특별한 프로그램을 많은 사람들에게 알리고 싶어서 열심히 했던 사업은 고마움을 담아 성심성의껏 운영했던 운영자의 마음이 소비자에게 고스란히 전해지고 있었다.

유니 부모님의 이혼은 아빠가 제안해서 하게 된 일이었다.

유니 엄마는 아빠에게 실망하고 서운했지만, 아빠에게 있어서 그 선택은 어쩔 수 없는 일이었을 거라고 이해하기로 했다.

유니의 부모님은 이혼 후에도 연락을 하며 지냈다. 유니와 관련된 일을 자주 상의해야 했기 때문이었다.

하지만 재혼을 꼭 했어야 했던 건지는 의문이었다.

유니를 보러 오기 위한 비즈니스적 명분이자 프린세스가 되고 싶은 공주님들을 위한 프린세스의 전당은 유니 엄마가 기획하고 유니 아빠가 바쁜 시간을 쪼개고 지인들의 총동원으로 생길 수 있었던 공간이었다.

유니 아빠가 사춘기가 시작된 유니에게 메이크업을 배워 보라고 했던 것도, 엄마의 메이크업 박스에 관심을 가졌던 유니 모습을 아빠를 통해 전해 들은 엄마가 낸 아이디어였고, 아빠가 진심으로 공감하여 허락을 구해주었기에 가능한 일이였다.

이곳은 매출로 인한 수익보다도 정말 어린이들에게 행복한 하루를 선물하고 싶다는 마음으로 설립되고 운영되고 있는 곳이었다.

그래서인지 점점 더 많은 기업단위의 직원들과 일반 손님들이 참여할 수 있는 서비스를 개발했고, 인기 있는 가족 체험 상품으로 발전되고 있었다. 물론 수익도 매우 컸기에 서비스의 업그레이드를 통환 선순환으로 직원들에게 제공되는 복지와 근무 환경에 대한 평가도 좋았다.

샵을 이용한 손님들끼리는 커뮤니티도 만들어져서, 그 회원들은 강원도에 있는 펜션을 무료로 사용할 수도 있었는데 대표인 유니 엄마가 샵을 이용한 손님들을 위해 자비로 마련한 공간이었다. 다만, 지방이라 일할 수 있는 인재가 잘 구해지지 않는 곳으로 청소는 다음 이용할 사람들을 위해 사용한 사람들이 정말 깨끗하게 하고 와야 한다. 혹시 그렇지 않앉을 경우 다시는 재이용을 할 수 없다는 규정이 있다.

프린세스샵을 자주 찾아 주시는 단골손님들은 자녀들의 육아나 교육에 대한 가치관이 닮아 있었고 학력 수준이나 직업의 유사성과는 관계없이 수준 높은 매너를 겸비한 분들이었다. 해외 유학을 다녀와 사회 고위직에 있는 분들도 계시고 투철한 장인정신으로 자기만의 길을 걸어온 제조업 관련의 전문가분들도 계셨다. 그분들은 사회적으로도 무척 안정된 위치에 있는 분들이었고 후배 세대들의 사회 환경 및 자신들의 자녀들이 함께 살아갈 다른 사람들의 안정된 환경에 대하여 관심이 많은 분들이었다.

유니가 한국으로 돌아온 며칠 후 귀국한 성준이 유니를 만나러 왔다.

"어서와, 뉴욕에서는 많이 고마웠어."

"아, 어쩌지… 못 본 사이 더 예뻐졌는데."

오랜만에 만난 성준이 부끄러워하지도 않고 로맨틱한 대사로 인사를 한다. 그런데 성준의 인사는 진심이었다. 테마파크에서 일하는 척 지나가며 유니를 볼 때나 서로 시간을 맞춰 만날 때마다 유니가 점점 더 예쁘고 사랑스러워졌다고 생각했다.

두 사람은 서로 많이 보고 싶어 했다는 걸 알 수 있었다.

보통 연인들이 그렇게 하듯 둘은 테마파크 근처 호수를 함께 천천히 걷기도 했고, 손을 잡고 쇼핑몰에서 쇼핑을 하기도 했다.

쇼핑을 마치고 커피숍에서 카페라테를 마시던 성준이 컵을 내려놓았다. 컵을 잡고 있던 유니의 손을 들어 두 손으로 감싸더니 말했다.

"보고 있기에도 아까워."

"뭐라는 거지~?"

유니가 장난스럽게 말했다.

"유니, 네가 너무 좋아."

"알아."

진지해서 쑥스러워진 유니가 말했다.

"이렇게 계속 보고 있어도 전혀 지루하지가 않아."

그 진지함을 깨기로 결정한 유니가 의자에서 일어나 성준에게 손을 내밀었다.

카페에서 나온 두 사람은 아이스링크에서 스케이트도 타고 코인 노래방을 가기도 했다. 함께 만나면 헤어지기 싫은 건 유니도 마찬가지였다. 사랑을 한다는 건 그런 거니까.

유니 할아버지, 할머니도 성준과 유니가 남자친구, 여자친구가 된 걸 허락해 주셨기에 두 사람은 그렇게 예쁘게 사랑을 키워가고 있었다.

그런데 복병이 있었다. 성준의 외할아버지!

성준도 어렸을 때 엄마가 돌아가셔서 안 계셨지만, 유니의 엄마, 아빠가 이혼한 일에 대해 무척 못마땅해하셨다. 그리고 유니의 전공이 좀 더 학문적이고 점잖은 것이 아닌 점도 신경 쓰여 하셨다.

하지만 유니라는 사람에 대해서는 후한 점수를 주셨던 성준의 할아버지였기에 성준은 진심으로 호소해 볼 작정이다.

성준은 할아버지가 뭘 좋아하고 어떤 걸 싫어하는지 아주 잘 알고 있었다. 그리고 지금 유니에게 보완이 되면 좋은 점이 어떤 것인지도 제대로 잘 파악하고 있어서 유니에게 제안할 내용도 꼼꼼히 정리해 두었다.

지난 메이크업 대회에서 유니 엄마를 만났던 성준은, 유니 엄마와 자주 연락을 하며 지내고 있는 사이가 되었다. 유니 아빠와도 그랬다.

성준은 유니의 부모님에게 유니가 유학을 다녀올 수 있도록 설득해 달라고 도움을 요청했다.

  그리고 유니에게는 유니가 그렇게 좋아하는 프린세스샵을 계속해서 잘 운영하기 위해서는 경영 능력이 필요할 수 있으니 유학을 함께 가보지 않겠냐고 제안했다.

  물론 경영 관련 수업 시간과 조정하여 다닐 수 있는 전문화된 메이크업 교육센터도 알아보기로 약속했다.

  유니가 메이크업 대회를 계기로 친하게 지내고 있는 엄마와 아빠에게 상의했다. 두 분은 성준에게 미리 들었던 터라 적극적으로 권유했다. 두 분은 성준이 반듯하고 성실한 청년이며 유니를 진심으로 좋아하고 있다는 사실에 감사했다.

  유니가 대학을 졸업함과 동시에 성준과 유니는 유학길에 올랐다. 공부를 마치고 유학에서 돌아와서 결혼하기로 약속했기 때문에 유니는 학교의 기숙사에서 생활했다.

  두 사람의 유학은 성준이 자기가 사랑하는 유니를 성준의 할아버지에게 손주며느릿감으로 환영받게 하고 싶어서 계획한 일이었다.

  물론 성준은 지금 그대로의 유니라는 사람을 생각하는 것만으로도 마음이 안정되고 기분이 좋아질 뿐 아니라 감사와 행복함을 동시에 느낄 수 있었다.

  두 사람은 매일 많은 수업과 과제로 빡빡한 일정이었지만, 금요일 저녁부터 토요일 저녁, 아니 일요일 오후까지는 세상에서 가장 행복한 연인이었다.

  아빠는 재혼한 지 3년 만에 윤정 아줌마와도 이혼을 했다. 친구로 남기로 한 그분들의 이혼 사유는 성격 차이였다고 한다.

그런 유니 아빠에게 뜻밖의 전환점이 찾아왔다.

그동안 스트레스 해소용으로 배웠던 드럼이 그 시작이었다. 같은 동네 아저씨들과 모여 만든 밴드에서 "목소리 좀 괜찮네?" 하는 말 한마디에 보컬을 맡게 됐는데, 이게 인생을 바꿔놓을 줄이야.

"그냥 한번 해볼까?" 하고 시작한 유튜브 채널이 대박이 났다. 7080 세대의 향수를 자극하는 아저씨 보컬의 깊은 목소리가 젊은 세대에게까지 어필된 것이다.

"회사를 그만두고 뭘 하겠다는 거야!"

할아버지는 처음엔 펄펄 뛰셨지만, 자세한 내용을 알고 나서는 180도 달라지셨다. 아들의 유튜브 영상을 친구들에게 자랑하기 바쁜 최고 팬이 되신 것이다.

할아버지 건물 지하를 연습실로 꾸미고, 이제는 건물 관리와 유튜브 채널 운영을 병행하며 사는 아빠. 뚱뚱했던 배는 어느새 쏙 들어가고, 희끗해진 머리만 빼면 젊은 시절 유니 엄마를 만났던 튀르키예에서의 그 모습 그대로였다.

가장 큰 전환점은 이문세의 곡을 커버해서 부른 노래 영상 덕분이었다. 아빠가 감정을 가득 담아 부른 한 곡이 조회수 1,000만을 넘기며 화제가 됐고, 급기야 가수 이문세를 직접 만나게 되었다.

"혹시 해외에서 진행하는 TV 버스킹 프로그램에 함께해 주실 의향이 있으신지요? 이문세님의 제안입니다."

매니저의 전화를 받은 순간, 유니 아빠는 꿈인지 생시인지 구분이 안 될 정도였다.

촬영지는 뉴욕 워싱턴 스퀘어 파크. 이문세와 나란히 앉아 기타를 치며 노래할 수 있는 자신의 모습이 신기하기만 했다. 얼굴은 원래부터 미남이었던 유니 아빠는 좋아하는 일로 일상을 보내고 누가 시키지도 않은 다이어트를 해서인지 바로 옆에 앉은 연예인보다 더 근사한 모습이었다.

그런데 공연 도중 세상 반가운 얼굴들이 보였다. 유니와 유니 엄마가 관객석에 서 있는 것이었다.

아빠의 버스킹 소식을 들었던 유니가 마침 유니를 만나러 뉴욕에 온 엄마와 함께 와준 것이다.

이문세가 부른 노래가 끝나고 아빠의 차례가 왔다. 아빠는 준비했다는 듯 '다시 사랑해도 될까요'라는 노래를 부르기 시작했다.

노래하는 내내 아빠의 시선은 유니와 엄마만 보고 있었다. 버스킹 장소 한쪽에 설치된 대형 스크린에 엄마를 보는 아빠의 부드러운 표정을 보며 노래 소리를 듣던 관객들은 마치 한 편의 영화를 보는 듯했다.

노래가 끝날 무렵, 화음을 넣던 이문세의 목소리와 기타 소리가 조용해지자 유니 아빠가 마이크를 통해 조용히 울리는 목소리로 노래하듯 말을 이어갔다.

"수영아, 와 줘서 고마워."

그리고 아빠의 목소리가 떨렸다.

"나를 만나서, 그리고 헤어져서, 마음고생 많이 하고 아프게 해서 정말 미안해. 혹시, 아직 너무 늦지 않았다면… 내가 너를 다시 사랑해도 될까?"

갑자기 한국인 아저씨의 지극히 개인적인 이벤트가 된 이 순간을, 버스킹 팀의 통역자가 동시통역을 하고 있었다.

그러자 무대를 둘러싸고 있던 관객들이 박수와 환호를 보냈다.

다시 이문세 씨가 노래를 하는 사이 아빠가 유니와 엄마에게로 다가왔다. 그리고 엄마 수영에게 손을 내밀었고, 눈시울이 붉어진 수영이 그 손을 잡았다.

더 커진 환호와 박수 소리, 그리고 휘파람 소리가 공원을 가득 채웠다.

유니 아빠와 유니 엄마는 아마 그렇게 다시 사랑을 시작할 모양이었다.

성준이 촬영한 유니의 엄마, 아빠의 모습은 한국에서도 많은 채널을 타게 되었고 한국에서 유튜브로 그 모습을 보던 할머니 할아버지가 제일 좋아했다.

프린세스샵은 인스타그램과 페이스북을 통해 점점 더 많이 홍보되었고, 즐겁게 근무하는 점장님과 스태프들 덕분에 어린이들이 오고 싶은 가장 인기 있는 장소가 되었다. 그리고 영상에 자주 등장한 메이크업 아티스트를 만나러 오는 사람들이 생겨났다.

프린세스샵은 매일매일 전 세계에서 오는 프린세스가 되고 싶거나 퍼레이드에 참여해 보고 싶은 어린이들과 보호자들로 가득했다.

무사히, 계획대로 공부를 마친 성준과 유니가 서울로 돌아왔다.

성준의 할아버지는 믿음직스럽게 성장해 준 성준과 성준의 계획에 동참한 유니의 노력을 흡족한 마음으로 칭찬하셨다. 그리고 두 사람의 교제는 물론 결혼식장 예약과 신혼집 준비까지 단번에 맡아 주셨다.

보기만 해도 할아버지의 즐거워하심에 덩달아 행복해지는 날들이 계속되었다.

결혼식을 한 달가량 앞두고 성준의 주최로 정말 오랜만에 초등학교 때 친구들을 만나게 되었다.

공부보다 그림 그리기를 좋아해서 수업 시간에도 그림을 그렸던 문현정은 패키지 디자인을 하는 회사를 운영하고 있었다. 규모는 작았지만 거래처들이 꽤 많고 호평받는 업체라고 한다.

"유니야, 정말 대단해! 세계 대회 우승자를 같은 반 친구로 뒀다니!"

현정이가 신이 나서 말했다.

그 외 성준과 친했던 동주, 진우와 유니랑 친하게 지냈던 윤철, 수형, 다혜, 지현 등 친구들을 몇 명 더 만날 수 있었다.

유니와 학급회장을 함께하고 공부도 잘했던 제창욱은 벤처 기업의 대표가 되어 있었다. 전공과목을 살려서 IT 관련 사업을 시작한 지 7년 만에 대기업의 1차 벤더가 되었다는 소식에 '역시 창욱이답다'고 생각했다.

친구들 중 가장 일찍 결혼을 한 창욱이가 와이프랑 합류를 했을 때, 유니는 연락이 끊겼던 정말 반가운 친구를 만났다.

주민이었다. 나중에 꼭 다시 만나자는 약속을 하며 헤어졌던 외국인학교의 '베프', 주민이를 친구의 와이프로 다시 만나다니.

모두 속해 있는 기관이나 사업체는 전혀 다른 분야였지만, 같은 초등학교를 다니고 같은 추억을 가지고 있다는 건 정말 특별한 일이었다.

"야, 유니 진짜 유명해졌더라. 프린세스샵 영상 봤어!"

동주가 엄지를 치켜세웠다.

"그건 그렇고 성준이 치밀함엔 진자 놀랐어…. 유학까지 계획해서 유니를 낚아채다니!"

태영이 장난스럽게 놀렸다.

참, 옆집에 살던 지연이는 이름만 들어도 아는 싱어송라이터가 되었고, 지연이 동생 지원이는 휠체어를 타기는 하지만 건강이 많이 회복되어서 언니를 위한 작사를 하거나 청소년을 대상으로 책을 쓰는 멋진 어른이 되었다는 얘기를 들었다.

"지연이 노래 들으면 항상 우리 어릴 때 생각나더라."

다혜가 감회에 젖은 목소리로 말했다.

"그런데 정유진이는 연락이 안 되네. 어떻게 사는지 궁금한데…."

누군가 말했다.

잠시 조용해진 자리에서 유니가 미소 지으며 말했다.

"모두 다 잘 살고 있을 거야. 우리가 그런 것처럼."

8. 25살, 점장님의 대우

유니가 돌아왔다는 소식과 결혼 이야기를 들은 미미는 마치 자신의 일처럼 기뻐했다.

부릉부릉. 예전 부모님 식당 배달용 스쿠터와는 차원이 다른 멋진 오토바이를 몰고 나타난 미미. 헬멧을 벗으며 환하게 웃는 모습이 예전보다 훨씬 씩씩해 보였다.

"유니야! 멋진 내 친구, 세계 챔피언을 내가 직접 안아 본다!"

미미가 달려와 유니를 꽉 안았다. 유니가 유학을 떠난 사이 미미는 헤어 메이크업 관련 자격증들을 추가로 취득했고, 실력도 눈에 띄게 늘었다. 옛날 유니가 그랬듯이, 이제 미미는 프린세스샵을 찾는 어린이들과 동료들에게 없어서는 안 될 소중한 사람이 되어 있었다.

오랜만에 한국에 온 유니 엄마에게 노재숙 점장님이 조심스럽게 말을 꺼냈다.

"곧 우리 아들이 고3이 되는데요…. 그동안 일하느라 제대로 챙겨 주지 못했거든요. 딱 1년만, 아들만을 위한 엄마가 되고 싶어서 휴직을 신청하려고요."

점장님의 진심 어린 부탁에 유니 엄마는 고개를 끄덕였다. 그리고 대표 유니에게 차기 점장 선임권을 맡겼다.

유니는 망설임 없이 미미를 불렀다.

"미미야, 네가 점장님의 빈자리를 맡아줘야겠는데?"

"엥? 나를? 내가? 점장님을 하라고?"

미미의 눈이 동그래졌다.

"진짜?"

프린세스샵 점장님의 근무조건은 미미가 상상했던 것보다 훨씬 파격적이었다.

급여는 일반 직원의 2배가 넘었고, 연차는 3개월마다 일주일씩 자유롭게 쓸 수 있었다. 게다가 연 2회 해외 테마파크 프린세스 부티크 연수까지!

"우와… 정말 내 월급 통장이야?"

점장님으로서 첫 월급을 받은 미미가 은행 앱에서 확인한 화면을 몇 번이나 다시 확인했다.

대학을 가지 않은 것에 대한 아쉬움이 없었다면 거짓말이겠지만, 지금의 근무 환경은 웬만한 대졸 친구들보다 훨씬 좋았다. 진정한 워라밸이었다.

"부모님께 용돈도 드릴 수 있고, 내 꿈도 이룰 수 있고…."

미미가 행복한 한숨을 내쉬었다.

"야야는 어떻게 지내는 거 같아?"

유니가 문득 궁금해했다.

"아, 들었어. 대학 졸업 직전에 남자 친구랑 결혼해서 지금 다섯 살인가 여섯 살 딸이 있다던데."

"그렇구나…."

유니가 창밖을 바라보며 중얼거렸다.

"사람마다 다 자기만의 행복이 있는 거겠지."

"맞아. 난 정말 운이 좋았던 것 같아."

미미가 만족스러운 미소를 지었다.

이제 프린세스샵은 두 명의 스물다섯 살 여성이 이끌어가게 되었다.

한 명은 세계대회 우승자이자 꿈을 현실로 만든 경영자로서, 다른 한 명은 성실함과 노력으로 인정받은 전문가로서.

"미미야, 이제 정말 시작이야. 우리가 꿈꿔왔던 프린세스샵을 만들어 보자."

"응! 전 세계 어린이들이 진짜 행복해할 수 있는 곳으로!"

두 사람의 눈빛이 같은 꿈을 향해 반짝이고 있었고 스물다섯 살 메이크업 아티스트들의 새로운 도전은 이미 진행 중이었다.

9. 화해

　유니가 프린세스샵의 대표가 되어 첫 출근을 하는 날, 예약자 명단을 확인하던 중 눈에 익은 이름이 보였다.
　김현미, 프린세스 캐릭터 야야의 본명이었다.
　연락처를 살펴보니 옛날 공연팀 근무자로 등록해 두었던 그 번호와 일치했다. 유니의 가슴이 살짝 두근거렸다.
　예약 시간이 다가오자, 톡톡톡 발걸음 소리와 함께 통통하고 피부가 하얀 여자아이 한 명이 샵으로 뛰어 들어왔다. 반짝반짝 빛이 나는 듯한 큰 눈을 가진 아이였다. '사랑스럽다'라는 말이 아주 딱 맞는 그런 아이.
　"와아! 진짜 프린세스샵이다!"
　상쾌하고 기분 좋은 아이의 목소리였다. 그리고 곧 뒤이어 들어오는 아이의 보호자… 야야였다.
　담당 스태프가 아이와 함께 메이크업 분장대로 이동한 후, 유니와 야야가 마주 섰다.
　유니는 '옛날의 모든 일들은 아무것도 아니야. 모두 잊었으니 어서 와'라는 듯한 표정으로 인사했다.
　유니를 바라보는 야야의 눈빛과 표정은 '옛날에 내가 정말 미안했어'라고 말하는 듯했다.
　두 사람 사이에 특별한 말은 오가지 않았지만, 서로의 마음이 충분히 전해졌다.

　하늘색 드레스를 입은 야야의 딸이 거울 앞에서 신기한 듯 행복한 듯

입을 다물지 못하고 있었다.

"엄마, 나 진짜 공주 같아?"

"그럼~ 세상 예쁜 우리 공주님."

옛날 엄마 아빠와 함께 갔던 프린세스샵의 유니처럼, 야야의 공주님도 '프린세스 턴'을 멈추지 않았다. 빙글빙글 볼륨이 가득한 드레스가 펄럭이는 모습에 깔깔거리는 아가의 기분 좋은 웃음소리가 샵 안을 가득 채웠다.

메이크업이 끝나고 아이가 다른 공주님들과 사진을 찍고 있을 때, 야야가 유니에게 조심스럽게 다가왔다.

"유니야… 정말 오랜만이다."

"그러게, 정말 오랜만이야."

"너… 세계대회 우승했다면서? 정말 대단해. 나도 그때 TV에서 봤어."

잠시 침묵이 흘렀다.

"유니야, 나…."

야야의 목소리가 떨렸다.

"부끄럽지만 정말 미안했어. 지금 생각해 보니 내가 너무 철없었고 못됐던 것 같아. 늦었지만 진심으로 사과하고 싶어."

유니가 따뜻한 미소를 지었다.

"현미야."

유니는 일부러 야야의 본명을 불렀다. 예전에 있었던 일은 모두 잊고 새로운 인연으로 이어가고 싶다는 일종의 사인이었다.

"다 지난 일이야. 우리모두 그때는 어렸잖아. 너와 내가 함께했던 이곳에서 이렇게 너의 딸이 행복해하는 모습을 볼 수 있다는 것에 감사하기로 하자."

"엄마!"

야야의 딸이 달려와서 야야의 치마를 잡아당겼다.

"나 정말 공주 맞지? 유리창 앞에 있던 언니들이 함께 사진 찍자고 했어. 엄마 그래도 괜찮아?"

"물론이지, 우리 공주님."

야야가 딸을 안아 올리며 유니를 바라봤다.

"고마워, 유니야. 정말 고마워."

"너의 공주님이 또 오고 싶어 하면 좋겠다. 언제든지 환영할게."

야야 모녀가 나가는 모습을 바라보며, 유니는 마음이 따뜻해짐을 느꼈다. 어린 시절의 상처는 이미 아물었고, 이제는 서로의 행복을 진심으로 바랄 수 있게 되었다.

프린세스샵을 나서며 손을 흔드는 작은 공주님의 모습이 과거와 현재를 잇는 다리 같았다.

part 6

함께 만들어 가는 새로운 세상

1. 외할아버지의 마음

성준과 유니의 결혼 준비에 앞장서 주시던 성준의 할아버지는 우연히 TV에서 몇 년이나 지난 유니의 세계대회 우승 당시 인터뷰를 보게 되었다.
"저는 대학을 졸업하면 저처럼 메이크업을 배우고 싶어 하는 학생들에게 교육을 할 수 있는 사람이 되고자 합니다. 사회 구성원으로서 뭔가 잘할 수 있는 일을 찾아야 하는 사람들에게 도움이 될 수 있다면 좋겠습니다."
유니가 진정성 있는 배려심과 당당함으로 자신의 꿈을 이야기하는 모습을 보면서 할아버지는 마음 깊이 감명을 받으셨다. 단순히 개인의 성공만을 추구하는 것이 아니라, 사회적 책임까지 생각하는 젊은이였던 것이다.
엄마 없이 이혼 가정에서 자란 아이라서 반대했던 할아버지의 마음이 너무 부끄럽다는 생각이 들었다.
며칠 후 성준의 어머니 제사 때 일어난 일은 할아버지의 마음을 더욱 감동시켰다. 성준이 엄마에게 올리는 제사 준비를 멀리서 지켜보던 할아버지는 유니의 모든 행동 하나하나가 진심이었음을 다시 한번 알 수 있었다. 유니가 조용히 와서 제사상을 정성스럽게 차려 놓고, 성준의 어머니 영정 앞에서 깊이 절을 올렸던 모습을 본 것이다.

"어머님, 성준이를 잘 부탁드립니다. 부족한 며느리지만 평생 성준이와 함께 행복하게 살겠습니다."

당신보다 먼저 세상을 떠난 딸, 그 안타까운 딸을 향한 예비 손주며느리의 진심 어린 모습에 할아버지는 가슴이 뭉클해졌다. 형식적인 인사가 아니라 마음 깊은 곳에서 우러나오는 정성이 고스란히 느껴졌기 때문이었다.

"유니가… 정말 남다르구나."

할아버지는 속으로 깊이 생각하셨다.

프린세스샵에서의 전문가다운 면모, 어려운 환경의 아이들을 돕는 따뜻한 마음, 그리고 무엇보다 가족들을 향한 깊은 사랑과 책임감.

오늘 아침, 할아버지는 성준을 조용히 불렀다.

"성준아, 이리 와보거라."

"네, 할아버지."

"유니 말이다. 보면 볼수록 정말 귀한 아이더구나. 효심도 깊고, 책임감도 강하고…. 무엇보다 너를 진심으로 사랑하는 게 느껴져."

성준의 눈에 뜨거운 눈물이 맺혔다.

"할아버지께서도 알아봐 주셨군요?"

"그래. 하지만 조건이 있다."

할아버지가 엄숙하게 말씀하셨다.

"유니에게 절대 상처 주지 말아라. 이미 어린 시절 충분히 어려움을 겪었을 텐데, 너만큼은 평생 그 아이의 든든한 버팀목이 되어 주거라. 유니가 행복하게 지낼 수 있다면 너희가 낳을 아이도 편안한 인품을 가진 아이로 태어나고 자랄 수 있단다. 좋은 어른들이 많아야 좋은 아이들이 나고 자랄 수 있지 않겠니? 유니를 보면서 나도, 느끼는 점도 반성도 많이 하게 되더구나. 꼭 명심하거라."

"네, 할아버지. 목숨을 걸고 약속드립니다."

"목숨을 걸면 되겠니."

진지한 농담같이 혼잣말을 하시는 할아버지였다.

할아버지는 책상 서랍에서 작은 벨벳 상자를 조심스럽게 꺼내셨다. 성준의 어머니가 생전에 끼고 계셨던 소중한 결혼 반지였다.

"이걸 유니에게 주거라. 네 엄마도 분명 기뻐할 거야."

감사함과 감동을 함께 느꼈던 성준이 할아버지를 따뜻하게 안아드렸다.

할아버지의 오랜 인생 경험이 마침내 성준이 선택한 사람과 그 사람의 진정한 사랑을 인정해 주신 소중한 순간이었다.

봄날의 따스한 햇볕이 내리쬐는 4월의 어느 토요일, 서울 시내의 아름다운 웨딩 홀에서 유니와 성준의 결혼식이 열렸다.

웨딩홀 입구부터 특별함이 느껴졌다. 샤로니가 직접 디자인한 꽃장식들이 마치 요정의 정원처럼 환상적으로 꾸며져 있었고, 장식 하나하나 정성스럽게 만든 웨딩드레스가 유니의 아름다움을 더욱 빛나게 했다.

"언니, 정말 공주님 같아요."

축하해 주러 온 프린세스샵 동료들이 눈을 반짝이며 감탄했다.

유니의 웨딩드레스는 샤로니의 어린 시절 스케치 중 하나를 현실로 만든 것이었다. 별빛이 흐르는 듯한 은은한 실버톤에 미세한 크리스털이 수

놓아져, 걸음을 옮길 때마다 은하수처럼 반짝이는 마법 같은 드레스였다.

"샤로니 언니 정말 대단해요. 이런 드레스는 어떻게 만드신 거예요?"

드레스샵 막내 스태프 연진이가 경이롭다는 표정으로 물었다.

"서운하고 외로울 때마다 그렸던 3백 년 동안 품어 온 꿈이었거든."

샤로니가 미소 지으며 대답했다.

샤로니가 간직하고 있는 드레스 디자인 일러스트는 150가지도 넘었다. 각 디자인별 드레스의 컬러를 한 벌당 5가지로만 바꾸어도 샤로니는 750벌의 드레스 디자인을 소유한 디자이너였다.

결혼식장 신부대기실의 유니를 본 하객들은 모두 탄성을 질렀다.

마치 동화 속 공주가 현실로 나온 듯한 모습이었기 때문이다.

예식장 안의 신랑 측 맨 앞자리로 안내받은 할아버지가 신부 측에서 하객을 맞이하고 있던 유니의 아버지를 보고 걸음을 멈추었다.

"참 좋은 아이로 키우셨습니다. 저희도 귀하게 대하겠습니다."

할아버지가 진심으로 말씀하셨다.

"아닙니다. 유니가 스스로 잘 자란 겁니다. 오히려 저는 부족한 아버지였죠."

유니의 아버지가 겸손하게 답했고 옆자리의 아름다운 유니 엄마는 허리 숙여 깊이 인사를 드렸다.

유니 엄마와 아빠는 다시 부부가 되었지만 각자의 자리에서 최선을 다하고 지내다가 보고 싶을 때 만나는 쿨한 가족으로 살기로 했다.

장인어른을 모시러 오던 성준의 아버지도 정중하게 인사를 하였다.

축하해 주러 온 하객들 쪽을 바라보시던 할아버지는 잠깐의 대화였지만 유니의 부모님과도 진정한 가족이 된 듯한 기쁨을 만끽하고 계셨다.

'신랑 입장'이란 말과 함께 하객을 향해 인사하며 걸어오던 성준이 신랑 측 부모님 자리에 앉은 외할아버지와 아버지를 바라보았다.

'잘 살게요.' 마음속으로 한 다짐은 성준 자신에게 하는 말이기도 했다.

드디어 결혼 행진곡이 울려 퍼지고, 아버지의 팔짱을 낀 유니가 천천히 입장했다. 성준은 신부를 보는 순간 왈칵 눈물이 날 뻔했다. 꿈에 그리던 이 순간이 현실이 되었다는 것이 믿어지지 않았다.

"정말 아름답다…."

성준이 눈물을 참던 입술로 조그맣게 말했다.

결혼식이 진행되고, 혼인 서약을 한 두 사람에게 주례를 맡은 목사님이 엄숙하게 부부가 되었음을 선언했다.

그리고 반지 교환 순서가 되었다. 성준은 할아버지로부터 받은 어머니의 반지를 유니에게 정성스럽게 끼워 주었다.

"이 반지는 우리 어머니가 끼고 계셨던 거야. 이제 유니는 우리 가족의 소중한 며느리가 된 거고."

유니의 눈에 감동이 서려 있었다.

"이제 신랑은 신부에게 입맞춤하셔도 됩니다."

성준과 유니가 사랑스럽게 입맞춤을 나누자, 하객들의 박수와 축하 인사가 터져 나왔다.

"축하합니다!"

"행복하세요!"

"백년해로!"

프린세스샵 동생들도 진심 어린 축하를 해주었다.

"언니, 정말 축하해요!"

"오늘은 언니가 진짜 공주님이 됐어요!"

민지가 감격한 듯 눈물을 흘렸다.

샤로니와 루카스도 마주보며 미소 지었다. 자신의 스케치북 속 꿈이 현실이 되어 유니를 아름답고 빛나게 하는 모습을 보던 샤로니는 가슴이 벅찼다.

"드디어 유니가 진정한 행복을 찾았구나."

루카스도 자기 일처럼 기뻐했다.

피로연은 할아버지의 호텔 2층의 BANQUET HALL에서 진행되었는데 피로연이 시작되기 전, 성준이 유니를 위해 준비한 깜짝 이벤트를 알렸다. 앞으로 의상 제작 총괄 디자이너가 된 고마운 샤로니를 위해서이기도 했다. 프린세스샵을 이용하는 손님들이 더 쾌적하게 이용할 수 있도록 새로운 공간을 선물로 준비한 것이었다.

"이곳은 앞으로 유니와 친구들의 꿈이 더 크게 펼쳐질 수 있도록, 그래서 점점 더 좋은 사람들이 함께하고 싶은 장소가 되길 바라는 마음에서 기획하게 되었습니다. 이곳은 전 세계에서 찾아 주시는 고객님들을 위해 준비한 새로운 프린세스 라운지입니다."

예상하지 못했던 일에 놀란 유니는 어리둥절한 표정을 지었다. 그리고 곧 미소 짓는 성준에게 말했다.

"정말 고마워. 이제 더 많은 아이들과 가족들이 행복할 수 있을 것 같아."

"넌 정말 최고 그 이상이야, 성준아."

그날 밤, 신혼여행을 떠나기 전 유니와 성준은 조용히 어머니 영정 앞에 인사를 드렸다.

"엄마, 저희 행복한 가정을 꾸려 나가겠습니다. 지켜봐 주세요."

"어머니, 언제까지나 성준이와 함께하겠습니다."

두 사람의 결혼은 단순한 사랑의 결실이 아니었다. 서로 닮은 외로움을 가진 두 사람이 만나 더 큰 사랑을 만들어 내고, 그 사랑으로 더 많은 사람들을 행복하게 만들어 가는 새로운 시작이었다.

그날의 결혼식은 사람들의 마음에 오래도록 아름다운 추억으로 남았다. 사랑의 힘으로 모든 것을 이겨낸 두 사람의 이야기는 앞으로 펼쳐질 세계적인 프린세스전당 스토리의 시작이기도 했다.

신혼여행을 떠나는 날 새벽, 인천공항은 평소보다 조용했다.

이륙을 마친 비행기에서 창밖을 바라보던 유니는 문득 생각했다. 다행인지 불행인지 이혼한 부모를 두었지만, 경제적으로 도움을 많이 받을 수 있는 환경에 있었던 것은 분명 큰 축복이었다.

이런 기회를 가질 수 없는 수많은 친구들이 있다는 것을 알고 있었다. 그렇게 생각하니 일종의 책임감 같은 것이 느껴졌다. 자신이 받은 이 축복을 헛되이 써서는 안 되겠다고 다짐했다.

'큰 축복을 받고 사는 사람은 자기 자신을 제대로 사랑할 줄 알아야 하고, 동시에 그런 자신과 함께 공존해 줄 타인을 위해 꼭 배려하며 살아야 한다.'

유니는 작은 수첩에 이 생각을 적어 두었다. 반드시 실천해야 할 다짐이었다.

부모님이 만났던 튀르키에로 간 신혼여행은 두사람에게 형용할 수 없는 행복함을 주었다. 그곳에서 서로에 대한 신뢰를 안고 돌아온 두사람은 휴식도 없이 바로 일터로 향했다.

유니를 기다리던 샤로니와 신혼여행에서 돌아온 유니는 확장된 새로운 매장 정리로 바빴다. 기존의 매장도 그대로 운영이 될 예정이라 의상과 드레스 디자인 리스트, 메이크업 도구, 코스별 액세서리와 비품을 각각의 장소에 나누어 비치하였다. 직원들의 근무 매뉴얼에는 '드레스샵 근무학 개론'이라는 이름을 붙였다. 한마음으로 신이 난 스태프들의 적극적인 도움으로 젊은 리더 유니와 새로운 매장 관리자 미미가 그들만의 새로운 운영 스타일을 찾아갔다.

화장품 정리를 꼼꼼하게 하던 유니는 며칠 전 방문 고객의 컴플레인이 생각났다. 아이 얼굴에 트러블이 생겼다는 내용의 문자를 받았었다.

보호자님으로부터 분장 시 사용했던 성인용 화장품이 맞지 않아서 그런 것 같다는 이야기를 들었던 일이었다. 지금은 기초 제품을 다른 회사에서 구입해서 사용하고 있지만, 협력 업체와 상의하여 아이들 최적의 스킨과 로션만이라도 제조해서 사용할 수 있게 하고 싶었다.

2. 샤로니의 150가지 드레스 일러스트

한편 샤로니도 본격적인 유니와의 협업을 위해 오랫동안 미뤄 두었던 특별한 프로젝트를 시작하기로 했다. 호세루피아 궁전의 자신만의 작업실에서 어린 시절부터 그려 온 150벌의 드레스를 실제로 현실화하는 작업이었다.

"드디어 이 아이들을 세상에 내보낼 시간이 왔구나."

샤로니가 오래된 스케치북을 펼치며 중얼거렸다.

유니의 결혼식 드레스 다음으로 두 번째 드레스의 이름은 '별빛 포인트 드레스'였다. 스파클 크리스털 망사에 수놓아진 스왈롭스키의 작은 크리스털은 입는 아이들의 호기심을 자극해 줄 것 같았다. 일곱 살 샤로니가 언니의 첫 무도회를 보며 그린 바로 그 드레스였다.

하지만 이번에는 단순한 마법으로 만든 환상이 아니었다. 시공의 미궁, '르 메종 드 꾸뛰르' 디자인 스쿨에서 배운 지식을 바탕으로, 실제로 입을 수 있고 편안하면서도 아름다운 드레스로 완성하는 것이 목표였다. 요정의 마법 같은 영감과 의상제작의 기술이 완벽하게 결합된 작품을 만들어 내는 것이다.

테마파크 드레스샵에서는 특수 패티코트를 입는다. 어린이 드레스지만 풍성한 볼륨을 살리기 위해 유니 엄마가 개발한 것이었다.

이 패티코트가 드레스를 입었을 때 더 아름다워지는 비결이기도 하다.

일주일 후, 샤로니 제작의 두 번째 드레스가 완성되었다. 완성된 드레스를 들고 프린세스 라운지를 찾은 샤로니는 유니와 미미에게 가장 먼저 선보였다.

"유니야, 미미야, 어때?"

"샤로니, 그동안 뭐 하나 했더니… 이걸 만들고 있었구나. 정말 너무 예쁘다."

"어머나~ 어쩜 이렇게 아름다운 드레스라니…!"

미미가 눈을 떼지 못했다.

"미미가 한번 입어 볼래? 사이즈가 너에게 맞을 것 같은데."

별빛 포인트 드레스를 입은 미미가 조금만 움직여도 반짝이는 크리스털은 정말 별빛을 닮아 있었다.

감동하는 친구들을 보고 장난기가 발동한 샤로니는 마법 분수 레이저를 작동시켰고 프린세스 라운지 안은 마치 작은 우주처럼 반짝였다.

"우와! 이 드레스는 뭐예요? 진짜 별처럼 빛이 나요!"

테마파크에서 산책하던 공주님으로 변신한 아이들이 하나둘씩 모여들었다.

"샤로니, 이거 샤로니가 만들었어요? 어떻게 만든 거예요?"

아이들이 궁금증을 쏟아냈다.

"이건 어릴 때부터 내가 그리고 꿈꿔 온 드레스야. 150벌 중 두번째 작품이지."

"150벌이요? 그렇게나 많이요?!"

공주님들의 놀란 목소리에는 호기심이 가득했다.

"샤로니 언니, 0번째는 뭐예요?"

특별히 호기심이 많아 보이는 아이가 질문했다.

"음… 그건 무엇보다 소중하고 귀하다는 뜻이야."

샤로니는 아이들에게 자신의 이야기를 담은 드레스 제작 스토리를 들려주었다. 어린 시절 예쁜 드레스를 언니들에게 양보해야 했던 서운함, 그 마음을 달래기 위해 그림으로 그렸었던 환상의 드레스들, 그리고 이제 그 드레스들을 통해 자신의 적성을 찾고 꿈들을 하나씩 현실로 만들어 가고 있다는 것을.

듣고 있던 아이들이 덩달아 속상한 표정을 지었고 신입 아르바이트생 민지가 눈물을 글썽이며 공감했다.

"언니도 우리처럼 어려운 시절이 있었구나…."

"맞아. 그런데 그때의 상처가 지금은 아름다운 작품이 되고 있어. 누구든 지금 어려움을 겪고 있다면 언젠가는 분명 더 행복해져서 다른 사람을 도울 수 있는 힘이 될 거야."

고개를 끄덕이며 듣고 있던 미미가 아이디어를 냈다.

"유니가 어린이용 스킨과 로션, 샴푸 등을 제조하고 싶어 하잖아. 그때 샤로니가 그렸던 드레스 일러스트를 케이스에 넣으면 어때? 그럼 정말 프린세스 시그니처 제품이 될 것 같아. 유니야, 내 생각 어때? 프린세스 케이스에 들어 있는 제품이 나오면 나도 구입해서 사용하고 싶어질 거 같거든. 여기서 체험할 때 사용했던 스킨이나 로션, 그리고 샴푸까지 프린세스가 그려진 용기에 든 제품을 아이들이 집에서도 사용할 수 있다고 생각해 봐. 너무 행복하지 않을까? 맞다, 유니 너, 대회 인터뷰에서도 말했었잖아."

듣고 있던 유니와 샤로니가 서로 두 손을 꼭 잡았다.

"미미 어떻게 그런 생각을 했어?"라는 샤로니의 말에 유니가 말했다.

"그러게 말이야. 미미야, 샤로니, 우리가 아이들에게 꿈을 배달할 수 있겠어."

"맞아, 유니야. 아이들의 꿈은 공주님이 되는 거잖아."

샤로니의 목소리가 기쁨에 차 있었다.

"공주님이 되고 싶은 아이들에게 공주님이 그려진 제품을 쓰게 해주자, 샤로니."

"아이들이 직접 선택하고 입었던 드레스를 입고 퍼레이드까지 했던 그 것 말이야."

"우리는 150벌, 아니 컬러만 변경하면 750벌의 디자인 드레스가 있잖아."

"각자 자기가 입었던 드레스가 그려진 제품을 집으로 가지고 갈 수 있다고."

세 명의 친구들은 흥분해서 얘기했다.

샤로니의 일러스트가 그려진 케이스에 유니가 고민하고 기획한 아이들 화장품을 넣어서 만든 제품이라니, 그거야말로 진정으로 유니와 샤로니가 하나가 되는 프로젝트였다.

듣고 있던 스태프들도 좋아했다.

"와 그럼 정말 너무너무 좋겠어요."

"저도 디자인별로 사서 장식해 두고 쓸 거예요."

"그 디자인별 스토리가 기록되어 있다면 더 좋을 것 같아요."

듣고 있던 샤로니가 별로 어렵지 않은 일이라는 듯 말했다.

"예를 들면 200살 크리스마스 때 넷째 언니에게 감청색 망사 드레스를 양보하고 울면서 그린 디자인이었다는? 또는 207살 우리 아빠 생신 때 나보다 일찍 일어난 둘째 언니가 입고 나갔던 내 연분홍색 드레스에 떡볶이 국물을 흘려 와서 땡깡 부리던 내가 엄마한테 혼나고 다락방에서 쫀드기 먹으면서 그린 디자인이라는? 그리고, 왕궁 집사인 밀라 여사가 다림질을 하다가 녹여 버린 크림베이지 캉캉드레스를 물어내라고 왕왕 울다가 저 부른 줄 알고 온 강아지 왕쨩이 완전히 찢어버려서 기절했다가 일어나 정신 차리고 씩씩대며 그린 디자인이라는? 말도 마, 정말 한이 맺혀서 잊을려야 잊을 수가 없는 스토리로 가득하니까."

말로는 한이 맺혔다고 했지만 오히려 신이 난 듯한 샤로니였다.

'샤로니, 너 이제 괜찮구나. 드디어 너도 극복해 냈구나!'

유니가 속으로 혼잣말을 했지만, 마음의 소리를 들은 샤로니가 유니를 향해 고개를 끄덕였다.

"난 아이들이 입는 평상복 티셔츠에 드레스 입은 샤로니를 넣어도 좋을 것 같은데. 특히 잘생긴 루카스 일러스트도 함께 말이야."

샤로니를 따라왔던 루카스도 의견을 보탰다. 듣고 있던 모두가 깔깔거리며 웃었다. 그날 그 자리에 있던 스태프들과 아이들은 벌써 제품이 만들어지기라도 한 것처럼 들떠 있었다.

3. 프린세스 메이킹 하우스의 탄생

　신혼부부의 저녁 식사 시간, 유니는 성준에게 낮에 있었던 얘기를 했고 성준도 대찬성이라며 좋아해 주었다.
　그리고 바로 그다음 날, 또 그다음 날 샤로니는 일러스트를 실물드레스로 탄생시키는 작업을 계속하였고 유니는 성준과 함께 화장품과 티셔츠 제조회사와의 미팅을 시작하였다.
　그리고 시간이 날 때마다 공부를 하고 학원도 다니면서 화장품 판매 허가증이라는 것도 취득을 하였다.
　유니는 자기들이 기획하고 만든 프린세스 티셔츠를 입고 프린세스 패키지 로션과 스킨, 썬팩트 등을 손에 들고 좋아하는 아이들을 상상했다. 행복감이 물밀듯이 밀려왔다.
　유니와 샤로니는 자기 자신과 했던 약속이기도 한 일들을 하나하나씩 해 나가고 있었다.
　테마파크의 프린세스샵은 초등 고학년부터 중학생 여학생들이 입을 수 있는 드레스들도 출시하기 시작했다. 함께 신을 수 있는 굽 높이 12센치나 되는 캔버스 슈즈는 아이들의 다리가 길~어 보이고 비율이 좋게 해주어서 기분전환이 된다는 후기를 자주 듣고 있었다.
　그러던 어느 날 프린세스샵을 찾은 한 중학생 여자아이가 눈썹을 송충이처럼 그리고 볼터치를 열이 나는 아가 볼처럼 칠하고 있는 걸 목격했다.
　'아, 처음 해보면 저렇게 서툴 수도 있지.'
　거의 끝나가는 듯해 보이는 그 아이는 나름 만족스러운 표정이었지만 저대로 파크를 다닌다면 웃음을 살 수도 있을 것 같았다.

유니는 살짝 아이를 불러 재빠른 손길로 세련된 메이크업으로 수정해 주었다.

수정을 받은 아이는 입을 크게 벌리고 놀랐다는 듯 연신 고맙다는 인사를 하며 야외 파크로 향했다.

"안 되겠는걸. 유니야, 혹시 가능하다면 이제 막 메이크업을 해보고 싶어 하는 아이들에게 아티스트들이 메이크업 클래스를 해주는 시간을 만들어 보면 어떨까?"

샤로니가 말했다.

"물론 그건 무료로 말이야."

유니가 그걸 할 수 있는 공간이 어디일까에 대한 생각을 하기 시작했다. 기왕이면 아이들이 잘 모를 수도 있으니 제품을 선택하는 기준 같은 것도 알려주고, 샵에서 아티스트들이 직접 사용해 보고 엄선한 제품들을 알려주면 좋을 것 같았다.

유니의 계획과 하고 싶은 일들에 대해서 들은 성준이 말했다.

"와, 우리 유니는 돈을 벌 수 있는 일보다 손님들과 놀 생각을 하는 것 같으니, 내가 돈을 아주 많이 벌어야겠는걸."

그 말은 들은 유니는 농담처럼 한 성준의 말에 뼈가 있음을 느끼고 겸연쩍게 웃었다.

"이렇게 내가 좋아하고 손님들이 좋아해 줄 일을 하다 보면 모두에게 좋아지는 일들이 자꾸자꾸 생길 거야."

금방은 기대하면 안 될 거라는 생각을 한 성준이지만 즐겁게 할 수 있는 일들을 찾아가는 유니를 무조건 응원하고 지원하기로 마음먹었다.

며칠 후 유니의 엄마가 테마파크에 왔고 유니와 샤로니는 그동안 나누었던 이야기들과 자신들의 계획을 정리한 자료를 가지고 엄마에게 프레젠테이션을 했다.

"어머나, 너희들 정말 대단하구나. 어떻게 그런 생각을 했을까. 누군가 해주면 좋을 너무 좋은 사업이 될 수도 있고 아이들이 얼마나 좋아할까. 엄마도 최선을 다해 열심히 지원할게."

유니와 샤로니는 하던 대로 의상제작과 화장품 제조업체와의 미팅을 더 적극적으로 이어갔고, 유니 엄마는 추진력 있는 사업가라는 사실을 증명이라도 하는 듯 테마파크 근처의 천정이 높은 50평대의 5층 건물을 통으로 렌트하고 공간을 구획하여 메이크업 시연 및 제품체험관으로 인테리어를 하기 시작했다.

유니가 언젠가 자기처럼 메이크업에 관심이 많은, 하지만 적극적으로 시작해 볼 수 있는 환경이 아닌 청소년들을 위한 특별한 공간을 만들고 싶다고 했던 말이 생각나서였다.

유니 엄마는 세안도 할 수 있는 세면대를 길게 설치하였고, 앉아서 메이크업을 받아 볼 수 있는 분장의자와 직접 테스트해 볼 수 있는 스탠딩 미러 룸도 만들었다.

1층은 기초 및 메이크업 관련 스페이스, 2층은 의상제작 체험관, 3층은 상담실과 휴게 공간, 4층은 1, 2층에서 직접 체험을 해본 아이들이 정기적으로 미니 패션쇼를 할 수 있는 공연장과 작은 전시실로 구성했다. 5층에는 엄마의 프러포즈로 콜라보를 하게 된 앙드레김 아뜰리에의 드레스 작품과 10년 동안 엄마가 제작해서 테마파크 어린이들이 입었던 드레스를 상시로 전시하고 싶다고 했다. 작품들은 한 달에 한 번 매월 10벌 정도씩 다른 의상으로 교체하여 시즌별 문양과 테마에 맞추어 전시

운영을 예상하고 있다고 하였다. 그리고 엄마의 작품들은 앞으로 샤로니의 작품으로 대체될 가능성이 높았다. 아, 엄마는 현재는 작고하신 디자이너 앙드레김 선생님의 숨은 오타쿠 팬이었다.

엄마는 대한민국에서 '패션'이라는 말을 자주 하게 되고 실제로 패션이 발전한 계기 또한 그분의 영향이 지대했다고 믿었다.

이름을 바꾼 테마파크의 '프린세스 라운지'가 유아동 어린이를 위한 공간이라면, 테마파크 옆의 '메이킹 하우스'는 꿈을 꾸기 시작하는 청소년들에게 힐링을 선사하고 뷰티관련에 관심 있어 하는 학생들에게 적성 탐색을 포함한 동기부여의 장소가 될 것 같았다.

그곳은 단순히 무료로 화장품을 사용하고 옷을 만들어 주는 곳이 아니었다. 아이들이 직접 참여하여 자기 얼굴의 약점을 보완하고 자신 있는 부분을 발견해 냄으로써 자신감을 장착하도록 도왔고. 자기 체형에 어울리는 자신만의 옷을 디자인하고 제작해 볼 수 있도록 했다. 그 과정에서 자신감을 회복하고 숨겨진 재능을 발견할 수 있도록 돕는 것이 이 '메이킹 하우스'의 목표였다.

유니는 많은 것이 AI로 대체되고 빠르게 변하고 있는 지금, 그것을 이용하는 사람들의 마음에 초점을 맞추고 사람이 사람에게 위로받고 치유할 수 있는 세상이 될 수 있게 하는 것이 현재를 살고 있는 사람들의 숙제라고 생각했다.

공감해 주는 사람이 없는 곳에서의 호화롭고 럭셔리한 삶, 과연 그것이 의미가 있을지 의문이기 때문이다.

유니는 말로만 듣고 책으로 읽으며 느꼈던 좀 더 사람답고 공감을 주고받았던 옛날을 동경했다. 그리고 감성적 회기를 위해 지금이 바로 사람이 변해야 할 타이밍이라고 생각했다. 그리고 그런 사람다운 공감을 실천하는 사람들이 많아지는 일에 솔선수범하기로 마음먹었다.

유니는 메이킹 하우스에서 분장에 관심을 가진 아이들에게 메이크업 학원을 다닐 수 있게 해주고 자격증 획득까지 서포트를 하여 채용으로까지 연계할 생각이었다.

전담 디자이너 샤로니는 상담사이자 특별 디자인 강사 역할도 맡았다. 지난 3년간의 경험과 150가지 드레스 프로젝트를 통해 얻은 노하우로 아이들의 마음을 읽고, 각자에게 필요한 치유의 자기 계발 방법을 찾아주는 일이었다.

벌써 1년을 지나 아들의 대학 입시를 이유로 휴직을 했던 노재숙 점장님이 프린세스 라운지 현장으로 복귀했고, 미미는 메이킹 하우스의 실무 매니저로서 전체적인 프로그램 운영을 담당했다.

지난 3년 동안 아이들과 함께하면서 배운 것들이 큰 도움이 될 터였다.

4. 작은 장인들의 출발선

　메이킹 하우스의 방문 손님들은 다니고 있는 학교 위치와 목적에 따라 방문할 수 있는 날이 정해져 있었다.
　왜냐하면 취미나 자기 계발로서 클래스에 참여하고 싶은 사람, 진학이나 취직을 염두에 두고 체험을 희망하는 사람들의 니즈가 다를 것이기 때문이었다.
　프린세스샵이 업그레이드된 '프린세스 라운지'와 '메이킹 하우스'가 정식으로 문을 연 첫날, 예상보다 많은 어린이 손님들과 청소년들이 찾아왔다. 소문을 듣고 온 아이들, 사회복지사의 추천으로 온 아이들, 그리고 단순한 호기심으로 들른 아이들까지.
　다양한 배경을 가진 아이들이 계속 찾아왔다. 조손 가정에서 자라는 여진이, 한부모 가정의 예린이, 학교에서 따돌림을 당한다는 지훈이까지.
　각자 다른 상처와 고민을 가지고 있었지만, 프린세스 라운지에서만큼은 모든 아이들이 동등하게 사랑받고 존중받았다.
　성준은 그 과정을 세심히 기록하며 분석했다.
　"정말 놀라운 변화들이 일어나고 있어. 아이들이 하나씩 자기만의 가능성을 발견하고 있을 뿐만 아니라 더 중요한 건 서로를 격려하고 도와주는 분위기가 만들어지고 있어."
　"맞아."
　유니가 고개를 끄덕였다.
　"단순히 개별적인 치유를 넘어서, 아이들끼리 서로 힘이 되어 주는 공동체가 형성되고 있다는 거지."

미미도 감동하며 말했다.

"3년 전 처음 아이들과 만날 때는 이런 내 모습을 상상도 못 했어. 정말 나야말로 기적 같은 일들을 매일 경험하고 있는 거 같아."

프린세스 라운지와 메이킹 하우스는 단순히 옷을 만드는 공간을 넘어서, 아이들이 자신의 진정한 정체성을 찾고 꿈을 키워가는 진정한 안식처로 변해가고 있었다.

메이킹 하우스에서의 일정을 마친 샤로니는 조용히 호세루피아 궁전 자신의 작업실로 향했다. 낮에 운영되는 지구별의 공간과는 달리, 밤에는 온전히 자신의 프로젝트에 집중할 수 있는 소중한 시간이었다.

"오늘은 몇 번째 드레스를 완성할까?"

샤로니가 150개의 스케치가 그려진 책을 펼쳤다.

그날 밤 샤로니가 작업한 것은 '치유의 드레스' 시리즈 중 하나였다. 연한 민트색 드레스로, 입는 사람의 마음이 아플 때마다 부드럽고 따뜻해지는 특별한 마법이 깃들어 있었다. 어린 시절 언니들에게 양보한 드레스를 그리던 샤로니의 '위로받고 싶은 마음'이 담긴 드레스였다.

5. 새롭게 전하는 희망

프린세스 라운지가 문을 연 지 1년이 흘렀다. 이제 이곳은 서울에서 가장 주목받는 청소년 지원 기관 중 하나로 자리매김했다. 하지만 무엇보다 의미 있는 것은 이곳을 거쳐 간 아이들에게 일어난 놀라운 변화들이었다.

가장 눈에 띄게 성장한 아이는 소연이었다. 왕따 경험을 극복하고 싶어서 처음 왔을 때는 자신의 취향을 부끄러워하며 위축되어 있었지만, 이제는 당당하게 자신만의 색채 세계를 펼치는 젊은 아티스트가 되어 있었다.

"언니, 저 정말 많이 달라졌죠?"

소연이가 유니에게 말했다.

"이제는 친구들이 뭐라고 해도 상관없어요. 제가 좋아하는 것들이 정말 소중하다는 걸 알게 됐거든요."

"어떤 꿈을 갖게 됐어?"

"색채 치료사가 되고 싶어요. 색깔로 사람들의 마음을 치유해 주는 거예요. 저처럼 자신감을 잃었던 사람들에게 희망을 주고 싶어요."

소연이는 이제 새로 온 아이들의 멘토 역할까지 자청하고 나섰다. 자신이 받았던 따뜻한 관심을 다른 아이들에게 전해주려는 것이었다.

"처음 와서 뭘 해야 할지 잘 모르겠지? 나도 그랬는데 걱정 마. 여기서는 정말 특별한 일들이 일어날 거야."

소연이가 새로 온 중학생에게 다정하게 말해 주는 모습이 감동스러웠다.

현지도 자신만의 독특한 길을 개척해 나갔다. 시각장애라는 한계를 뛰어넘어 '촉감 패션'이라는 완전히 새로운 영역을 만들어 낸 것이다.

"선생님, 정말 신기한 연락이 왔어요!"

현지가 흥분된 목소리로 말했다.

"시각장애인 협회에서 제가 만든 옷들을 보고 싶다고 하더라고요. 다른 시각장애인들에게도 도움이 될 수 있을 거라고 하면서요."

"정말? 현지야, 네가 새로운 분야를 개척하고 있는 거야!"

"네! 제가 만든 방법들이 다른 사람들에게도 도움이 되다니 정말 기뻐요. 언젠가는 시각장애인들을 위한 특별한 의류 브랜드를 만들고 싶어요."

수진이와 예린이, 지훈이도 각자의 재능을 발견하며 새로운 꿈을 키워 갔다. 수진이는 할머니에게서 물려받은 바느질 솜씨를 발견했고, 예린이는 패턴 디자인에 재능이 있다는 것을 알게 됐다. 내성적이었던 지훈이는 의외로 아이들과 소통하는 능력이 뛰어나다는 것을 발견했다.

이런 변화들은 아이들의 가족들에게도 큰 영향을 미쳤다.

소연이의 엄마가 어느 날 유니를 찾아왔다.

"선생님, 정말 감사드려요. 우리 소연이가 완전히 달라졌어요. 예전에는 늘 움츠러들어 있었는데, 이제는 매일 자신의 꿈에 대해 이야기해요."

"소연이는 원래 특별한 아이였어요. 다만 그것을 인정받을 기회가 없었을 뿐이죠."

"그런데 선생님, 저도 뭔가 도움이 되고 싶어요. 제가 할 수 있는 일이 있다면 무엇이든 하고 싶어요."

현지의 어머니도 비슷한 마음을 전했다.

"우리 아이가 이렇게 환하게 웃는 모습을 본 건 정말 오랜만이에요. '메이킹 하우스' 덕분에 아이가 진짜 꿈을 갖기 시작했어요."

이런 일들이 계속 이어졌다. 아이들의 긍정적 변화를 목격한 부모들이 자발적으로 '메이킹 하우스'의 후원자나 자원봉사자로 나서기 시작한 것이다. 그러면서 가정 전체의 분위기도 더욱 밝고 희망적으로 변해갔다.

샤로니는 이 모든 변화를 지켜보며 깊은 감동을 느꼈다.

"내가 어린 시절 겪었던 상처들이 150가지 드레스로 승화되었고, 이제 그 드레스들이 정말로 다른 아이들의 희망이 되고 있어."

유니가 고개를 끄덕였다.

"맞아. 우리가 시작한 건 작은 움직임이었는데, 지금은 사회 전체에 긍정적인 파장을 주고 있어. 한 사람의 변화가 가족을, 가족의 변화가 지역 사회를 바꾸고 있어."

성준도 데이터를 바탕으로 분석 결과를 공유했다.

"정말 놀라운 수치들이 나오고 있어. 이곳을 거쳐 간 아이들의 자존감 지수가 평균 60% 이상 향상됐고, 명확한 진로 목표를 가진 비율도 85%를 넘어섰어."

"더 중요한 건." 미미가 덧붙였다. "이 아이들이 나중에 성인이 되어서도 다른 사람들을 도우려는 마음을 가지게 됐다는 점이에요. 진정한 선순환이 시작된 거죠."

실제로 몇몇 아이들은 이미 구체적인 사회 기여 계획을 세우고 있었다. 소연이는 색채 치료 전문가가 되어 정신적 어려움을 겪는 사람들을 돕고 싶어 했고, 현지는 장애인들을 위한 특수 의류 개발에 관심을 보였다.

그렇게 1년이 더 지나자, 정말 놀라운 일이 일어났다. 프린세스 라운지 1기 아이들 중 몇 명이 고등학교를 졸업하면서 관련 학과가 있는 대학에 진학하기로 결정한 것이다. 고등학생 때도 가야한다니 할 수 없이 억지로 가던 학교였거늘. 스스로 생각하고 자발적으로 진학 결정을 했다는 건 정말 아이들의 미래가 기대되는 일로 칭찬을 아낄 수가 없었다.

소연이는 색채학과 심리학을 복수 전공할 수 있는 대학으로, 현지는 특수교육과 패션디자인을 함께 공부할 수 있는 학교로 진학했다.

"선생님, 저희가 받은 사랑을 이제 더 많은 사람들에게 전해주고 싶어요."

유니를 먼저 만난 소연이가 졸업식 날 진심 어린 인사를 전했다.

유니는 이 모든 변화를 보며 가슴 깊이 감동했다. 자신이 어린 시절부터 받았던 축복을 나누려고 시작한 작은 시도가 많은 사람들에게 변화하고 싶은 마음을 갖게 하는 의미 있는 공간이 되어 있었다.

"우리가 증명해 낸 거야."

유니가 동료들에게 말했다.

"어려운 환경이나 개인적 한계는 극복할 수 없는 장벽이 아니라, 오히려 더 큰 성장을 위한 동기부여가 될 수 있다는 것을."

샤로니가 깊이 공감하며 말했다.

"맞아. 상처는 때로 가장 아름다운 예술작품이 되고, 개인의 어려움은 다른 사람들을 도울 수 있는 가장 큰 힘이 되기도 해."

성준도 감회에 젖은 목소리로 말했다.

"그리고 무엇보다 중요한 건, 이 모든 변화가 혼자가 아닌 함께의 힘으로 만들어졌다는 점이야. 진정한 사회 변화는 개인이 아닌 공동체에서 시작되는 거구나. 진정한 마음을 나눌 수 있는 진짜 친구, 나이가 많아도 환경이 달라도 그런 친구 한 사람을 얻을 수 있다면 성공한 삶이라고 생각해."

그렇게 프린세스 라운지는 렌트를 하였던 5층 건물과 바로 옆의 건물까지 매입하여 서울에 5개의 지점을 두게 되었고, 전국 각지에서 벤치마킹을 위해 찾아오는 곳이 되었다. 심지어 해외에서도 관심을 보이기 시작했다.

하지만 아무리 규모가 커지고 유명해져도 변하지 않는 핵심 가치가 있었다. 모든 아이는 저마다의 빛을 가진 소중한 존재이며, 진정한 사랑과 관심이 주어질 때 누구든지 자신만의 아름다운 꽃을 피울 수 있다는 믿음이었다.

유니는 잠실에 있는 '메이킹 하우스' 본점 창가에서 아이들이 웃으며 작업하는 모습을 바라보며 생각했다. 어린 시절 샤로니가 처음 나타나 자신을 지켜주기 시작했던 그 순간부터 지금까지, 모든 경험들이 이 아름다운 결과를 위한 준비 과정이었던 것 같았다.

받은 사랑을 나누고, 상처를 치유의 힘으로 바꾸고, 개인의 성장을 사회 전체의 발전으로 연결시키는 것. 그것이야말로 진정한 마법이었다.

그리고 그 마법은 지금도 계속되고 있었다. 새로운 아이들이 문을 열고 들어올 때마다, 또 다른 기적의 씨앗이 뿌려지고 있었다.

에필로그

글의 내용은 60%의 허구와 40%의 실제로 있었던 일들이 혼합되어 만들어진 이야기입니다.

저는 아이에게 공부 잘하기를 바라는 부모가 되지 않겠다고 생각했었습니다. 그런데 초등학교 4~5학년이 되었을 때 주변의 아이들이 모두 학원을 부지런히 다니고, 수1, 수2 미적분까지 진도가 나간 아이들도 있다는 걸 듣고 덜컥 겁이 났었습니다. 주관 비슷했던 저의 마음이 계속 흔들렸고, 공부에 대한 나의 변덕으로 아이를 학원에 보내기 시작한 후 나도 아이도 정말 많이 힘들어했습니다.

아이가 중학생이던 어느 조용한 밤, 수학 문제집을 보다가 딸아이가 한 낙서를 보았습니다. "집에 있는데 집에 가고 싶다."

그 11자의 글자를 본 순간 제 스스로가 너무 미웠고, 머리를 망치로 마구 두들겨 맞는 느낌이었습니다. 집이 아이가 쉴 곳이 되어 주지 못했던 겁니다. 공부 같은 거 잘하지 않아도 괜찮다고 하면서 학원 보내고, 건강한 게 최고라고 하면서 과외시키고, 아이가 학교 시험 성적이 좋지 않을 때, 말로는 괜찮다고 하면서 온몸에서 안 괜찮다는 티가 팍팍 나게 해서 아이를 슬프게 했던 것입니다.

그러던 어느 날 정말 우리 아이가 많이 아파하는 걸 알았습니다. "엄마, 숙제하는 것도 공부하는 것도 너무 외롭고 힘들어요." 하고 눈물을 흘렸습니다. 그러더니 "엄마… 지난번에는… 어떻게 하면 안 아프게 죽을 수 있는지 알아본 적이 있어요."

정말 귀가 멀어지는 느낌과 머릿속이 하얘진다는 느낌이 그런 것일 겁니다. 가슴이 쿵 하고 내려앉았던 것 같습니다. 울다가 잠이 든 아이의 컴퓨터를 열어 보니 "공부하기 싫을 때"에 대해서도 여러 번 검색을 했더라고요.

정신이 번쩍 들었습니다. 그날 이후로 아이가 혼자 있게 하지 않으려고 노력했고, 공부 때문에 괴물이 되어 아이를 괴롭히는 일을 하지 않으려고 신경을 바짝 썼습니다. 아이에게 너의 건강과 너의 마음이 편안한 하루하루가 엄마와 아빠에게 제일 중요하다는 믿음을 주는 일이 가장 필요했습니다.

10년 동안 사업을 하면서 수많은 젊은이들과 만났습니다. 부모님으로부터 믿음과 사랑을 많이 받고 자란 사람들의 표정이나 말투에는 자신감과 부드러움이 있었습니다. 저는 그런 모습을 지켜보면서 '내 자식도 커서 저렇게만 지낼 수 있으면 되겠다'라는 생각을 자주 합니다.

매장 근무를 하며 손님들과 말씀을 나누다 보면 다양한 가정의 모습을 알게 됩니다. 어떠한 환경이라 해도 아이에게 사랑을 많이 주고 그 아이가 사랑을 많이 받아서 그 사랑에 대한 믿음이 있다면, 그렇게 믿어 주고 사랑을 주는 사람이 딱 한 명이라도 있다면 주관이 있는 멋진 어른으로 성장하고 행복할 수 있을 것 같았습니다. 언제나 중요한 건 사랑이었습니다.

저는 이 책을 쓰면서 자녀들에게 공부를 '대단히 열심히' 시켜 봐야 하는지를 두고 고민하는 어머님들께 제안하고 싶었습니다.

우리 아이가 학교 공부에 도저히 흥미가 없는 아이는 아닌지 잘 살펴봐 주자고, 소중한 아이에게 무조건 공부하기를 강요해서 아이가 아프거나 고장 나게 하지 말자고, 공부하라는 엄마가 미워서 스스로를 자해하는 아이가 절대로 생기지 않도록 지켜주자고 말하고 싶었습니다.

직업이라는 것이 굉장히 많고 다양하다는 것을 자주 얘기해 주고, 도덕적으로 문제가 없고 책임감만 있다면 잘해서 좋아하고 좋아해서 선택하고 점점 더 잘해지는 직업이 최고라고, 그게 바로 전문직이라고 말해주자고 하고 싶었습니다.

그리고 학생들에게는 좋아하는 것이 있다면 하루에 딱 2시간씩만 매일매일 연습해 보고, 부모님 때문에 해야 하는 경쟁이라면 하지 말고, 내가 좋아하고 잘하는 일을 찾아보는 것이 더 필요하다고 말해주고 싶었습니다. 그건 실력이 계속 좋아지게 하는 것이며 내가 점점 근사해지는 지름길이니까요.

학교 공부를 잘하고 못하고와는 상관없이 자기가 잘해서 좋아하게 되고 좋아하는 것이 직업이 되는 행복한 전문직 인재들이 많아지는 세상이 되면 참 좋겠습니다. 그렇게 되면 좀 더 안전하고 편안한 사회가 될 것 같았고, 출산 장려를 하지 않아도 아이를 낳고 싶어 하는 신혼부부가 많아질 것 같습니다.

유튜버가 꿈인 아이들이 많다고 합니다. 저는 잘 못하지만, 유튜브도 적성에 맞아서 신이 나서 하다 보면 쉽게 따라잡히지 않는 콘텐츠를 보유할 수 있을 것이라 믿습니다. 비슷한 콘텐츠로 사람들이 계속 추월해 오더라도 그땐 본인도 계속 달리고 있을 테니까요.

저도 예전에는 아이가 공부를 잘했으면 하고 바랐던 적이 있었고 주인공이 공부를 잘했다고 했습니다. 테마파크 뷰티스트(분장을 담당하는 스태프들)들이 공부를 잘했던 사람도 선택하는 직업이라는 얘기를 하고 싶어서였습니다.

아이를 키우면서 다양한 유튜브를 보고 있는데요, 그중 관점 디자이너 박용후 작가님이 출연하셨던 것을 집중하고 보았던 적이 있습니다. 앞으로 요구되는 인재상은 AI를 파트너로서 잘 활용할 수 있어야 하고 좋은 질문과 디렉팅(지시와 안내하는 행위)을 잘해줄 수 있어야 할 것이라는 내용이었습니다. 그리고 '교육은 경쟁 중심에서 창조 중심으로 패러다임을 전환해야 한다'는 것에는 너무너무 공감을 하였습니다. 학교 공부가 적성에 맞는 사람들이 불필요한 경쟁을 하지 않고 전공 관련 공부를 조금 더 일찍 시작할 수 있다면 어떨까라는 생각을 해보았습니다.

저는 몇 년 전부터 교육에 관련된 책을 자주 읽고 있는데요. 교육과 아이들에 대한 이야기를 적다 보니 도스토옙스키의 『작가 일기』를 읽고 메모해 두었던 것이 생각이 났습니다. '학교가 아이들에게 많은 것을 가르치지만 정작 마음을 돌보는 법은 잊는다'라는 문구를 메모해 두었던 것이 있었고, 책에 옮겨적고 싶어서 다시보았습니다.

다시 보아도 공감이 되고 걱정이 되는 말이었습니다. 정말로 그래서 더 자주 외롭고, 더 깊이 지쳐 가는 아이들이 있는 건 아닌지 세심하게 살피고 저 자신부터 그들이 필요로 하는 방식의 응원을 잊지 말아야겠다고 생각했습니다.

로봇으로 대체되는 일이 많아졌을 때 로봇이 사람을 대신하여 할 수 있는 직업에 대하여 생각해 보았습니다. 클리닝업, 의사, 변호사, 교수, 일러스트, 가수, 연기자, 요리사, 건축가, IT기술자, 화가, 시각디자이너,

웹디자이너, 의상디자이너, 의상제작자, 연극감독, 영화감독, 방송프로듀서, 유튜버, 음악가, 발레리나, 체육교사, 운동선수, 야구선수, 축구선수, 프로게이머, 건축가, 설계사, 한의사, 가구디자이너, 병원코디네이터, 마케터, 메가인플루언서, 발렛대행, 애널리스트, 작가, 화가, 교사, 계산원, 물건판매원, 아이돌보미, 통역사, 은행원, 조경사, 측량사, 소방사, 경찰, 군인, 영업직 직원, 금융, 보험관리자, 음식서비스관리원, 운송관리자, 경비원, 세탁소, 수도관리자, 기상청 직원, 제조관리자, 인사관리자, 조세행정 사무원, 인사교육 직원, 무역사무원, 통계사무원, 고객상담원, 비서, 전산자료입력원, 사무보조원, 코디네이터, 노인복지사, 노무사, 세무사 등등 이외에도 세부적으로는 굉장히 더 많을 것 같습니다.

정말 사람보다 로봇이 일하는 것이 더 많은 시기가 언제쯤일지는 잘 모르겠습니다만, 좋아하는 한 가지 일을 정말로 잘할 수 있는 사람이 된다면 질문도 디렉팅도 잘할 수 있을 것이라 생각합니다. 그러니 자기가 해봄직한 직업이 사라질까 봐 두려워하지 않아도 될 것입니다.

착한 아이들은 부모님에게 싫어도 싫다고 얘기하지 못하고 정말 하고 싶지 않은 것이어도 거역하지 못하는 아이들이 있습니다. 제발 그러지 않아도 된다고 아이들에게 말해주면 좋겠습니다.

저는 솔직히 지금도 문득문득, 어떤 교육 프로그램이 좋다더라, 내신 관리는 어느 학원이 잘한다더라는 소리를 들으면 잠깐 귀가 솔깃하긴 합니다. 그때마다 "다시는 아이가 반가워하지 않는 학교 공부는 강요하지 않겠다고 했지"라고 셀프 체크를 합니다. 가끔 아이가 포기하기가 겁이 나서 해보겠다고 하면 그때는 또 그렇게 해보라고 할 생각입니다. 모두가 중요하다고 하는 것을 덜 열심히 할 마음을 먹는 것도 굉장히 큰 용기와 시간이 필요할 테니까요.

 아이를 잘 키울 수 있는 부모의 제일 조건은 또 뭘까 생각해 보았습니다. 가만히 생각해 보니 저는 평범하지 않아서 꽤 긴 시간 동안 스스로를 불행하다고 생각하고 살았던 시간이 있었습니다. 하지만 부모님으로부터 마음만은 큰 위안을 받으며 살았다는 걸 알고 있었습니다.

 부모는, 양육자는, 안심을 주는 사람이어야 하고, 집 또한 당연히 안심을 주는 장소가 되어야 한다고 생각합니다. 저는 그런 사람이 되려고 합니다. 이 책은 그런 엄마가 되기로 약속한 제 자신과의 약속을 지키는 실천 중 하나가 될 것 같습니다.

 최근 한 선생님으로부터 과외 숙제를 내주면 답지를 보고 베껴두는 아이들이 있다고 들었습니다. 퇴근하고 집에 와서 아이가 풀고 채점한 문제집을 본 엄마한테 혼나지 않으려고요. 너무 안타깝고 슬펐습니다. 무슨 의미가 있나 싶기도 하고요.

 이런 이야기를 떠올리며 마지막으로 육아와 아이의 공부와 친구 문제 등등으로 고달파 하는 워킹맘들과 진심을 다해 화이팅을 주고받고 싶었습니다. 자녀에 대한 "사랑"과 "믿음", 그 두 가지만 있다면 다 잘될 거라고. 엄마 혼자 모든 것을 잘해야 하고 모든 것을 책임져야 한다고 생각하지 않았으면 좋겠습니다. 각자 태어난 환경은 달라도 우리도 우리 부모님들께는 "보기만 해도 닳을까 걱정되었던 소중한 딸들"이었으니까요.

 마음속에 약점을 품고 살았던 잠마딸은 앞으로도 책에서 주인공 유니가 좋아했던 개미처럼 살려고 합니다. 좋아서 시작하고 좋아서 잘하게 된 이 일을 천천히 더 즐겁게 하면서 누구나 한 번은 와보고 싶은 멋진 프린세스샵으로 발전시켜 나가고자 합니다.

앞으로 5년 뒤, 10년 뒤, 20년, 30년 뒤의 프린세스 변신샵을 기대하셔도 좋습니다. 30년 뒤, 하얗게 센 머리카락을 마법사 할머니처럼 핑크색으로 염색한 드레스샵의 주인 할머니를 상상해 보았습니다.

그리고 좋은 사람으로 살고 싶다는 생각과 어린이들에게, 청소년들에게 조금이라도 귀감이 될 수 있는 어른이 되어야겠다고 한 번 더 다짐해 보았습니다. 혹시 도움이 필요한 어린이와 청소년에게는 도움의 손길을 내미는 곳, 테마파크의 메이크업 아티스트가 되고 싶은 분들에게는 기분 좋은 일터가 될 수 있도록 최선의 노력을 다하겠습니다.

저와, 샤론캣 드레스샵의 스태프들은, 고객님들의 평생에 남을 '추억을 만들어드리는 사람들'입니다.

참고 및 영감의 원천

Rowling, J. K. (2015). Harry Potter and the Philosopher's Stone (Vol. 1). Bloomsbury Publishing.

Columbus, C. (2001). Harry Potter and the sorcerer's stone[Motion picture]. United States of America, 1492.

Barrie, J. M. (2021). Peter and Wendy. Otbebookpublishing.

이문세. (1988). 광화문연가. VOSTOK.

유리상자. (2001). 사랑해도 될까요?. 카카오 엔터테인먼트.

이어령. (2008). 젊음의 탄생. 생각의 나무.

宝塚大劇場. (n.d.). 다카라즈카 대극장 공식 홈페이지. https://kageki.hankyu.co.jp/kr/theater/takarazuka.html

박용후. (2025. 7.). 생각의 주도권을 디자인하라.

도스토옙스키(1873~1881). 작가 일기.

앙드레김 아뜰리에